我们见过吗

宋毓建　悬念　小说　精选集

人民文学出版社

图书在版编目（CIP）数据

我们见过吗：宋毓建悬念小说精选集 / 宋毓建著 . —北京：
人民文学出版社，2016
ISBN 978-7-02-012182-3

Ⅰ . ①我⋯ Ⅱ . ①宋⋯ Ⅲ . ①中篇小说—小说集—中国—当代
Ⅳ . ① I247.5

中国版本图书馆 CIP 数据核字（2016）第 268652 号

责任编辑　仝保民
装帧设计　陶　雷
责任印制　芃　屹

出版发行　人民文学出版社
社　　址　北京市朝内大街 166 号
邮政编码　100705
网　　址　http：//www.rw-cn.com

印　　刷　北京天正元印务有限公司
经　　销　全国新华书店等

字　　数　250 千字
开　　本　640 毫米 ×960 毫米　1/32
印　　张　10.875
印　　数　1— 6000
版　　次　2017 年 6 月北京第 1 版
印　　次　2017 年 6 月第 1 次印刷

书　　号　978-7-02-012182-3
定　　价　46.00 元

如有印装质量问题，请与本社图书销售中心调换。电话：010-65233595

作者像

contents

目
录

高速路

在收费站,他落下车窗拿了卡,在夜幕中驶进高速路。

他的座驾是一辆定制版宾利。发动机有十二只汽缸,马力强劲,最高时速可达二百八十公里。但他从不超速,此刻正规规矩矩以一百一十公里的限定时速匀速行驶。他看了看腕上那只陀飞轮金表:现在是十点四十七分。他设定的时间是十一点整,离那一刻,还剩下十三分钟。

自打刚才与林小芬分手,确切地说是看着她站在车南身旁跟他摆手说再见那一瞬间,他的心脏便一直剧烈跳动,直到这一刻才稍稍平缓。

暗夜中的高速路格外宁静,四周一片漆黑。在车灯的照射下,路边一个个涂着荧粉的安全标志接连不停地闪烁着,流星般一串串地从车旁划过。偶尔有一辆车远远从对面车道驶来,隔着隔离带与他交汇,倏地消失在他的身后。

这件事他计划了很长时间,考虑了所有细节,想到了各种可能性,无论发生什么,他都有相应对策。尽管如此,他仍认为可能遇到麻烦,仍有可能出现意想不到的情况,其情其景惊心动魄。却不料整个过程平淡无奇,诸事顺利,没有任何意外发生。

为此他多少有些失落,同时感到欣慰——没有人怀疑他,无论是谁,都会认为那是一起事故,绝想不到他与此有任何牵连。

这件事发生在去年九月。中秋过后的一个夜晚,不是十点十分就是其实,他心里很明白,没必要这么做。说来说去,无非就是一个女人。说到女人,他很了解自己的实力,尽管已经四十有五,人到中年已经开始发福,但对很多已经开始考虑自己的未来,却又名花无主的年轻女孩儿而言,包括那些令人瞩目倍受追捧的漂亮女孩儿,诸如刚刚从中戏毕业,已经崭露头角的女演员,或者曾几次手捧冠军奖牌,退役不久的女子体操运动员,即便是对她们,他都具有一种不可抗拒的诱惑力。

原因很简单,只有一个——他富有,名下有一家颇具规模的企业,身家数千万。他很明白,他可选择的女人很多,完全没有必要没完没了跟林小芬这样一个并不漂亮的小秘书过不去。

是的,依照普世的审美观念,林小芬确实不漂亮,更谈不上什么美女。他有几个私交不错的生意伙伴,那几位见过林小芬。总体评价不高。唯有一人,说"小丫头长得很另类",这算是好评,余下都是差评,都说她不好看。非但说她不好看,更有甚者,有人还指责她的臀部过大不像个姑娘,就如生过几个孩子的大妈。

话都说到这个份儿上了,他仍义无反顾,无论别人说什么他都痴心不改。在他眼里,林小芬就是美女,无与伦比,他喜欢她,无以替代非她不娶。

然而,出于种种考虑,他并没有急急忙忙向林小芬敞开心扉。但他深信,对林小芬而言,他绝对是如意郎君,一旦他亮出戒指向她求婚,她一定惊喜万分,一定会满含热泪回答说她愿意,然后便穿上婚纱成为他的女人。

这一点他毫不怀疑。在他看来，一切皆为定数。直到不久前的那个下午……

那是一个周末，已经到了下班时间，林小芬神色异样地走进他的办公室，站在他的面前犹豫了一阵，说自己想辞职。他大为意外，问林小芬为什么。林小芬又犹豫了，之后吞吞吐吐地提起车南，告诉他车南建立了一个实验室，自己想去那里工作。

他诧异而又困惑，感到无法理解，又问林小芬为什么。

林小芬又吞吞吐吐，最终告诉他车南已经向她求婚……

一辆大型集装箱运输车出现在前方，在小型轿车专用车道上缓慢爬行。他打开转向灯，确认安全后，从右侧车道超了过去。

车南的实验室位于西部边远山区。一个半小时之前，他驾车沿着这条高速路前去拜访。下了高速以后，他在国道上走了一阵，然后拐上一条星星点点撒着白灰的沙土路。没费什么力，便找到那座已经废弃的白灰窑，在一座有四扇窗户的房子门前停下车。看见那块写有"食堂"二字的牌子，他确信这就是车南的实验室，推开车门下了车。

他没有马上过去敲门，而是站在车旁朝这座房子认真打量了一番。房子年代久远，但刚刚重新粉刷过。四扇窗户也是新换的，都装着防盗栅栏，看上去十分安全。房门也一样，加装了防盗门，厚厚的钢板上有三只防盗锁，安全性同样不容怀疑。

他松了一口气。看来他的判断完全正确——尽管房子里没什么值钱的东西,除了一些专用仪器和几台电脑,其他不过就是一堆瓶瓶罐罐。但对车南而言,这毕竟是实验室,是科研重地。车南一定会严加防范。也就是说,一旦他放下东西,车南一定会将东西留在这里,而不是带回五公里以外他那时常发生失窃案的大杂院。

他放下了心,打开后备厢拿出一件东西,大步朝实验室奔去。

开门的是林小芬,看见他,她惊讶不已,好半天没说出话。

"怎么,这么不欢迎老朋友?"

他努力克制着心中的激动,故作轻松地说,尽可能摆出一副平常之态。

"啊?哦……"

林小芬张口结舌,车南从林小芬身后赶来。

"真没想到!您……您怎么来了?"

显然这是一句蠢话。但此时此刻,却有些意味深长。一时他有些紧张,正想说些什么,林小芬一旁开了口:

"行了,别都这儿站着了,请进吧!"

"就是!"车南随声附和,"别都这儿站着了!请进请进……"

"好的。"他点点头,抬脚踏进屋子,把一直藏在身后的另一只手移到胸前——他的手中握着一只紫里透红的瓷质花瓶,里面插着一束鲜艳的黄玫瑰。

"不成敬意,请收下!"

"噢!"车南伸手迎接。

"我来吧!"他没有理会车南,探头朝摆满各样化学试剂的屋子里望了望,攥着花瓶朝一张放着三台电脑的工作台奔去。

那一刻,两台打印机正嘀哒嘀哒地工作着,一摞摞数据单堆积如山。他屏住呼吸,小心翼翼地将花瓶放在电脑与打印机之间的一个空当,转身问林小芬:

"怎么样小芬,很漂亮是不是?"

林小芬好像没有听见,瞪着两只眼望着花瓶,一脸不可思议。

"漂亮! 太漂亮了!"车南一旁代为回答,上前捅了一把林小芬,"小芬……小芬?"

终于,林小芬如梦方醒,推开车南奔向工作台。

"不行不行! 这绝对不行! 我们不能……"

"别这样……"车南伸手拽住她,低声在她耳边嗔怪,"算了小芬,就一束花儿,你就别……"

林小芬一时满脸通红:"不是车南! 你不明白……"

没错,车南的确不明白。但林小芬很清楚,不是说花,是说花瓶——这不是一只普通花瓶,而是一只乾隆官窑烧造的钧瓷灯笼尊,是一件古玩珍品。这件东西的来龙去脉价值几何,林小芬清清楚楚。

对于这一点,他同样了然于心,同样清清楚楚——当初买下这件东西时,林小芬就在他的身边。

　　六个月以前，某天，他说服林小芬跟他参加一个拍卖会。拍品预展时，他看见了这件东西。但他不喜欢，不感兴趣。他收藏青花收藏粉彩，从不收藏这种单色釉。之所以后来买下它，完全是因为林小芬——他看见她在花瓶前站了很久，他问她是不是喜欢，她点了头。

　　拍卖如期进行。很快轮到这只花瓶。一时现场气氛热烈，价格一路飙升，转眼间，就从十五万涨到五十万，而且还在上涨。但他十分淡定，仍不时抬手举牌。林小芬不过是寻常百姓，一个普普通通的小家女子，这种阵势哪里见过。用她自己的话说，她"实在太紧张了""真的是不行了""都快晕过去了"。她紧攥着他的胳膊，不停地唠叨着说："算了……算了，别举了，就是个花瓶，花这么多钱，值吗?"

　　"值! 因为你喜欢!"

　　那一刻他真想对林小芬这么说。但他控制住了自己。显而易见——这等于明确向林小芬做爱情告白。彼时彼刻，他觉得还不到时候。进一步说，他还有些拿不准，还有些放心不下。原因很简单——两个人年龄悬殊，他已经四十五，可她刚二十二，整整差了二十三岁。除此以外，还有一个原因——他的长相。他并不漂亮，绝非什么美男，绝非那种让女人一见钟情的男人。

　　照说，以他的身份地位，尤其是富有程度，以上所说根本不是问题，完全可以忽略，他用不着担心，不必有任何顾虑。但是不然，他是一个理想主义者。在女人问题上，他是有追求的，不但要找一个漂亮女人，而且还要这个女人爱自己，即便他的财富没有这么大，兜里的存折数字小得可怜，他仍希望这个女人爱他。

为此他曾幻想——某天他不开他的宾利，摘下他那价值百万的陀飞轮金表，脱下他的爱马仕西装换上跟自己司机借的衣服，然后骑着公司保安骑的自行车上街寻找艳遇。在那种情况下，如果有谁看上了他，那才是真正的爱。

当然，这不过是他的幻想，他知道不切实际，并未付诸行动。总而言之，谈到林小芬，他不知道她到底是不是真的爱他。就算是真爱，他也不知道她到底爱他什么，是爱他的人，还是爱他的钱。

这是问题关键。他必须弄清楚。他也知道，这不容易，但他必须如此。他必须要有足够的耐心，不能急于求成，除非有百分之百的把握，否则不能出手。更何况他也不着急，他还有时间，林小芬就在他的手边，反正跑不了。在他看来，一切都在掌控之中，殊不知天有不测风云，接下来所发生的事，却让他始料未及……

车南今年不到三十岁，毕业于他曾就读的大学，和他一样，车南也是化学系的，比他低了近二十届，两个人从未见过面，根本不认识。但说起来，车南仍是他的校友。毕业以后这个年轻人没有参加工作，一直在潜心研究一种汽油添加剂。按车南自己的说法，他的这一研究"前所未有"。一旦成功，所有汽车的燃油消耗将降低三分之一，所产生的效益难以想象，"全球经济"都会因此受到"巨大影响"。而他自己，则将成为"世界瞩目"之人。

为了实现自己的伟大梦想,车南多方奔走四处化缘,以解决所需的庞大开支。在此之中,车南彻查了化学系校友通讯录,每当发现事业有成者,尤其是"现任职务"一栏写着"董事长""总经理"等等诸如此类之人,便一个一个地打上对钩,抄下姓名电话地址,一个一个地上门游说。

自然,贵为董事长的他在名录当中。于是,四个月前的一天,车南怀揣母校系主任的推荐信,抱着自己洋洋数十万字的"可行性报告"走进他的办公室。

显而易见,他对这件事不感兴趣。对于自己昔日导师的亲笔信,他只是潦草地看了看,而对车南摆在他桌上那厚厚一摞材料,他连碰也没碰。不等这个年轻人张口,他便按铃叫来了林小芬。

"这件事……你跟我的秘书谈谈吧。"

他深信,这是他这辈子说的最蠢的一句话——车南确实跟林小芬谈了,而且不止一次。这个年轻人没能从他这儿拿走一分钱,但却在他的眼皮底下拐走了林小芬。

"这个小混蛋!"

想起当时情景,他忍不住骂了一句,狠狠踏下油门踏板,发动机罩下的十二只汽缸随即发出一声雄狮般的吼叫,宾利轿车猛地向前一蹿,转眼间车速达到一百八十公里。

很快,他意识到自己超速了,连忙又松开油门降下车速。当速度表的指针重新回到一百一十公里后,他扭过手腕又一次看表:十点五十二分,再过八分钟,就是他设定的时间——十一点整。

他想起那只花瓶,随即又一次想起车南,想起他们的第二次见面。

林小芬走后不久的一天早上,车南再次登门拜访。他本以为这个小混蛋仍不甘心,还想动员他投资自己的项目,却不料车南提起林小芬。

"是的,"车南说,"我今天来,是为了小芬。我想问一下,您现在怎么样了? 是不是仍然……耿耿于怀?"

一时,他愤怒不已,猛然起身,照着车南的鼻子狠狠就是一拳。

不,这不是真的,这只是他脑海里的一闪念。他是个理智之人,不会做出这种毫无意义的愚蠢之举。

"请稍等……"他伸手按了按铃。

"什么事董事长?"一个标准秘书打扮的年轻女孩儿轻轻推开了门。

"咖啡还是茶?"他问车南。

"有苏打水吗? 最好冰镇的!"车南扭头问女孩儿。

"有,但是……"

"去吧!"他挥手打发了他的新秘书,"看见了吧,我已经有秘书了,你用不着……"

"不是不是,"车南拦住他,"这我知道,不是这件事,是那件事! 我是说,您跟小芬,我刚刚听说,您也喜欢小芬! 我很惊奇,本来想问问小芬,可我没有,我决定先跟您证实一下,有这回事儿吗?"

他有些诧异，原本认为这件事自己做得很隐蔽，无人知晓，没想到还是被人看出来了。

"谁跟你说的?"他不动声色地问，打开抽屉拿出一支雪茄。

"您公司里的人!"车南接着说道，"是这样，昨天我进城办事儿，在地铁里偶遇某人，是您公司员工。我们聊起小芬，也聊起您，您知道他说什么吗? 他居然跟我说——小芬不仅仅是董事长秘书，而且是董事长的意中人，要不是因为你，很有可能，小芬现在已经是董事长夫人了!"

"唉!"听到"董事长夫人"这几个字，他不由得一阵心痛，忍不住叹了口气，"你今天来，就是要跟我说这个?"

"对，就是这个!"车南急促地说道，"我今天来就是想弄清楚，这是不是真的。我希望不是，这仅仅是一个谣传。可我无法判断，我心里很不踏实，我感到很不安，到底是不是真的，希望您如实回答。"

一时，他又愤慨，随即便又一次克制住了自己，拿出雪茄剪剪开雪茄封头。

"有这个必要吗?"他点燃了雪茄。

"当然有!"车南一下站了起来，"如果不是，那我非常高兴，我现在就走! 可如果是真的，那我必须跟您说清楚，一句话——不可能! 道理极其浅显，在您和我之间——小芬已经做出选择。她爱我，不爱您! 这一点您必须明白! 希望您好自为之，不要再有任何非分之想! 我的话您都听明白了吗?"

每当想起这次谈话,他都会钦佩自己——尽管车南如此蛮横无理咄咄逼人,他仍然能控制情绪保持冷静。他很清楚,林小芬现在在车南手里,如果今天他和车南打了起来,林小芬肯定会站在车南一边,肯定会对他产生恶感,很有可能他会因为今天彻底失去她。

这一点他很明白。正因为如此,他自始至终没有对车南发火,相反却一脸认真地回答了车南所关心的问题。

他告诉车南——自己的确喜欢林小芬,但这仅仅局限于工作层面——林小芬是一个难得的好秘书,然而车南却挖了他的墙角,毋庸讳言,他曾为此气恼,但也仅此而已,时至今日,他已经忘了这件事。至于车南所说什么非分之想,纯属无稽之谈。

不可否认,他的这一套话听起来十分可信十分真诚。对此车南毫不怀疑,离开前一再跟他握手。那一刻这个年轻人有些激动,他让他放心,他相信自己会成功,一旦他成功,林小芬一定会幸福。

对此他本不想说什么,但还是忍不住开口:

"你有多大把握? 百分之多少?"

"我说不好,"车南照实回答,"照目前看,最多百分之五十,不过我……"

"那就是一半,"他拦住了车南,"那另外一半呢? 如果你不成功,小芬怎么办? 你怎么打算? 让她跟你过苦日子?"

"不! 我不会!"车南当即回答,孩子般的脸显得很严肃,"我绝不会！我认真想过了，如果真失败了，绝不拖累小芬，我会主动跟她分手！"

正是车南的这一番话，让他幡然梦醒。他一下反应过来，一下知道自己应该干什么了，那就是——尽快让车南失败！只有让这个年轻人失败，林小芬才可能回到自己身边。如何让他失败，就是毁了他的项目，进一步说，就是毁了他的实验室。

宾利轿车仍在高速路上行驶。一块绿色的指示牌进入他的视线，提醒他再有三公里，就是六环路。意识到自己就要到家了，他感到如释重负，重重地吐出一口气，伸手打开了收音机。一个嗓音浑厚的外国男人正在演唱一首感人的流行歌曲。很快，一曲终了。主持人向听众问好，介绍说这首歌名叫《你还在那儿吗》。

他又一次想起林小芬，想起那只摆在车南实验室里的花瓶。不由得，他又一次看表：十点五十六分，离那一刻，仅剩下四分钟。

此时此刻，他可不想她还在那儿。当然，也包括车南。他计算过炸药的能量——花瓶一旦爆炸，车南必死无疑，林小芬也在劫难逃。而他自己，同样也将面临危险。他深知，如果爆炸仅仅造成财产损失，警方不会认真对待，甚至可能不会出面调查。可如果出了人命，那就另当别论了，警方一定会出面并且全力彻查。一旦查出他去过那里，他很有可能会被捕入狱最终走上刑场……

当然，这种情形不可能发生——一个小时以前，当他离开了车南的实验室时，林小芬和车南也在车上。是他把两个人送回的家。林小芬原本不愿意坐他的车,一再坚称要乘公交车回去。但车南一口答应,说他没坐过宾利,想尝尝是什么滋味儿,不等林小芬同意,便先行一步跟着他走出实验室。

"哇!这也太牛了!简直就是飞机呀!"

刚一打开车门,车南便哇哇大叫。随即他钻进驾驶席,攥着方向盘体会着驾驶这部高级轿车的感觉,不时指着一个个旋钮按键向他请教相关问题。

"小芬干吗呢?"他有些心不在焉,不时抬手看表。

"收拾收拾,马上就来!哎,对了……"车南回答,车南忽然想起什么,随即从车里钻了出来,"小芬怎么那么激动?那东西……我是说那个花瓶,是不是挺贵的呀?"

"嗯,有点儿贵。"他点点头,转身朝实验室望去。

"有多贵?"车南追问。

他伸手比划了个六,仍朝实验室望着。

车南一下瞪大了眼:"六万?"

"再加一个零。"

"啊!"车南张口大叫,"六十万?"

"还不算手续费。"

"可……您为什么……"车南一时疑惑,很快便醒悟,"明白了!我明白您什么意思了!您是要赞助我,对不对?"

"啊？哦……对！是的……你可以这么认为,现在东西是你的了,不管什么时候,只要有困难,你随时可以变现……"说话间,他再次朝实验室望去,"小芬干什么呢？怎么还不出来？"

"太意外！完全出乎我之所料！您真是……我本来以为……可没想到……真没想到！太感谢了！我简直都……"

一时,车南激动不已,伸手握住他的手紧紧不放。就在这时,实验室的门开了,林小芬背着个包走出,逐一锁好三道锁,匆匆朝二人赶来……

"嘟嘟……"

一阵手机铃声在宾利车里响起,结束了他的回想。

"喂?"他关了收音机接了电话。

"谢谢你的鲜花!"

是林小芬,声音甜美,话语之中充满柔情。刹那间,他便回到从前,脑海里浮现出与她相处的一个个美好时刻。

"怎么? 都这么晚了? 你还没休息?"他关切地问道,下意识地看了看表,随即又一次想起时间,又一次朝仪表台上的一排圆形时钟望去——

这辆顶级宾利是他特别定制的,车上的时钟堪称奢华,来自于瑞士,一共有四只表盘,第一只是时钟,只有时针分针,显示当前时间;第二只是秒表,只有秒针,刻度从零秒到五十九秒;余下两只是计时表,一旦启动,分别显示正计时与倒计时。

他的目光依次掠过四只表盘:此刻的时间为十点五十八分三十八

秒,距离爆炸,仅剩下一分二十二秒。

"还没有,"林小芬反问,"你呢? 还在路上是吗?"

"对对,还在路上……"

"唉!"林小芬轻轻叹了口气,"那么老远,你还跑一趟。"

"咳! 这有什么,应该的,应该的……"看着秒表上一下下跳动的秒针,他应承道。

"有几句话……我一直……我一直……"一如之前,林小芬又吞吞吐吐,"……想对你说……可就是不知道……"

"没事儿没事儿,什么话你说!"

"其实……其实,我知道你喜欢我,而且我也……我也……我也有点儿喜欢你。可我仔细想过……我不能那样……因为……我不想让别人误会我……如果我跟你……一定有人认为……我是为了你的钱……"

顿时,他明白了一切,不由得激动,"等等小芬! 你等等……小芬,我们得谈……"

"我就是这意思,要不干吗给你打电话……"

"不不不……"他急促地说,"不是现在,我们约个时间,你现在在他那儿,说话不方便……"

"没什么不方便的,车南不在,他走了,又回去了……"

"是吗? 那好,那我就……"忽然,他意识到什么,感觉有些不妙,"等等小芬,你说他回去了?"

"嗯,他回去了。"

"他回哪儿了?"他看着时钟问。计时秒表显示——距离爆炸,仅剩下一分零三秒。

"他回实验室了。"林小芬仍不紧不慢地说,"你今天突然来了,我心里有点儿那什么……有一只加热器……电源有点儿接触不良,好像没关,我不放心,怕出事儿,让他回去看看……"

"啊?"他忍不住大叫,再次朝计时表望去——又过去了十五秒,还剩下四十七秒,"这可有点儿悬! 那儿那么多易燃物,还有汽油!万一……"

他意识到大事不好! 尽管车南抢走了林小芬令他痛不欲生,但他只想教训这个小混蛋一下,夺回原本属于自己的女人,从未想过结束他年轻的生命。然而此时此刻说什么都来不及了,他什么也做不了,只能祈求上帝——最好让这傻小子晚点儿到,千万别在爆炸那一刻走进实验室!

"他什么时候走的?"他局促地问林小芬。

"你刚走他就走了,连楼都没上……"

"那他这会儿……"

"差不多到了,应该刚进门儿。"

"完了!"他喃喃地咕哝一句,瞬间脑海里浮出爆炸时的情形——随着一声巨响,烈焰从四只窗户里喷涌而出,巨大的冲击波将那扇厚厚的防盗门掀上了天,纸片般地在空中飘舞……

"还有个事儿……"林小芬的声音再次传来,"我想说说那个花瓶……那个花瓶,我们不能收……"

"算了小芬,先别说这件事儿了,你听我……"他又一次看计时秒表:距离爆炸,仅剩三十秒。

"不,我得说,我们真不能要……"

"那你想怎么样?"他有些起急,"你难道……还想给我送回来不成?"

"当然,"林小芬悠悠地说,"太贵重了……我必须还给你,不然我会不安心的!不过,鲜花我收下了,再次谢谢你!对了……忘了嘱咐你,你开车慢点儿,可别弄碎了,还有……"

"你等等你等等……"他有些困惑,"小芬,你说什么呢?什么别弄碎了?"

"我正要告诉你,"林小芬继续说道,"花瓶我已经还给你了,刚才一上车,我就放你座位底下了……"

他大吃一惊,最后一次朝时钟望去——

时钟显示:此刻的时间为十点五十九分,计时秒表的秒针正从五十八秒跳到五十九秒,随即归零。

"惨!"他听见自己说,然后便什么也不知道了。

2001年4月10日初稿
2015年8月22日重新修订

中秋过后的夜晚

这件事发生在去年九月。中秋过后的一个夜晚，不是十点十分就是十点一刻，前后差不了五分钟，我驾车回到自己居住的小区。在小区的马路上，我与好友韦建的前妻钟莘不期而遇。

这次见面纯属偶然，只是因为我的车位被别人占了。我不得不开着车一圈圈地在小区里转悠，最后在离我家很远的一座楼下找到一个车位。当时她站在一辆黑色的"爱丽舍"后面，正弯着腰收拾着后备厢。

我下车的时候她刚好直起了身。多年未见，她的样子变化很大，与当初相比，最起码瘦了三圈儿，以至于我一下没能把她认出来，之所以走过去完全出于一个男人的本能——她的脚边摆着两只很大的旅行箱，看样子正打算把它们放进后备厢。我这么说你一定能理解——男人就是这样，一看见女人需要帮助，十有八九会情不自禁。我感到义不容辞，关上车门，挺直腰板朝她走了过去。

"我来吧！"我对钟莘说，不等她表态就抓住箱子把手。那两只旅行箱很沉，重量远远超过她的能力，连我都有点儿力不从心，用了很大的力气才放进车里。为此我曾困惑——她是怎么从楼上搬下来的。

不知是"爱丽舍"的后备厢有点儿小，还是那两只箱子太大，倒腾了半天，我才关上后盖。直到这一刻，我才认出她来。

"钟莘?"我惊奇不已。

"是你?"她同样十分诧异,"你怎么……跑到这儿来了?"

"我住在这儿。"

"是吗?"钟莘看了看我,有些不相信,"这可太巧了,我也住这儿。"

"什么?"

我感到难以置信。就在一个小时之前,刚刚下班的我给韦建发了一个短信:"怎么样?你找到她了吗?"十分钟以后,当我走进我俩常去的一家老北京小吃店时,我的手机响了,那小子回了我:"少打听!问那么多干吗?"

我有些无奈,在一张小桌前坐了下来。我本来想约韦建一起过来,拿起电话后,忽然想起那小子已经走了。两天前他告诉我说要去陕西拍出土文物,这会儿多半正在一个新发现的秦朝墓穴里。

点了一份卤煮火烧后,我又想起韦建,想象着此时此刻,他在发掘现场工作的情景——在一盏盏碘钨灯的照射下,几个考古人员蹲在一个大坑里,正拿着小铲刷子什么的在地上忙碌,那小子拿着照相机,噼噼啪啪地闪着闪光灯不停地拍照着。

于是,我又发了一条短信:

"我这会儿在老地方,正在吃你最喜欢的玩意儿!你咋样?在坟墓里的感觉如何?"

没一会儿,韦建回复了我:

"祝你好胃口!"

哦,我和韦建刚刚见过面,两天前的那晚,他在我家坐到半夜。没什么新鲜的,除了告诉我他要去陕西拍殉葬品,谈话的内容都是老一套,无非是自打我俩上次分手后到现在,他又找了多少个女人——这个女人怎么怎么回事儿,那个女人怎么怎么回事儿,白天怎么着,晚上怎么着,各自有什么不同,诸如此类等等。

那天夜里,十二点以前,那小子一直很兴奋,脸上充满了快乐,要么炫耀自己,要么嘲讽我。他对我过的这种名副其实的单身生活感到无法理解。"你小子,真应该去医院看看,要不就是身体有问题,要不就是脑子有问题……"说完,就是一通儿让人恼火的坏笑。可一过十二点,不知怎么,那小子忽然就伤感起来。

这也赖我,我不该提起中秋,不该邀他到阳台上看八月十五……不,是八月十六的月亮。那一刻韦建很难过,一时竟眼圈红红。见他这副模样,我一下想了起来——他和钟莘是八月十六结的婚。难过一阵,他提起了钟莘。

"不知怎么回事儿……"韦建说,"这些日子,我老是想起她,一直想见见她。这种想法老是在脑子里转悠,差不多有一年了吧,我老是梦见她,每一次情形都差不多……她在果园里,穿着一件白色的纱裙,站在一棵苹果树下……哦,也不一定,有时也不是苹果树,梨树桃树柿子树什么的,总之……她站在一棵什么树底下,就跟电影里的慢镜头似的,慢慢地冲我招手……"

　　对我来说，直到现在，韦建始终是个谜。我是指那些内心深处的东西，真难以判断他的感情世界。在对待女人的问题上，总体而论，我认为他是个冷冰冰的家伙，甚至可以说，这小子相当残忍。要知道，我这么讲绝不是耸人听闻，完全是有根有据——有个学计算机的女学生，身材很漂亮，按韦建的说法儿，她是他的模特儿。在他出版了的"艺术人体"摄影画册上，我看见她那两只丰满的乳房。那个女孩儿十分年轻，刚上大二，不是成都的就是重庆的，跟他睡觉的时候还是个处女。可这小子，没俩礼拜就把她给甩了。结果女孩儿不干，又找他来，可敲了半宿门他都没给开，硬是让那痴情的小女子在楼梯上坐到天亮。

　　对我的痛骂，韦建显得不以为然，还坦坦地说什么："长痛不如短痛，反正我也不可能娶她。"这就是韦建，够狠的吧。你不难想象，当我听他伤感地说他总是梦见离婚五年的前妻时，心里有多不理解。

　　其实我也知道，说起韦建这个人，他倒也不是一个彻头彻尾的铁石心肠。不定什么时候，他也会多愁善感。偶尔对了他的胃口，看一部感人的电影时，他一样也会眼圈儿发红。有一回他来我的事务所，正好碰见一个委托我向前夫讨要生活费的女人。得知她的女儿只有十四岁就患上了肺癌，整整一个晚上，那小子一直在长吁短叹。只是，我从未见他哭过，直到两天前那个夜晚。当他注视了一阵对面楼上一扇扇亮着灯的窗户,把脸扭过来时,我看见他潸然泪下。

"有件事……从来没告诉过你,"韦建唏嘘着说,"钟莘曾经怀孕,可她没告诉我,自己去医院给做了。"

这便是他伤心的原因。他说,如果他俩没离婚,他的儿子或者女儿就会活着,现在已经四岁了。韦建承认这都怪他。钟莘的嫂子事后跟他说,钟莘本来想告诉他,可拿到化验结果那一天,他刚好提出跟她分居。

"说真的……这件事我的确不知道,"韦建痛哭流涕,"如果她说了,我绝不会和她分手……"

我不知道韦建为什么要跟钟莘离婚,我始终也没有弄明白,直到现在,这仍是我心里的一个大问号。韦建当然跟我解释过,不止一次,可他所说的理由总让我觉着不那么充分不那么理所应当。

钟莘身高一米七二,身材高挑模样清秀,毕业于一所名牌医科大学,在一家响当当的大医院里就职,是一个前途无量的外科医生,工作稳定、收入很高。不仅如此,她还有一个有钱的老爹,据韦建讲,他岳父是一个颇具规模的食品公司董事长,是一个名副其实的大老板。

也就是说,钟莘不但是个漂亮的才女,而且还是个实实在在的"财女",可韦建并不以为然,不怎么珍惜,说无论是她的才华和美貌,还是她的富有,都不能使他感到幸福。

当然了,韦建承认钟莘是个难得的好妻子,可他还是决定离开她,而且居然真就那么做了。按他的说法,他跟钟莘属于标准的"好聚好散",

离婚时两个人没有上法庭,而是去了办事处,完全是心平气和。那个老太太接待他们那会儿,钟莘恰好有点儿肚子疼,韦建还跑到马路对面的肯德基给她捧回来一杯滚烫的红茶。办完了手续,他把钟莘送回了家。

"我在那儿坐了半个钟头,"韦建说,"直到她说没事儿了,我才走。"当他和钟莘告了别,一个人走到大街上时,他也曾有片刻的惆怅,不过更多的是一种怀疑。"我不相信所发生的一切,"他说,"我不禁问自己——这是真的吗?难道说……我就这么自由啦?嘿!他妈的!"

第二天一早,韦建便来到了事务所,扔下自行车钥匙,把一切告诉了我。

"不瞒你说……"说话时他转动着脖子,用力地活动着肩胛骨,就好像他被谁用绳子绑了三天三夜,"冯巩说得一点儿不错——真真切切是一种四九年的感觉!"

自打当初我辞了公职,开办了自己的律师事务所,在我的印象中,凡是有人找我倾诉对自己老婆的怨恨,流露出有另起炉灶的想法,我几乎没说过什么阻止或者劝慰的话。唯有韦建,当他第一次跟我透出他的这种念头时,我立刻表示反对,"你小子!"我骂道,"你的脑子怎么啦?是突然进水了,还是本来就有毛病?钟莘哪点儿不好?她有什么错?像她这样的好媳妇上哪儿去找?"

韦建说,钟莘哪儿都好,一点儿也没错,如果跟她分了手,他的的确确没处找。但他实在受不了她,很多方面,诸如什么不许抽烟不许喝酒不许吃蒜每天必须洗两遍澡刷三遍牙;不许出去打麻将玩扑克下象棋;不许上歌厅唱卡拉OK下浴池洗桑拿;不许去外地拍片子只能在北京拍而且不许拍女模特儿(这还仅仅是指那些穿着衣服的美人照,更不要说后来韦建拍的那些一丝不挂的"艺术人体")。很多很多……还包括喝粥吃面条时不许出声,一进家门就必须脱裤子洗澡换上睡衣,没事儿尽量别把狐朋狗友招到家里来,每天晚上九点半以后就不许看电视了必须上床关灯睡觉,至于说你不想睡觉想看看球那简直是休想,管它是德甲意甲还是英超,连欧锦赛世界杯也不能例外。

公平而论,韦建说的这些不能说不是问题,可在我看来,这些问题不足以成为他和钟莘离婚的理由。归根结底,我认为他这人天性放荡,似乎永远也无法跟一个固定的女人生活。这一点,早在他结婚前就体现出来了。那会儿的他,女友更换的速度和数量虽然还不及后来那么快那么多,可也已经是常人不可企及。

"不,不是,你其实并不真的了解我……"那天夜里,韦建再一次辩解,"起码……跟她的分手不是这么回事儿……"

提起钟莘,韦建又一次激动,说他想找她,他无法打消这种念头,至于究竟要干什么,是打算破镜重圆还是仅仅见一面,他自己也说不清。尽管他已经和钟莘分手五年,对她现在的个人生活婚姻状况一无所知,但他不在乎,他说他已经做好各种准备,不在乎一进门就撞上一位醋意十足的后夫或者肌肉结实的新男朋友,也不在乎腮帮子挨上一拳或者胯下被踢上两脚。

我后来得知，其实韦建已经这么做了。他曾经去过钟莘的医院和住处，没见着什么后夫或者新男朋友，连钟莘本人也没见着。这令韦建懊丧。他被告知钟莘已经辞职已经搬家，不论是她医院的同事，还是她隔壁的邻居，都不知道她的下落。

韦建希望我能帮帮他。当然，他当时并不知道钟莘就和我住在一个小区，也不可能预料到我两天后就能与她巧遇。他只是希望我能去钟莘的嫂子那里一趟，打听一下眼下钟莘到底在哪儿，他如何能找到她。

他解释了不能亲自去的原因——钟莘的嫂子和自己的公公，也就是韦建的前岳父在同一个公司里。韦建说，他不怕前妻醋意十足的后夫或者肌肉结实的新男朋友，可对曾经的老泰山就不同了，尤其那老爷子对自己不薄，真要俩人见了面，他不知道自己应该说些什么。思来想去，他没有贸然前往。

于是，韦建把这事儿托付给我。不过他一再声明："咱得把话说清楚——我可不是为这个到你这儿来的啊！只不过因为中秋，话赶话说到这儿，我才想起这码事儿……"

看见钟莘，惊诧之余，我感到大功告成。我们谈了大约十分钟。我本来想多聊两句，可小区里的路灯忽然一下子全灭了，我只好在黑暗中跟她道别。在我的注视下，钟莘默默地上了车，缓缓地离开了小区。

在我们短短的谈话中，我和钟莘并没有说什么。不不，其实我说了不少,只是她没说什么,除了"噢""嗯",或者"是""不"这样一些一个字的回答,没两句称得上"话"的话。

虽然我说了很多,但还是注意了分寸,没有上来就问一些具体的问题。诸如:你为什么放着好好儿的外科医生不当却要辞职?你如今在干什么?你又有男朋友了吗?是不是已经结婚啦?有小孩儿了没有?是男孩儿还是女孩儿?这么晚了你一个人拉着两只大箱子要去哪儿呀?我没有说这些,只是问了她是何时搬来的,住在几楼几层几号,身体好吗?一切顺利吗?之类。

唉!人呀,常常会自以为是,总觉着自己聪明,我便是个典型。在我看来,有些事其实是不必问的,一见面就可以猜出来。比如那晚,把那两只箱子塞进"爱丽舍"的同时,我就断定钟莘是一个人,既没有后夫也没有什么新男朋友。否则,她不可能自己费着劲儿地搬着那两只沉重的大箱子,一个人在暗夜中孤寂地离开。

不过,这种观点并没有维持多久,回到家后我就推翻了自己——怎么不可能?也许她的男人不在身边。也许她那位不是北京人——天津人保定人或者石家庄人;三十多岁的某大学教授,四十多岁的某公司总经理,五十多岁的某医院院长;谁又能说不可能?

再说了,半夜怎么啦?总而言之,因为所以的,她只能这会儿半夜三更地开着车去寻他。可这是后来,当时我可不这么觉着,当时我认定钟莘一个人孤单地生活着。为此,那一刻我着实有些不好受,当她的"爱丽舍"闪了一下尾灯消失在小区幼儿园的栅栏外时,我心中充满了一种莫名的感慨。

有一点你可能注意到了,那天见到钟莘,我并没有主动提起韦建。尽管心里一直想着两天前——也就是八月十六的夜晚他在我阳台上的倾诉,可我还是把那小子给咽了下去。我拿不准,总觉着不合时宜,还是等韦建回来,让那小子自己找钟莘去吧。令我意外的是,钟莘竟主动提起他来,拉开车门后她没有马上上车,沉默了片刻,她问我:

"你知道他这会儿在哪儿吗?"

我常常想起她这句话,以及,当时她说这句话时的情形,尤其是那些失眠的夜晚,每当电视机里所有的频道都变成测试信号之时。

那一刻,我总是为一个问题所困扰——她为什么要这么问,其中的含义究竟是什么。这一点,到现在我也不明白。我总是归咎那些路灯,如果路灯还亮着,我便会看见她的脸,或许就能从她的表情中揣摩出什么。可它们熄灭了,她的脸上一团漆黑。

我当时没有直接回答她,而是唐突地反问:

"你想找他吗?"

同样,钟莘也没有回答我,既没有说是也没有说不是。那一刻她一动不动,低着头,好一阵沉默。

知道吗,每当我们身处一种不同寻常的时刻,我们往往会被一些表面的东西所迷惑,同时使自己失去以往的观察与辨别能力。我那会儿就如此。当然了——除了神仙,任何人也不可能预知未发生的事,谁也想象不出她将于两个多小时以后在天津与河北交界的某公路上翻车。但起码,我总觉着,我应该能看出她的精神不正常,或多或少——哪怕只是一点点呢,可我没有。

哦,说来也真是凑巧,我是指钟莘离开我后的遭遇。她的车轮爆胎了,但这并不是导致那场事故的直接原因。觉出车子在打晃后,钟莘曾经平安地把车停了下来。她打算换胎,可那两只大箱子在后备厢里。她取出了上面的一只,但下面的那只却死死地卡住了。

就在这一刻,恰好一个年轻的天津警察或者河北警察骑摩托车路过。他帮钟莘换上了车轮,同时却也注意到了那两只箱子——它们的重量引起了他的疑心。

我坚持认为,并不是这个年轻警察的想象力比我丰富多少,这完全是职业的缘故。他婉转地要求钟莘打开箱子,结果遭到拒绝。正当那年轻的警察犹豫要不要亲自动手时,钟莘突然跳上车,弃箱而逃。

尽管自己的摩托车功率处于劣势,可那位年轻的警察并没有因此而气馁,一直穷追不舍,跟着钟莘狂奔了大约八公里,使得她在一个急转弯处将"爱丽舍"开进了水沟。

第二天一早,两个身穿便衣,自称是市刑警队的家伙把我堵在了楼梯上。他们问了我很多问题,却没有告诉我什么。很多事,我是三日之后才知道的。我去了那家刚刚开盘的高档公寓,在售楼处一间不大的小会客室见了钟莘的嫂子。深深地叹了一口气,那个看上去比钟莘还年轻的女人告诉了我一切——

当初,与韦建离婚后,钟莘便开始抑郁,随后便越来越厉害,以至于不得不辞去工作入精神病院治疗。可效果不好,老是反复,先先后后她一共去了四次。实际上,这一次她才出来没多久,在此之前,钟莘父亲在我居住的小区为女儿买了一套位于顶层的三居室,据说房间装饰得非常豪华,还有一个将近四十平米的露台,那老爷子买了一卡车花,把上面布置成了一个空中花园,为的是给他的宝贝女儿创造一个能使她心情愉快的环境,可谁又能想到……

跟钟莘的嫂子谈了约一个小时,我大致明白了整个事件的始末——

八月十六的那晚离开我以后,韦建并没有马上去陕西,而是放弃了对我的委托,亲自找了钟莘的嫂子。得知钟莘跟我同住一个小区,韦建当即就去了她家。不知是出于什么考虑,他没有告诉我,没准儿想事后再跟我说吧。总之他去了,结果死在了那儿。

韦建是被毒死的,随后被肢解。我不知道那究竟发生在什么时刻,但应该是在我走进我俩常去的那家小吃店之前,我推断——当我正大口吃着卤煮火烧之时,钟莘正把切碎了的韦建一块一块地放进那两只大箱子。

必须承认,我还是缺乏想象力,完全没想到我给韦建发短信时,他已经死了,那一刻手机在钟莘手上,是她回复的我。而且,这也是警察第二天一早就找到我的原因。

　　鉴于钟莘是个精神病人,她的案子到现在也没判。据说检察院一直对此提出质疑——从杀人到肢解尸体,直至驾车长途夜奔准备弃尸他乡,这一切,她实在是做得太冷静了。

　　钟莘现在还被关押着,不知道是在精神病院还是监狱。

　　我总是想起与她见面的那十分钟。我实在难以相信——当我和她说话时,韦建就在我们身边。可这是真的,是我帮她把已经分成了若干份的韦建塞进了她的汽车。除了这些,我还为自己发给韦建的短信心烦:"在坟墓里的感觉如何?"就好像我真的知道他已经赴了黄泉。为此,我一夜夜的无法入眠。

2004 年 6 月 9 日初稿
2015 年 10 月 18 日重新修订

我们见过吗

不知道已经过去多久,纪茂林一直面朝窗外坐在沙发上,握着一杯红茶,心不在焉地朝街上望着。在他身后,将近一百八十口子至少比他小二十岁的年轻人正疯狂地蹦着迪。大功率放大器推动着喇叭比洗脸盆还大的音箱,所发出的所谓音乐震耳欲聋,强烈的节奏声让茶几上的一瓶瓶啤酒饮料什么的一下下跳动。过于沉重的低音如工地上的夯土机一般,砰砰砰地持续拍打他的胸口。一个瞬间纪茂林脑海里闪过一个念头,他会不会因此心脏病突发猝然离世。

纪茂林转身朝喧闹噪杂的大厅望去,眼前这般乱糟糟的景象,与其说是一场婚礼,不如说是某舞厅门票三块钱一张的夜场舞会。他这人生来喜好清静,这种场合向来避而远之,今日坐在这里纯属无奈,实在是不得已。

昨天晚上,正在外地考察工作的淑芳几次打来电话,让他务必参加冯琛的婚礼,还一再嘱咐他要有始有终,不能露个面儿就走,无论如何要坚持到婚礼结束。

现在纪茂林明白了妻子的担心,显然她了解她儿子。之所以说是她儿子,是因为冯琛只是他的继子。三个月前,纪茂林娶了淑芳。淑芳比他大三岁,整整五十,已是半老徐娘,但毫不夸张地说,仍称得上是美女,依然美丽动人,浑身上下散发出一种二十几岁小姑娘所没有的特殊魅

力。跟淑芳在一起，纪茂林体会到一种全新的体会，感觉到一种从未有
过的感觉。于是见了三次之后，他果断打发了那个胸部很大的女人，用
闪电般的速度和淑芳结了婚。

当然，私下里纪茂林倒也承认，他之所以娶了淑芳，除了以上所说，
还有一个十分重要的原因——淑芳在某部委工作，官职司长。地位显赫
不容小觑，不仅拥有专车，还拥有只有高级干部才能拥有的楼上楼下的
大房子，以及……

终于，那要命的迪斯科停了下来，被一首优雅舒缓的舞曲所替代。
随着电子琴合成器的消失，小提琴大提琴的高雅之声咝咝啦啦地在音箱
里响起，人声鼎沸的大厅有了些许欧洲宫廷舞会般的氛围，纪茂林总算
喘出一口气。

"嗨！"

新郎冯琛跑了过来。他们不算很熟，一共见过两面，场合都是婚礼，
上次新郎是纪茂林，这次是他的这位继子。

"交谊舞开始了，你不过去跳一会儿吗？"冯琛抄起一瓶可乐，顺势在
纪茂林身边坐了下来。

"不不……我太老了。"纪茂林敷衍道，起身去了对面。对这位继子，
纪茂林原本就印象不好，听到他以"嗨"称呼自己，更是感到不快。

"哪儿呀……"打开一瓶可乐咕嘟嘟地喝了一通，冯琛说，"你一点
儿不老，看跟谁比了，跟我们比你是老了，不过还行，挺帅的，有点儿魅

力！要不我妈怎么会看上你了呢！嗨！你不知道，我妈本来没想跟你，刘部长喜欢我妈，我妈有点儿愿意，就在这中间，你插了一杠子！其实我……"

"新郎官儿！"一个高个子女孩儿跑了过来，"走，冯琛，跟我跳个舞！"

"来啦！"冯琛起身向自己的继父告辞，"嗨，不跟你聊了，走了我！"

看着冯琛搂着女孩儿舞进人群，纪茂林摇摇头。很快，一个正跟新娘跳舞的男人引起他的注意。

纪茂林朝那人望去：那人看上去四十五六的光景，身材瘦高，穿了条紧绷绷的牛仔裤，身着一件红绿相间的方格夹克，梳着油光锃亮五五对开的中分头，细细的脖子上有一张长得不能再长的脸。从头到脚看下来，简直就是一个香港电影里的老阿飞。

然而，之所以纪茂林注意到这个人，除了他的相貌打扮，还有他那有失体统的举止。在纪茂林看来，他的那张大长脸跟新娘的脸实在是贴得太近了。尽管对自己的继子有些厌恶，但那位儿媳却让纪茂林颇有好感，一时，他有些愤慨。

正当纪茂林犹豫要不要去找冯琛换下这家伙时，原本慢悠悠的舞曲忽然加速，一串十六分音符从音箱里冲了出来，音乐在一个强有力的长音声中结束。少男少女们随之停止了旋转，一个个如长臂猿般高举双手齐声吼了一嗓子，然后便一双双一对对地朝大厅四周摆满饮料食品的座位奔去。那个令纪茂林愤慨的大长脸也丢下新娘，迈开两条长腿大步朝他走了过来。

"来根儿烟哥们儿!"这位大咧咧地说,一屁股坐在纪茂林对面。

纪茂林没有抬头,指了指摆在茶几上的香烟。

"谢了!"大长脸伸手拿起香烟,从自己的空烟盒掏出打火机,正要点燃的一刻,忽然他愣了一下,长长的脸上划过一缕迷惘。

"我们见过吗?"那人眯着两只细细的眼,注视着纪茂林问道。

纪茂林一怔,抬头朝这位望去——不知怎的,他也有似曾相识之感。

"没印象。"纪茂林断然否认。瞬间之中他做了判断,这个人肯定不是他交往过的人,很有可能是某天在饭馆里看见的一个家伙,或者仅仅在大街上打过一个照面。这毫无意义,纪茂林懒得回忆,更不想跟他攀谈。

"……没有吗?"大长脸点燃了香烟。他有些不甘心,盯着纪茂林努力回想。

不知因为什么,他的目光让纪茂林很不舒服,于是决定离开座位。正当他琢磨着找个什么借口时,大厅里再次响起音乐声,一首桑巴舞曲乒乒乓乓地袭来。

"对不起……"纪茂林趁机收起香烟站起身。

"干吗? 要走啊?"大长脸连忙问。

"不,"纪茂林指了指摆在附近的一只音箱,"这儿有点儿吵,我想换个地方。"

"没问题，"一听这话大长脸也站了起来，"说吧，咱俩去哪儿？听你的！"

一时，纪茂林无奈。

很快，两个人在另一个座位落座。抓起一瓶啤酒，大长脸用牙咬开瓶盖，把瓶子伸向纪茂林。

"不……"纪茂林伸手阻止，拿起茶壶给自己倒了杯茶，"我开车来的。"

"哦！那我就不让你了……"大长脸说，就着瓶子喝了一口，"有个事儿，不知道你注意没有？"

"什么？"纪茂林淡淡地问，心里盘算要不要现在就过去向冯琛告辞。

"今儿来了这么多人，全是小年轻儿……"大长脸说道，"就俩人不是，一个我，一个你。"

"好像是吧。"纪茂林敷衍道。

"你看，你也注意到了吧！"一拍大腿，大长脸问道，"多大岁数你今年？"

一听这话，纪茂林意识到这位要开聊，又一次想站起来走人，但随即便想到淑芳，不得不又一次打消念头。

"四十七。"他回答道。

"不像！看着没那么大！属什么的你？"

纪茂林暗自叹了口气："属蛇。"

"子鼠丑牛寅虎卯兔……"大长脸掰着手指喃喃计算,"我属兔,我今年三十七,你比我整大十岁。"

纪茂林一愣:"你三十七?"

"干吗那么吃惊?"大长脸当即不满,"你什么意思?觉着我显老是吗?"

一听这话,纪茂林意识到自己说错话了。他是生意人,不论什么场合,也不论跟谁,见人说好话是金科玉律,早已习惯成自然。更何况眼前这家伙打扮怪异举止粗俗,谁知是干什么的,万一惹恼了他,这家伙翻了脸跟自己拍桌子瞪眼,岂不是自找麻烦。

"没有!不是那个意思,你理解错了……"抬手指了指一旁正在跳舞的几个二十岁小伙儿,纪茂林违心说道。"你显年轻……还以为你跟他们差不多呢。"

"哈哈哈哈……"纪茂林话音还没落地,大长脸便大笑起来。前仰后合捂着肚子笑了一阵,他欠身向纪茂林伸手。"不行不行!不行哥们儿……我得跟你握个手!"

纪茂林无奈,伸手与他握了握手。

"我说……我说哥们儿……"大长脸仍在笑着,"这么多年……这么多年了,我刚知道我这么少相……跟他们差不多?哈哈哈哈……"

大长脸再次大笑,不时抬手抹泪。一时纪茂林朝他望去,不知怎么,忽然觉得他很率真,那张长长的脸上有一种十几岁孩子的神情,具有很强的亲和力和感染力,这个人好像也不错,并非那么让人厌恶。纪茂林松开了一直板着的面孔,不由自主也跟着笑起来。

"哈哈……哈哈……哥们儿……你可真会说话！哎哟喂……行！有你的……"大长脸边笑边说道,"我知道……我知道你是捧我！那我也高兴！来哥们儿……不！不能叫你哥们儿！你比我大十岁,得叫你大哥！大哥！不行,我得跟你喝一个！"说话间,他又咬开一瓶啤酒,伸手把瓶子给纪茂林递了过来。

"不不不……"纪茂林再次推辞,"刚说了,我开着车呢……"

"没事儿！不多喝,意思一下儿就行！大哥,来吧！"大长脸举起自己的酒瓶。

一时,纪茂林有些动摇——他没什么嗜好,唯独酷爱啤酒。自从婚礼开始,便一直看着眼前的一瓶瓶啤酒纠结,到了这会儿,尤其听到大长脸一声声地叫他大哥,终于有点儿把持不住。

"行吧,那就意思一下儿！"纪茂林接过啤酒。

"来大哥……"

二人一同举起啤酒。就在两只酒瓶即将碰上的一刻,大长脸忽然又把酒瓶抽了回去。

"先等等……"大长脸说道,长长的脸上又一次浮现出浓浓的困惑。"不行！大哥,咱俩肯定见过面！"

"是吗?"

"我肯定！你不觉得吗？你对我……一点儿印象没有？"

"说实话……刚才看见你，的确也有这种感觉，好像觉着在哪儿见过。"抵抗了几次，纪茂林终于承认。听到大长脸几次称他大哥，他已经基本消除了对这个人的戒心。

"你看是不是！"大长脸当即一拍大腿，"肯定见过咱俩！可……到底在哪儿呢？"

"是啊？在哪儿呢到底？"纪茂林附和道。

一时，两个人陷入回忆。他们先是相互张望着对方努力回想，然后双双低下头苦苦思索。但想了半天，谁也没想出个所以然。不约而同，他们一起抬头，双双放弃这徒劳之举。

"算了，不想了！喝酒！"大长脸再次朝纪茂林伸出酒瓶，"来吧大哥！"

"砰"的一声，他俩的酒瓶撞了一下，算是碰杯。

婚礼舞会仍在继续。音乐从桑巴转为伦巴，又从伦巴转为圆舞曲……当一首铿锵有力却又充满柔情的探戈响起时，纪茂林面前已经摆了三只空酒瓶。

之所以如此，并非仅仅因为他对啤酒的喜爱，更多的是因为大长脸的一句话——他告诉纪茂林，自己是新娘的舅舅。听他这么一说，纪茂林立刻消除了之前对他的种种不满，随即介绍自己是新郎的继父。一听这关系，大长脸立马又给纪茂林咬开一瓶啤酒，命令他不要开车回家了，说新娘的父母没来，他作为长辈到场，跟纪茂林等于是亲家，大喜之日，两个人应该痛痛快快喝个一醉方休。

纪茂林当即应允，二人一拍即合，抱着酒瓶开怀畅饮。当大长脸又一次吐出瓶盖，把第四瓶啤酒塞给纪茂林时，纪茂林已经有了三分醉意，口称亲家指责大长脸的穿戴，说他这身打扮实在难看一点儿品位没有。

一听这话大长脸有些无奈，说他平时并非如此扮相，今日这番打扮，全是他外甥女的主意，说他应该穿得醒目一些，以便吸引女孩子们的眼球。他解释说，虽然自己已经老大不小，扔下三十奔四十，却依然是个光棍儿。他的外甥女之所以让他参加今日这场舞会婚礼，是因为今日会有不少单身女孩儿到场，说不定里面就有他的另一半。然而令他懊丧的是，几个钟头过去了，除了他的外甥女，还没有哪个女孩儿跟他说过一句话，甚至没有谁多看他一眼。

一听此言纪茂林忍俊不禁，随后问他为什么，何以这把岁数仍然单身，是否眼光太高的缘故。大长脸立刻否认，说自己工人家庭出身，父母既不是什么高干也不是什么知识分子，他自己更是普普通通，没上过大学，什么学历没有就是个高中生，且长相又不好，只有人家看不上他，他没挑人家的份儿。自打参加工作，这么多年他陆陆续续也曾搞过几个对象。但最终，对方都和他散了伙儿。究其原委，无一例外都嫌他工作不好，一个个都不愿意嫁给他。

此话一出，纪茂林不由得好奇，询问大长脸做什么工作，是否是扫马路的清洁工或诸如此类什么的。大长脸摇摇头,告知自己是个公安,在分局刑警队工作。纪茂林一时诧异,说从一见面,他就琢磨他是干什么的,琢磨半天也没看出他是一个警察。

大长脸对此不以为然,说谁脸上也没写着他是干什么的,别说自己一个普普通通小警察,就算是公安局长,脱了衣服进了澡堂子,谁也看不出这个人是公安局长。对此纪茂林同意,但仍对他是个警察感到惊奇。

二人继续喝酒。当中,大长脸又一次眯起他那两只细细的眼朝纪茂林注视,又一次回想他们到底在哪儿见的面。

"不行,想不起来,实在想不起来!"他摇摇头说道,"亲家,你不知道,就我,特奇怪!一方面,我忘性特大,除了枪以外,东西老找不着,什么事儿撂爪儿就忘!可另一方面,我的记忆力又特好!尤其记人,我一门儿灵!在单位没人能跟我比——只要是通缉犯,我看过照片,甭管过多长时间,哪怕几个月,甚至几年,他别让我撞上,只要让我撞上,我一眼就把他给认出来!姓什么叫什么,犯的什么事儿,背着什么案,我全能想起来,为什么到了你这儿,我就不灵了呢?为什么?你说?"

一听这话纪茂林无奈:"我说亲家……你这话可有点儿不对!你什么意思?我是通缉犯?"

"呸!"大长脸抬手给自己一个耳光,"说错了说错了!亲家,我就是举个例子,别的什么没有!"

"那也不成啊!"纪茂林不依不饶,"你这一举,我成通缉犯了!"

　　大长脸连忙赔笑："哪儿的话！肯定不是！我不说了嘛,真要那样,我早把你认出来了,还用等到现在？你肯定不是！算了,不提了,咱换个话题……那么……亲家,听冯琛说,你是个大老板,公司上上下下好几百人,是吗？"

　　此言一出,纪茂林一愣,随即意识到冯琛在给他妈脸上贴金。

　　"哪儿的话！我算什么大老板,"纪茂林诚实地说,"只是个小公司,连我在内,一共才四个人。"

　　"那也不错啊！有公司,有员工,那就是大老板！"大长脸说,跟着问道,"怎么样,挣了多少钱了已经？一百万肯定有了吧！"

　　"没有！哪儿有那么多,一半儿都没有！"纪茂林据实相告。

　　"不可能！你刚说了,你是开着车来的,车你都开上了,怎么可能就那么点儿钱,最少一百万！"

　　"真没有！我那就是辆夏利,还是二手的,动物园那帮倒服装的个体户你知道吧？"

　　"知道啊！"

　　"一个个车都比我好！我真没什么钱,不蒙你！"

　　"是吗？"大长脸有些相信了,"什么时候下海的？没多长时间吧？"

　　"不是,时间还真不短了,比你当警察时间还长,从辞职那天算起,到现在已经整整二十年了。"

"那么老早!"大长脸有些惊奇,"那么老早……你就下海啦!"

"可不是! 说出来我都脸红。"纪茂林说道,四下寻找起子。

"脸红什么呀你!"大长脸伸手从纪茂林手里拿过酒瓶,"这说明你觉悟得早! 有远见! 行! 你有两下子,真有魄力! 搁着我——姥姥我也不敢!"

一如之前,说话间他又一次咬开瓶盖。纪茂林见状叹了口气,说到底还是年轻,他的牙实在是好。大长脸不以为然,说有一回跟人打赌,他一口气儿咬了四十四瓶。这刚哪儿到哪儿,他们两个加一块儿,还不到十瓶,根本不算什么。

"佩服!"将啤酒递给纪茂林后,大长脸接着说道,"二十年前你就敢扔下铁饭碗自谋生路,实在佩服! 可……话又说回来了,亲家,你胆儿也真够大的! 能有多少钱啊你那会儿? 你就敢辞职?"

纪茂林张嘴想说些什么。

"你等等,你先别说,让我猜猜……现在是二〇〇〇年,倒退二十年是一九八〇年,那会儿还不行呢,整个中国,家家户户穷得叮当烂响,我要没记错,我妈那会儿有个存折,里头有一百多点儿,她成天唠叨什么时候能存上二百。你呢亲家? 能有多少钱啊你那会儿? ……有五百吗?"

纪茂林摇摇头:"这你又说少了。"

"少了?"

"少了。"

"那是多少？……八百？"

"还少！"

"还少？那你有多少？……一千？……一千二？……一千五？"

"算了，估计你没那想象力……"放下手中的酒瓶，纪茂林说道，"这么跟你说吧亲家……在今天，就我这样的，什么也算不上，不值一提！可在当年，我绝对是个有钱人——你知道，想当年，我把辞职报告交上去的那天，不算上个月的工资，我存折上有多少钱吗？"

"多少钱？"

"一万九千八百七十六！"纪茂林自豪地说道。

"那么老多？"大长脸吃了一惊，"真是不老少！搁在今天，相当于……你等等，你说多少钱？"

"一万九千八百七十六。一个很容易记住的数字。"

"没错儿，是很容易记住……一万九千八百七十六？我好像想起什么……"

"是吗？"纪茂林感兴趣地问，"你想起什么？"

"……没有，"回想片刻，大长脸摇摇头，"什么也没想起来！算了，不费这脑子！咱还接着聊……亲家，我有点儿好奇，既然那会儿还没辞职，你怎么会有这么多钱？"

"这个嘛……"

一听这话纪茂林不由得愣了一下——这段历史他从未对旁人说过，

自然也没有谁问过这个问题。正当他犹豫该如何回答时,一直在大厅里回荡着的探戈舞曲忽然停了下来,音箱里传来主持人的声音,告知下面是婚礼舞会的最后一支舞。话还没说完,人群中便爆发不满的嘘声。主持人随即大声补充,说这首乐曲很长,完全可以让他们尽兴。就在这时,随着一首施特劳斯的《维也纳森林》在大厅里响起,新娘朝二人赶来。

"叔叔好!"新娘欠身向纪茂林问候,转身对大长脸说道,"怎么回事儿五舅?你们俩怎么聊起来了?"

"你还问我?我正这儿骂你呢!"大长脸训斥道,"我亲家在这儿,你也不给我介绍介绍!"

"对不起对不起!"新娘连忙道歉,"来的人太多了,我实在……"

"好了好了,"纪茂林为新娘解围,"不用解释,现在是最后一支舞,快回去跳吧!"

"我就是为这个来的,"新娘对纪茂林说道,"叔叔,从您进来,您一直坐着,一下儿也没跳,我陪您跳这最后一支舞。"

听她这么说纪茂林一时感动:"合适吗这样?"

"还用说啊!肯定不合适!"大长脸接过话茬,扭头对自己外甥女说道,"傻呀你!最后一支舞这是!哪儿能跟他跳啊你!你得跟冯琛跳!这是规矩!明白不明白?"

"就是就是……"纪茂林连忙附和,"不合适,你得跟冯琛跳!"

"去吧!"大长脸朝新娘挥了挥手。

"好吧,那我去了叔叔!"新娘再次朝纪茂林欠身,转身去了大厅。

"行了,抓紧时间,咱接着聊……"他拿起香烟取出一支,把香烟递给纪茂林,"哎? 说到哪儿了咱?"

"哦,"纪茂林拿起打火机,"说到……"

"想起来了,我问你怎么有那么多钱,你正要告诉我!"

"算了,别老聊我,时间不多了,说说你吧……"纪茂林点燃打火机,朝大长脸递了过去,"你怎么样? 当警察……一定很忙吧?"

"这么跟你说吧……"凑过脸点了烟,大长脸说道,"四个月了都,算上今儿,一共歇了三天。"

"这么辛苦!"纪茂林自己把烟点上。

"可不是,真不是什么好行当儿……一天到晚,好人坏人你得见,活人死人你得见……经常是,你刚端起饭碗,事儿就来了,你只能走! 有时候你回来,那饭还能吃,有时你就吃不下去了! 亲家,你不知道,本来我不这么瘦! 你看……"说话间,大长脸从钱包儿里掏出一张小照片,"这是我上高中时照的,小脸儿多圆呀!"

纪茂林接过照片端详着,照片上是一个男孩儿,看上去十五六的样子,那张长脸的确没现在这么长,可也没他自己说的那么圆。

"嗯! 那会儿还行!"还回照片,纪茂林客观地说。就在大长脸收起照片时,纪茂林忽然觉得照片上的男孩儿有些眼熟,正想就此说上几句,大长脸又开了口。

"唉！亲家……"他说道，"你知道，后来我怎么瘦的吗？你肯定想不到，听说过厌食症吗？"

"厌食症？"纪茂林一愣，"听说过，怎么？难道你……"

"对！我得了厌食症！差点儿没死了！"

"那么厉害？可……你怎么得了这么个病？"

"说起来都已经十几年的事儿了！"吐了个烟圈，大长脸说道，"我那会儿刚到刑警队。我记得很清楚，那天天儿特好，阳光明媚的。中午十一点半差不多，我去食堂吃饭，那天午饭是西红柿打卤面，是我最爱吃的饭！我们那大师傅，特差劲，做西红柿卤，他不搁鸡蛋，光搁西红柿！那我也爱吃！西红柿卤跟面搅和起来，红卤白面、别提多香了……那天，我捞了面浇上卤，刚把碗端起来，队长来了，说有事儿，撂下碗我就跟着他去了，到那儿一看，那人死了，亲家，你猜他是怎么死的！"

"是不是……特惨？"纪茂林小心地问。

"不知道凶手用的什么家伙，像刀又不太像，脑袋齐刷刷让人削下去一半儿！血涂在白花花的脑浆子上，跟那西红柿面一模一样。"

"天哪！"纪茂林不寒而栗，不由得打了个冷战，"是不是……都把你吓死了？"

"倒也没有，怕肯定是怕，可也没怎么着，主要恶心，完事儿以后我们就回去了。进了食堂一看，我那碗西红柿面还摆在桌上，一下儿我就吐了！整整吐了一礼拜！什么饭都吃不下去，吃什么吐什么！"

"要是我没猜错……"清了清嗓子,纪茂林开了口,"自打你当上警察,这恐怕……是你第一次看见死人吧?"

"不,"他摇摇头,"之前就见过,参加工作以后,我没直接去刑警队,先在派出所实习,我们一共三个人。我现在脑子不好,怎么回事儿忘了,反正是上班的第一天,所长拉着我们仨出去。车开到西直门,他忽然在一个小饭馆停了下来,说要教教我们怎么对付那些地痞流氓。他走在最前面儿,我紧跟他走在第二,那俩在我后头。刚一进去,就听见'砰'的一声,他跟着就往后一仰,我下意识地一伸手,抱着他摔在地上。我低头一看,子弹正打在心口,当时他就死了。"

"这么说……"摇了摇头,纪茂林问道,"你看见的第一个死人……是你的所长?"

"还不是,在他之前还有一个,是个女孩儿,跟他一样,也是在我怀里死的。"

"十六岁?"纪茂林诧异,"你十六岁就当了警察啦?"

"没有!还没呢,我十八才高中毕业,那会儿还在十九中上学呢。"

"我就说呢!怎么回事儿,说说,说说。"

"是那年冬天的事儿,当时正放寒假,我那天……亲家,你知道榆林街吗?"

"知道,"纪茂林点点头,"我在那儿住了两年。"

"那行了!那你一定知道,路北有一条小马路,里头有个邮局,不大,挺小的。"

"知道，我去过。"

"我就是在邮局门口儿看见的她。唉！亲家，你不知道，她长得……实在是太好看了！简直……就是仙女！我还记得她的名字，她叫张燕。到现在，我一直觉着，这是世界上最美的名字！怎么样亲家，你觉着呢？这个名字是不是特美？"

"还行吧，"纪茂林敷衍道，"你接着说。"

喝了一大口啤酒之后，他继续说道，"……她可真是个好女孩儿，长得那么好看，可一点儿也不傲慢，告诉我说她十八岁，刚刚从马来西亚回来……"

"马来西亚？"

"对，马来西亚。"

"这么说她是个……"

"华侨，"大长脸继续说道，"后来她就进了邮局，我一直在门口等。她出来以后，我又跟她说了一会儿话。我指着邮局上面的居民楼告诉她我来找同学，她指着邮局告诉我她奶奶收到一张汇款单，她来邮局取那笔钱。分手前我问她。能不能再见面？她有点儿犹豫，完了就提起她叔叔……"

"他叔叔？"纪茂林困惑。

"对，她叔叔，"大长脸继续说道，"她对我说，她叔叔不让她跟生人打交道。一听她这么说我有点儿难过。她看出来了，又安慰我，说奶奶的汇款单还没到,明天她还要来……"

说到这里,大长脸一时沉寂,随即便猛地一拍桌子。

"噢!"纪茂林吓了一跳。

"坏事儿就坏在我妈身上!"

纪茂林不解:"怎么这里头还有你妈的事儿啊?"

"当然有了!都赖我妈!要不是因为我妈,什么事儿也出不了!"说话间他气恼不已,再一次咬开一瓶啤酒。

"到底怎么回事儿?"看了看他,纪茂林小心地问。

"每天,我们家都是十二点开饭,"砰地放下酒瓶,他继续说道,"就那天,都快一点了,我妈才把饭端上来!我一看时间晚了,扒拉了两口饭就往邮局跑,刚到马路对面儿,就看见她背着只书包从邮局里走了出来……亲家,你知道,后来出什么事儿了吗?"

"该不会……她也遇上持枪歹徒了吧?"纪茂林问。

"没错儿!只不过凶手手里没拿着枪!"

纪茂林点点头:"这么说,真是抢劫?"

"……对!就是抢劫!"喝了口啤酒,他愤慨地说道。

"凶手抢了她的钱,还杀了她?"

"没错儿!就是这么回事儿!"

"发生了什么?凶手是怎么杀的她?是不是用……你接着说。"

"唉!别提了!这么多年了,一想起当时,我就后悔!我要当时喊她一声儿,她就没事儿了。可是我……"说到这里,大长脸懊悔不已。

"怎么回事儿?是不是你当时……已经看见凶手了?"

大长脸摇摇头:"凶手我没看见,我看见她叔叔了。"

"她叔叔?"纪茂林不解,"她叔叔也去啦?"

"没有,她叔叔没去。我弄错了,我看见的那个人就是凶手,可我以为是她叔叔。"

"这样啊?"纪茂林惊讶,"可……为什么?你为什么会这么以为?"

"咳!"大长脸气恼地说道,"还不是因为傻!当时她正站在马路边儿上,一次次回头往邮局看,那人紧挨着她站在她身边儿,也在那儿东张西望,我一看,这肯定是她叔叔啊!我一下儿就慌了,正好儿旁边儿有棵树,赶紧就躲后头了,结果……"说到这里,他难过不已,不由得眼圈红红。为了不让眼泪从脸上掉下来,他起身走到窗前,朝窗外注视一阵,他开始叙说:

"……唉!想起来,有时候我真是觉着,是我害了她!她肯定是因为老在那儿回头看我来了没有,所以才没看见那辆'上海'。我呢,一样也没看见,一直在树后头躲着,直到听见一声儿刺耳的急刹车声儿,我才把脑袋探出来。一看她躺在马路上,我知道坏事儿了,撒腿就跑了过去!等我跑跟前儿,那辆'上海'已经没影儿了,那个我以为是她叔叔的人蹲在她身边儿,手里还拿着她的书包。亲家,你知道我跟那人说了句什么吗?你肯定猜不出来,不管什么时候,想起来我就想抽自己嘴巴——我跟他说：'张叔叔,您赶快去叫救护车呀!'我这么一说那人愣了一下儿,完了就拎着她的书包跑了! 当时,四周一个人也没有,马路上只有我们两个人。我坐在那儿抱着她等救护车,她当时还活着,一直看着我想说些什么。后来邮局的人跑了过来,这才给医院打了电话。等见到她真正的叔叔之后,我才知道自己是天底下最傻最傻的大傻蛋! 我简直……对了……"说话间,他转过身,冲纪茂林说道,"亲家,你知道……她书包里有多少钱吗?"

"多……多少钱?"

纪茂林结结巴巴地反问,说话间他大汗淋淋,声音变得连自己都认不出。

尽管如此,他并未察觉出什么,依然愤慨地对纪茂林大声说道:

"一万九千八百七十六! ……已经二十年了,这个数字我一直记着! 永远忘不了! 我一辈子……"说到这里,他忽然醒悟,那张长脸骤然变了颜色! 再一次眯起他那细细的双眼,怒视着浑身颤抖的纪茂林……

就在这时,那首长长的圆舞曲进入高潮,在一个雄壮的强音声中戛然而止。

"嗨!"新郎冯琛跑了过来,"舞会结束了……喂喂,你们怎么啦?"

2001 年 4 月 25 日初稿
2015 年 9 月 8 日重新修订

镜子

午后的花园显得格外宁静。用一颗颗鹅卵石铺成的小路两旁，栽满了一簇簇碧绿的栀子。仲夏早已过去，它们竟然又一次绽放出一朵朵白色的花。这不寻常的景象令她惊奇不已，更使得她的那颗忧伤的心平添了一份快乐。随着秋天的到来，太阳明显向南倾斜，阳光直接穿过打开着的窗户，暖融融地照在她的身上。在这样一个恬淡安谧的美好时刻，她一如以往地坐在窗边，对着小桌上的一只嵌着螺钿的红木梳妆镜精心打扮着自己。

树林里传来小鸟的呢喃，当一只白脸山雀落在窗台上时，她终于搞定了一切。她对着镜子左看右看上上下下地照着——身上那件托人从杭州买来的丝绸小袄令她满意，但头上那芭蕾舞演员一般高高盘起的发髻却让她有些吃不准。在她看来，这个新发型或多或少让她的脸有些显长，似乎之前那种让头发垂落在脸颊两侧的样式更有把握。

即便这样，她依然决定保留这个发型——他就要回来了，她希望他们见面时，自己能让他有一种新鲜感。想到他，她又一次对着镜子端详自己——她看到的是一位三十出头的美貌少妇，皮肤白皙细嫩，容颜美丽动人，堪比哈德门香烟广告上的妙龄女郎。尽管如此，她仍有些不放心，探身贴近镜子，把自己的脸仔仔细细地检查了一番，结果令她十分欣慰——眼角儿依旧光滑如初，一道皱纹都没有发现。与当年出嫁那会儿相比，基本没什么两样。

于是,她放下心来,将一直握在手里的牛角梳子放到桌上,不料无意中碰倒一个胭脂盒大小的玳瑁相框。相片上那个穿西装的青年是她亡夫。两个人第一次见面之后,他便寄来这张相片。不知因为什么,她忽然觉得它像件古董,仿佛已经摆了七八十年。

她伸手将镜框翻了过来,透过玻璃背板,她在相片背面看见几行隽秀小字,之下是落款日期。屈指一算,虽然没有那么久,但也已经过去了十五年。时光荏苒日月如梭,她不由得感叹——就在昨天,她度过了自己三十二岁的生日,而当初收到这张照片时,她才只有十七,还是一个娉娉袅袅的少女。她的亡夫那时也很年轻,那年也才刚刚二十,不过是一个弱冠之年的大男孩。此时此刻,想起彼情彼景,她不禁一阵心酸,多少往事涌上心头……

多年以来,每当跟人提起亡夫,她总是说他是一个好人。但这并不是她的真心话。尽管她的亡夫生前待人和气,说话彬彬有礼,无论是言谈举止还是待人接物,无不完美无缺无懈可击,但对她而言,这个温文尔雅的男人却是一个十足的骗子。她被这个男人毁了,他毁了她的一生。

其实从一开始,她就怀疑他身体不好。第一次见面,他就一个劲儿地咳嗽。可当时只有十七岁的她相信了他的解释,他说自己没有肺病,只不过最近有点儿感冒而已。然而,看似忠厚老实的他没有对她说实话,婚后不到三个月,他就住进医院。天真的她本以为很快他便会康复,没想到他一住就住了八年。

于是,从他住进医院的那一天起,春夏秋冬周而复始,无论是严寒,无论是酷暑,她每天要做的都只有一件事,就是按他前一天的吩咐,在家中做好他喜欢的一日三餐,一趟接一趟地送到医院。必须承认,对她而言,这的确有些不公,甚至有些残忍。那段时间,她已经濒临崩溃,几次动过自杀的念头。然而就在这时,老天爷发了慈悲,幸运之神眷顾了她,让她遇到另外一个男人。

想起他,她又一次对着镜子照起自己。蓦然间,镜中的她笑了起来——她想起了她和他的第一次相遇……

那是她丈夫入院后第四年的春天。一天早上,她抱着一罐新熬好的鸡汤上了医院,刚刚来到病房门口,就被恰好查完房出来的他撞了个满怀。她猝不及防,汤罐的盖子掉在地上,摔了个粉碎,但罐子仍在她手中,只不过里面满满的一罐子鸡汤一点儿没剩全洒了。有趣的是,她一滴鸡汤没沾上,可他却惨了,连同他的白大褂,衣服裤子无一幸免。说了一大串对不起之后,他慌慌张张地从口袋里掏出沾满鸡油的钱夹,拿出仅有的一张钞票。他解释道,自己是新来的实习医生,还没有领到工资,如果这些钱不够,且容他日后再补。

她没有要他的钱,催促他快去换衣服。一时他有些脸红,说他宿舍里有一件背心和两双袜子,但衣服仅此一身。听他这么说她顿时心生怜悯,见他身材胖瘦与丈夫相近,随即便告诉他,她的家就在附近,如不嫌弃,可跟她一起回家试试丈夫的衣服。

听她这么说他有些犹豫，但最终还是跟着她去了她家。很快她从丈夫的衣柜里找来适合他的衣服，然后便站在门口，一边望着院子里的一只小猫，一边听他窸窸窣窣地换上衣服。就在二人打算离开时，原本晴朗的天空忽然乌云密布，紧接着就下起大雨。随即两个人紧紧地挤在一起，共同打着一把雨伞，冒着暴雨跑回医院。

从那以后，他便成了她的朋友。他告诉她，自己是个孤儿，从小在孤儿院长大，靠着勤奋考上医学院。在她之前，自己从未与女人接触过。而她更是强烈地感觉到，她已经爱上了他。转眼间秋去冬来，一个下雪的晚上，她在医院大门不远的拐角拦住了他，然后便紧攥着他的手领着他回了家……

或许是坐得太久，她想起身活动一下，但几次努力，却始终没能站起来。她意识到这是天气转凉的缘故，自己那恼人的关节炎即将开始作祟。她叹了口气，伸手从墙上摘下一只乌木手杖，这件东西是她奶奶留下的遗物，手柄由一块满绿的翡翠制成，称得上是一件贵重之物。但她却厌恶这件东西，每当拿起它，她都会想起她的奶奶，都会觉得自己像奶奶一样，是一个耄耋之年的老妇人。除非万不得已，她决不碰那东西。尤其是现在，他就要回来了。按他信上所说，应该就是这几天，说不定就是今天，万一今天他回来了，看见自己拄着一把老人才用的手杖，他一定会对自己印象不好，说不定还会大吃一惊。

那是她宁死也不愿意的。想到这里，她放弃了站起来的念头，重新挂好手杖,坐在那里继续照着镜子,思绪又回到了那个令人难忘的夜晚……

尽管她家离医院只有十五分钟的路程,可一路上他却紧张得近乎晕厥,恨不得把帽檐儿压到鼻子上。一边走一边不停地唠叨——万一要被熟人撞上,他就全完了……可进了屋之后,他一下变成了另外一个人,她刚插上门,他就紧紧地把她抱在怀中……

对她来说,那一夜是她有生以来最幸福的时光。她一宿没有合眼,她不想让睡眠占去那价值千金的每一刻。黑暗中,她一直用充满爱怜的目光仔细地看着熟睡了的他,就好像是在欣赏着一件精美的艺术品。她不停地用手抚摸着他,从脸庞到他身体的每一处……

第二天早上,天还没亮,他就急急地爬了起来。她明白他的心思——邻居们都还在酣睡,他想趁机偷偷溜走。在他拉开门就要离去时,她忍不住冲了过去,搂着他轻轻地问道:

"如果……我跟他离婚,你能娶我吗?"

对她的提问,他显得十分吃惊:

"这个……你让我想一下。"说完,便匆匆地从她的视线里消失。

她是个善解人意的女人,完全能体谅他的苦衷。她知道他不能马上做出答复。有些事不说她也明白——他是一个前途无量的年轻医生,哪儿能这么容易就下定决心,娶她这样一个结了婚的女人。更不要说他们是这样一种关系,他真要是娶了她,医院很可能会对他产生某些看法,不知道会怎样对他,说不定他会因此而丢掉饭碗。

从那以后,她再没跟他提过这件事。就这样,不知不觉之中,又过去了四年。在丈夫不死不活的日子里,他俩一直偷偷地幽会着。

终于,有一天晚上,他主动提起了这个话题。

"……哎?"他搂着她细细的脖子喃喃地说道,"今天我发现他的情况不太好……如果……他死了,我可以娶你!"

弹指一挥间,从那晚到现在,七年过去了,可她仍记得自己当时那种激动的感觉,那一瞬间,她真觉得,自己是世界上最幸福的女人……

对于自己的丈夫,尽管她一直认为他是个骗子,毁了自己一生的幸福。但仔细想想,他也并非是有意害她,只不过是有些自私。其实他也是一个有良心的人,病榻之上,曾有一次对她说,早知道自己的病这么厉害,当初绝不会娶她。他还说,自打入院以后,这些年他几次想过和她离婚,让她去追寻自己的幸福,但他却始终没有这个勇气,他实在太爱她,实在舍不得她,对他而言,他什么都没有,他只拥有她,她就是他的世界,是他的全部世界。

反之,就她而论,尽管她恨他,可毕竟他是自己的结发丈夫。何况她对他也不是一点儿好感没有,每当他病情稍稍好转时,他都会坐在床边,用微弱的声音给她讲起一个个有趣的故事。每到那一刻,她都会心生恻隐,对他一阵阵怜悯。无论怎样,她从来没有想过要对他下那样的狠手。直到……那天晚上,她听到他说出那一番话。

在很长一段时间里，每当想起丈夫离世的那一刻，她都会不由自主地打个冷战——她无法理解怎么会那么残忍。但每到那时，她又都会一次次地为自己辩解——并不是她非要丈夫马上死去，她实在是太痛苦，她无法忍受这种煎熬，在她看来，哪怕是再等一天，再等一个下午，甚至仅仅再等一个小时，她都有可能因为发疯而被送去疯人院。

于是，在那个寂静的午后，她为丈夫送来了他最爱吃的午餐，一勺勺一筷子一筷子地喂他吃了下去，直到看着他像往日一样发出一阵阵雷鸣般的鼾声，她终于下了决心，最后一次朝丈夫看了一眼，然后便毅然决然地拿起那只枕头……

鉴于她对丈夫一直很好，多年以来风里来雨里去，对丈夫百般照顾，称得上无微不至，在医护人员中口碑极佳，事情发生后没有人认为她丈夫的死与她有什么关系。但一个护士还是发现了枕头上的血迹，对她产生了怀疑。很快，两个警察来到病房。危难之中，他挺身而出，他对负责的警察说，病人突发心力衰竭，因无法呼吸窒息而亡，至于枕头上的血迹，是后来抢救病人时，匆忙之中他蹭上去的……

她终于化险为夷，但接下来的事却令她始料不及。他冲她大发雷霆，一个劲儿地骂她是杀人凶手。她永远不会忘记他走的那个夜晚，窗外下着倾盆大雨，大风把院子里的一棵碗口粗的槐树连根拔起。她像个傻子似的缩在屋角，看着他无言地收拾行囊。最后一刻，她跪在地上问他，她能不能等他回来？听她这么说他的眼泪夺眶而出，他痛苦地摇摇头，一边流着眼泪一边说：

"如果你愿意，那你就等吧！"

一道雪亮的闪电之后，他顶着一声霹雳，头也不回便冲出了门，消失在暴风雨中……

一个年轻的护士出现在镜子里，打断了她的回忆。那个护士好像对她说了什么，但她没有听清，顺着护士的手指，她忽然看见门口还站着一个人。

顿时，她便觉得她的心猛地一跳，浑身的热血一下涌到脸上——是他！他回来了！他仍穿着那天晚上临走时穿的那件风衣，一张英俊的脸一点儿变化没有，还是当年模样。不由得她惊喜万状，激动之情不可言表。然而这只是短短的一个瞬间，很快她泄了气——这不过是她的幻觉，是她脑海里的所思所想，是她多年来埋藏心底的愿望。她定睛朝到访者望去，那人并没有穿什么风衣，而是身着一身警服，虽然比当初胖了不少，但她还是认出，此人是那年去医院调查她的那个负责的警察。

刹那间，她明白了一切——尽管过去了这么久，自己的罪行还是被查了出来。想到阴森可怕的牢狱和自己的最后结局，她一下子晕了过去……

"……她怎么样？"见大夫从急诊室里出来，那个警察关切地问道。

"不要紧，"大夫摘下捂在鼻子上的口罩说，"她已经醒过来了，刚才只是瞬间的休克。对了，她平时身体怎么样，不太好是吗？"

"是不太好，"送她来医院的年轻护士连忙翻着一份病历介绍道，"她患有……关节炎、高血压、糖尿病、心脏病……噢，她还有精神分裂症的病史……最近我们发现，她的耳朵已经完全聋了。另外，她还患有……"

"不必往下念了，我马上给她做全面检查……您是她什么人?"大夫转身问那个警察。

"我是她的孙子。"警察连忙回答。

"这么说，她是您的祖母?"

"不，"警察摘下帽子，摸着自己的秃顶告诉大夫，"事实上，她是我的姑奶奶……是我爷爷的姐姐。麻烦您大夫，您务必好好给她检查一下，我觉得她最近不太好，连我都不认识了……"

"她多大岁数了?"大夫又问。

"可能……九十六了吧?"

在送护士回敬老院的途中，那个警察告诉她，他的姑奶奶一生十分坎坷，没儿没女，二十几岁时，姑爷爷就去世了，但她始终没有再嫁，真是令人钦佩! 他们全家上上下下有几十口子人，都对她十分尊敬。说到这儿，他们不约而同地叹了一口气，都为老人的现状感到担心，希望她能熬过这一劫……

2001年5月29日初稿
2015年9月14日重新修订

炎热的夏日

"吃饭啦!"有人在上面喊。老四一听一秒钟都没耽误,扔下铁锹嗖地一下就蹿了上去。赵辉踩着我们刚刚挖出来的黄土蹲在上头,这小子是刘头儿小舅子,我不像老四那么傻,假模假式又铲了好几锹土,才跟在大伙儿后头,爬出我们已经挖了两米多深的大沟。

刚一露头儿,一股热浪就像贴饼子似的一下糊在我的脸上。我想了起来,昨晚收音机里说过,今天最高气温四十二度。还不错,刘头儿媳妇把我们的"食堂"选在了一棵阴凉的大树底下。我一眼看见,她的小三轮上,除了每日的一水桶面、一脸盆酱之外,我们的午饭还多了十几瓶冒着凉气儿的啤酒。

顶多五分钟,我就把冒着尖儿的三大碗面吃进肚里。啤酒更快,我一上午没喝上水,再加上刘头儿媳妇那酱有点儿咸,我这会儿已经渴死了,只扬了两次脖儿,整整一瓶就让我喝了个精光。

啤酒这东西我喝过几次,印象中挺解渴,没想到喝完后渴得更厉害。我舔着干裂的嘴去了水管子那儿,想抱着水龙头咕咚咕咚地喝个痛快,倒霉的是这会儿偏偏停了水,没办法,只好掐着马上就要着火的喉咙走了回来。

走到那条大沟时,我觉得上班时间差不多到了,就想下沟继续干活儿。我这么爱干活儿绝不是说我觉悟多高干活儿多积极——今天早上,我站在宿舍门口刷牙，隔壁赵辉屋里忽然传出刘头儿的说话声。别的我也没有听见，就听见刘头儿说，现在活儿不好找，用不了这么多人，这个活儿一干完就让几个人回家。一听这话，我不由得一惊，立刻意识到我必须表现得好一点儿，万一他让我回家我就麻烦了。

刚把一条腿伸进沟里，刘头儿媳妇喊住了我，说今儿天实在太热，她男人吩咐，中午让我们休息一会儿，免得谁中了暑，还得花钱送我们上医院。听她这么一说，我明白今儿我没法表现了，于是又把腿抽了回来。我转身回到树荫底下，刚把酸疼的后背靠在树上，就觉得浑身散了架，两只眼皮不由得沉重起来……

昨晚我一夜没合眼，和老四一起，跟那两个干装修的四川小子打了一宿麻将。我那臭手别提多背了，输得只剩十块钱。老四更惨，整整一百全光了，临走还欠人家四十多。迷迷糊糊的，我听见他一个劲儿在那儿问，谁能借他点儿钱，他要去买体育彩票。我没听见有谁接茬儿，完了那兔崽子又在那儿唠叨，说他前天晚上做了个梦，梦见他花两块钱买了一张彩票，一下中了五百万……

刚刚睡着没一会儿，我就被人弄醒了，睁眼一看，周围的人都走了，树底下只剩下老四和赵辉。赵辉踢着我的屁股冲我说，这么热的天儿干不了活儿了，他姐夫决定放大伙儿半天儿假。他俩打算上西边儿小铺儿买彩票去，让我跟他们一块儿上那儿待会儿。

一到小铺儿，我就看见摆在冰柜玻璃门里的一瓶瓶冷饮。我一下儿就不行了,就觉着嗓子眼儿里头真的着起了火。我不停地咽着唾沫,可还是决定就这么忍着——我不可能光给自己买,赵辉老四就站在边儿上,一买就得买三份儿,还是算了吧。

"彩票!"赵辉大声冲柜台里一个圆脸儿女孩儿打了个招呼,"啪"地一下把两张百元大钞拍在她的面前。这小子想发财都想疯了!居然要花二百块钱买彩票。把已经瘪了的钱包塞进裤兜后,他又把一张密密麻麻写了一百组数字的大单子递了过去。趁圆脸儿女孩儿打印彩票的工夫儿,老四凑了过去,那兔崽子一个劲儿跟赵辉商量,说他没借着钱,问赵辉能不能先借他十块,发了工资他就还。赵辉数着彩票说他钱包里一共有二百零一块五,减去刚才买彩票那二百,还剩下一块五。

一听这话老四又问那圆脸儿女孩儿,说赵辉刚刚买了她一百张,她能不能给点儿优惠让他一块五买一张。听他这么说圆脸儿女孩儿一下笑了,既不说行也不说不行。老四有点儿生气,看了看她,转过脸来看我。我料到那兔崽子会有这一手,拿出早已准备好的四块钱,告诉他说我只有这么多,正准备用这笔资金支援国家体育建设。

我这话绝对真心——我知道我没那个命,要不是老四站在这儿,我绝不花这冤枉钱,肯定一张不买。足足等了半个钟头,圆脸儿女孩儿打完了赵辉的彩票。我连忙走上前去,像那小子一样把我那四块拍在柜台上。我没费劲儿去想那鬼才晓得的号码,机选完事儿。一眨眼的工夫儿,圆脸儿女孩儿把我那两张彩票打了出来,我刚拿在手里,就被老四抢了一张走。我正要发火儿，那兔崽子拦住了我，说不过就是两块钱，发了工资他就还。赵辉一旁发了话，问他万一中了怎么办。老四立刻拍着胸脯向我保证，说他是仗义之人，真要他中了，绝不一个人独吞，一定分我一半儿。

　　三个人正要离开，卖彩票的圆脸儿女孩儿指着电视机喊住我们，回头一看，有线台正在播送新闻，主持人说——为了给广大彩民一个惊喜，今天开奖的时间提前了，就在一个小时以后。一听这话赵辉决定就在这儿等开奖，老四也同意，我也点了头。到了这会儿，我已经快渴死了，趁他俩不注意，我跑进小铺儿后院，在一个墙根儿底下找到了水龙头，没想到那儿的水也停了，没办法，我又走了回来，挨着他俩在马路牙子上坐了下来……

　　终于，开奖的时间到了。一个男的和一个女的跑进电视机，那俩站在那儿唠叨个没完，说了一大堆废话以后，广告跟着就来了，牙膏减肥茶洗衣粉方便面，牛皮癣药膏甜麦圈卫生巾婴儿奶粉谁跟谁都不挨着，最后是感冒药："早一粒，晚一粒……"耽误了好半天，这才开始摇奖。没过多一会儿，电视机里出现了七个可恶的号码。赵辉的手快得惊人，眨眼工夫儿就翻完了他那一百张彩票，意识到他那高达二百元的巨额投资打了水漂儿，他的脸一下青得像柿子椒，很快又紫得像茄子。朝摆在小铺门口的几只马桶搋子看了几秒钟，他突然一甩胳膊，像撒纸钱似的把那一沓子彩票抛向空中，理也不理我，招呼不打一个就气哼哼地走了。

　　我的记忆力相当好,只看了二十多遍就把手上那张彩票上的七个号码背了下来。随着04、07、21、27……七个中奖号码一个一个地从摇奖机里蹦了出来,最后一个刚一露头,我就知道自己连五块也没中。我这人就是心大,绝不像赵辉那样那么想不开,当然啦,我也没花太多的钱,如果老四守信用,哪天把借我那两块还给我,我的实际损失也仅仅只是两块。

　　想到这里,我的心情大为好转,冲买彩票的圆脸儿女孩儿点点头,转身朝老四走过去,那兔崽子这会儿又回到路边,正坐在马路牙子上苦思冥想。我把手里的那张彩票揉成一团扔进下水井,招呼他离开这个鬼地方。那兔崽子没有动窝儿,一张脸白得像刷墙用的腻子粉,两只眼傻子似的盯着自己吐在地上的一口唾沫。

　　"你那天在地摊儿上买的那把小刀儿……"老四低着头,像说梦话似的问我,"……带着呢吗?"

　　"带着呢,"我摸了摸兜儿,反问他,"怎么啦?"

　　"拿出来,"老四指着卷起裤腿儿的大腿说,"……扎我一下儿!"我注意到,那兔崽子的腿让他自己掐得青一块紫一块的。

　　我有点儿纳闷儿,照着他的后脑勺给了他一巴掌:"干吗呢你? 有毛病啊!"

　　"没有,不是……"老四喃喃地说,"我就想知道,我是不是……正在做梦?"

　　我抬腿踹了他一脚："什么乱七八糟的！大白天的做什么梦呀你？快起来吧！"就在我伸手想把那兔崽子拽起来的一刻，我忽然看见他手里那张彩票上的那一串号码——04、07、21、27……瞬间之中，我先是觉着眼前像闪电似的亮了一下，然后便一片漆黑……

　　我没用小刀扎老四，可那兔崽子还是明白了他不是在做梦，不等我说什么，就一跃而起，紧握着那张价值五百万的纸条冲到马路对面，拦了辆出租车飞似的去了。

　　一切发生得太突然，我根本来不及反应，出租车都没影儿了，我才明白过来是怎么回事儿。我受到强烈刺激，心里比听说我奶奶死了那天还难受，回头朝卖彩票的小铺儿看了看，坐在地上号啕大哭。

　　见我哭得可怜，卖彩票的圆脸儿女孩儿从小铺里走了出来。她递给我一卷手纸，说我应该去派出所报案，告诉警察老四抢了我的彩票。我摇摇头，边擦着鼻涕边对她说没用，我空口无凭，没法证明彩票是我买的。她说有证明，她亲眼看见了，她可以为我作证。说完她就锁上小铺的门，拉着我去了派出所。

　　接待我俩的是一个岁数不大的警察。我哑着嗓子口干舌燥地把这件事的来龙去脉从头到尾讲了一遍。听了以后警察挠了挠头皮，说他相信我的话，对我的遭遇十分同情，但这件事他不好处理——我只有圆脸儿一个人为我证明，除非还有第二个证人，否则不能证明那张彩票真是我买的。他这么一说我一下想起赵辉。我连忙告诉他，我确实还有一个证人,那个人叫赵辉,他当时也在场,可以为我作证。

那个警察问我怎么跟赵辉联系。我告诉他这小子有呼机,而且是汉显的,可以直接把他叫过来。一听这话,警察立刻拿起电话呼了赵辉,告诉他自己是派出所,现在有很重要的事,要他马上来派出所一趟。

我们三个一起等着赵辉的到来。本来我就渴,天这么热屋子里也没个电扇什么的,热得像蒸笼,嗓子里渴得越来越厉害。其实我不想给人家添麻烦,可我实在是渴得不行了,犹豫几次,终于向警察开口,说我很渴,能不能给我倒杯水。警察立刻同意,说了句稍等就出了门。

就在警察端了一杯水回到屋子里时,赵辉懵头懵脑地跑了来。我本以为他能给我当救星,想不到一听老四中了五百万,这小子一下就昏了过去。一看这阵势,圆脸儿女孩儿劈手夺过警察手里的杯子,一下把水泼在赵辉脸上。我也跑了过去,用尽全身力气往死了掐这小子人中。掐了好半天,赵辉总算醒了过来,看了看警察,问我他怎么会在这儿,到底出了什么事儿。

一听这话我有点儿着急,看了看警察,我问他记不记得我买了两张彩票,刚一到手就让老四抢走一张。这小子认认真真想了一会儿,然后就摇头,说他一点儿也想不起来,什么也不记得。

我垂头丧气地跟着圆脸儿女孩儿走出派出所。看着赵辉摇摇晃晃地走过街角,圆脸儿女孩儿问我现在有什么打算。我一下又坐在了地上,告诉她我现在渴得要命,除了打算上哪儿喝一肚子凉水外,什么打算没有。圆脸儿女孩儿问我那张彩票怎么办,说那可不是几个小钱,是整整五百万,就算要交一百万的税钱,还有四百万,难道就这么便宜了老四。我叹了口气,说赵辉没给我作证,警察也帮不了我,我只能认倒霉。

一听这话圆脸儿女孩儿愤慨,咬着牙说这不行,我不能就这么算了,我应该去找老四,她亲耳听见那兔崽子说——万一他中了,他一定分给我一半儿。

听她这么说,我忽然想起这事儿,我的数学很不错,粗略一算,立刻算出四百万的一半是二百万!我一下从地上蹦了起来,告诉她我现在就去找那兔崽子要钱。

经过分析,圆脸儿女孩儿认定老四这会儿一定是去了兑奖中心。于是她招手喊来一辆摩的。我俩风风火火地赶到那里,却不料工作人员说那兔崽子已经把钱领走了。听我说明情况之后,那几个人无不为我的不幸叹息。一个挎着照相机的记者悄悄把我俩拉到一旁,说他一个半小时前采访过那个人,他知道那兔崽子这会儿在哪儿……

很快,摩的在一家五星级饭店门口停了车。无奈我怎么说怎么解释,那个可恶的保安就是不让我进去!硬说我"衣冠不整",还指责我的两只脚比我穿的那双拖鞋还脏!一听这话圆脸儿女孩儿当机立断,她让我等她一下,然后就一阵风似的朝马路对面商店跑去。

到了这一刻,我真的是渴得不行了,就觉着我随时都会渴死。我四下张望着,想看看哪儿有水管子,来回转了两圈儿后,终于在一辆高级汽车后面发现一个喷水池。我三步并作两步地跑了过去,刚刚捧起里面的水打算喝上一口,圆脸儿女孩儿跑了回来,她大声喊住了我,告诉我说水池里的水是饭店用冲完厕所的水过滤出来的,根本不能喝。说话间她从一只塑料口袋里掏出崭新的T恤和带着标签的新鞋新袜子,不等我说什么,就把我的臭脚按在喷水池里……一番武装之后,我终于跟着圆脸儿女孩儿冲进饭店。

听明白我们是来找"那个幸运的人",一位服务员带我们去了一个叫"总统套房"的地方。一到门口,我就砰砰砰地狠命砸门。砸了好半天,门才打开。一个漂亮女人堵着门站在门口,她瞥了我俩一眼,然后翘着下巴说"先生"正在休息,让我们"两个小时以后再来"。

"什么?"我一听就火儿了,忍不住说起脏话,"就他妈这么一会儿工夫儿,那兔崽子就成先生啦?"不管三七二十一,我一把推开门口的女人,攥着圆脸儿女孩儿的手就闯进屋子。

我简直不敢相信自己看到的是真的!老四光着身子趴在一张像床又不像床的台子上,好几个穿着游泳衣的美女围在四周,一个个七手八脚正在给那兔崽子做按摩。除了那几个,那兔崽子身上还有一个女人,这会儿正跟张果老倒骑毛驴似的,背对着他的脖子骑在他的后脊梁上,两只手越过那兔崽子的两只屁股蛋子,不停地抟着他那两条小短腿。

一看这阵势,顿时我火冒三丈,冲着他一声怒吼:

"嗨！兔崽子！把我的钱还给我！"

"钱？什么钱？"老四纳闷地问我，一边说一边模仿着电视里黑社会老大的样子，做了个莫名其妙的手势，然后拿起一杯全是冰碴儿的饮料，用一根吸管儿美滋滋的嘬了一口。

就在我看着他手里的饮料费力地咽下一口唾沫时，圆脸儿女孩在我身后大声开了腔：

"别装蒜啦！我可以证明，那彩票是他买的！"

"噢……我差点儿忘了！"那兔崽子显出恍然大悟的样子，说话间他吩咐刚才开门的女人，让她从桌上的一堆零钱里拿两只一元硬币给我。"哎等等，把我的钱包拿来……"从一个穿游泳衣的美女手中接过一只闪着金光的钱包，那兔崽子从里边掏出几张百元钞票，扭头冲我说道，"听着，那两块是本钱，我得给你利息……喏，拿着吧！"

我伸手接过钱，"啪"地一下摔在他的脸上：

"别来这套！你装什么糊涂！就算按你说的，你也应该给我二百万！"

"扯什么蛋呀你！"老四勃然大怒，不顾自己赤裸的身体，一下从床上蹦到了地下，两腿之间的那东西像钟摆似的左右摇晃着，"我看我只能叫人把你轰出去了！"说话间，他抄起了电话。"喂，保安吗……"

"等等！"刹那间，我怒火中烧，愤慨到极点——我大声对老四说，"我马上就走！可走之前我得帮你干件事儿，那是你让我帮你干的……"

老四还没明白我到底在说什么,我就掏出了那把小刀,狠狠地扎在他的脑门儿上!

……

"……我们将对你执行死刑,你还有什么要说的吗?"

在一间灰暗的地下室里,一个大个子警察对我说。

"有!"我回答道,尽管知道没什么用,什么也改变不了,我还是提了一个可笑的要求,"您能……用什么东西扎我一下儿吗?"

听我这么说大个子警察看了我一眼:

"干吗?想知道你是不是真被判了死刑?你这会儿是不是正在做梦?"

"我就是这意思!"我连忙说,"您不知道,我碰到一些事儿,实在有点儿离奇,我老觉着不是真的,老觉着我是在做梦,想请您帮我证实一下,麻烦您了!"

"没这必要,"大个子警察摇了摇头,"别再幻想啦,到了这会儿,很多死刑犯都有这种感觉,都觉得不是真的,都觉得是在做梦……嘿,别乱动小子,配合一下,两只脚靠拢……"

我彻底死了心,任凭他们把我绑在椅子上。我一边挪动着被捆得很紧的身体,一边对大个子警察唠叨说:

"我现在很渴,您能让我喝点儿水吗?"

"没问题,"大个子警察回答说,"事实上……我们正要这么做……

司法部门刚刚为死刑犯研制了一种药,这种药非常棒,能让你毫无痛苦地死去。不过进入肠道以后,可能会觉得有点儿烫……"说话间,他把一只形状奇怪的漏斗插进我的嘴里,然后从身后拿出一只大玻璃杯,差不多有一尺高,里边盛满了深蓝色的液体,看上去很像刘头儿往他那面包车里灌的玩意儿,只不过这会儿正呼呼地冒着白烟……

尽管渴得要命,可我不想喝那玩意儿,我情愿换一种死法。

"不——!"最后一刻,我咬着那个可怕的漏斗拼命大喊,不知从哪儿来的力气,我一下挣脱了那比手指头还粗的绳子,一头朝一旁的一面墙撞去……

……

当我从噩梦中醒来时,我首先看见的,是刘头儿媳妇盛面用的水桶和她盛酱的脸盆,然后是那帮跟我一起在沟里干活儿的伙计们,一个个正咧着嘴冲我讪笑。

我这才发觉,自己还躺在树底下……

"你瞧瞧你,"刘头儿媳妇抱着我的头,摸着我的天灵盖说,"大中午的,一共没睡十分钟,还撒起癔症来了。没事儿你往树上撞什么呀?啊?瞧瞧,瞧这大包,比鸡蛋还大!"

我一轱辘坐了起来,四处张望着。

"嗨?"刘头儿媳妇摇晃着我问,"醒醒……找什么呢你?"

"……老四呢?"我捂着脑袋问。

"哦,你说他呀……那兔崽子,死乞白赖地跟我要了两块钱,跟赵辉一块儿买彩票去了。哎我说? 你这孩子……没头没脑的,你问他干吗?"

2001 年 5 月 28 日初稿
2015 年 9 月 16 日重新修订

坠楼者

她心怀忐忑地坐在屋子里。她的胸前是一张由四张三屉桌拼在一起的大桌子,桌子擦得干干净净,上面什么都没有。她的身边和对面摆着五六把电镀折叠椅。光是桌子椅子,便几乎占据了整个屋子。她的左手方向是这间屋子的房门,右手方向是一扇向南的窗户,对面和身后分别是东西两面白墙。除了这些,这间屋子再没有什么需要介绍的了。哦,忘了说一句——她身后的西墙上空空如也仅仅是一面墙而已,但她对面的东墙上却镶嵌着八个大字,在第四个字与第五个字之间,有一个由国徽、盾牌与长城、叶子什么的组成的警徽。一个瞬间,她抬头朝警徽望去,不知怎的,和脑海里的记忆相比,它好像威严了许多;再看那八个大字,写的是"爱民为民,规范执法"。朝这八个字注视了一会儿,她忽然想起儿时往事——每当她的兄长发现自己藏起来的好吃的不见了时,总会揪着她的衣领对她说一句话:

"坦白从宽,抗拒从严!"

蓦然之中,她有些不安。

上个星期三,她的丈夫从窗台上摔了下去。她家住十八层,结果可想而知。半个小时后,两个背着照相机等等东西的警察走进她家。一同到达的还有一个什么也没拿的矮个子警察,看见窗台上的水盆抹布,他似乎相信了她的说法——当时她丈夫正站在窗台上擦玻璃,不慎失手坠楼。但就在昨天,那个警察给她打了一个电话,问她今天是否很忙,能不能抽空来一趟辖区派出所跟他见个面,说有些情况还要了解一下。

为了把握好自己,不要在某个细节上出什么差错,昨晚她一宿没合眼,她想了又想,考虑了又考虑。今早起了床,坐在马桶上方便时,她自言自语自问自答,把警察有可能问到的问题和自己的回答统统说了一遍,确信万无一失,这才站到镜子前面一番描眉画眼,然后换了衣服匆匆赶来。

"不好意思……等半天了吧?"矮个子警察推门走入。把帽子挂在门后的衣帽钩上,他拉出一把椅子,在她的对面坐了下来,寒暄几句,象征性地表示了慰问,矮个子警察随即言归正传:

"……有几件事儿,我想跟你落实一下,事故发生在……"说话间他从包儿里掏出一些材料铺在桌上,一边看一边问,"……四月十五日中午十二点五十五分,是这个时间吧?"

"嗯,应该是。"

"错不了,你丈夫的手表指针停在那一刻。尽管……当时怎么回事儿,事情怎么发生的,你都已经说了,而且说得挺详细,可我还是要问你,你确信你没漏了什么吗?"矮个子警察神情严肃地问道。

"没有,"她当即肯定,"该说的都说了。"

"是吗?那好吧……"他从桌上拿起那些材料翻到一页,边看边说道,"你那天说,你丈夫从国外回来时,你正在外地出差,你是那天早上回的北京,五点十分你下的火车,可下车后你并没马上回家,直到……中午十二点五十,你才进的家门,我想问问——整整一个上午,你在哪儿?去了什么地方?"

"干吗问这个?"她一怔,低声反问道,"这和他的死有关系吗?"

"不能肯定,"矮个子警察摇摇头,"可能没有,也可能有,方便的话,还是透露一下。"

"我去同事那儿了。"她据实说道,一时有些紧张。

"是和你一个办公室那位男同事吗?"

"……对。"她无奈地点点头。

"据我们了解……你和你那位男同事,是情人关系,这一点你否认吗?"

"……我必须回答吗?"她低下头,望着自己的手问道。

"最好如此!"

"……是,"叹了口气,她绞着手指说道,"是这么回事儿,我也不想这样,可他常年不在家,一走就是一年多,好容易回来了,待不了两天就又得走,什么我也指不上,就跟没这么个人似的,甭管什么事儿,甭管多难,我都得自己解决,有的事儿我能解决,有的事儿我解决不了,我真是挺难的,有时候想起来……算了,我不想再说了……"一时,她难过不已,忍不住泪眼涟涟。

"……嗯,我听懂了!"注视着她擦去脸上的眼泪,矮个子警察开了口,

"这么跟你说吧,如果不是今天这么一个场合,抛开法理不谈,就事论事,你说的这些我完全理解。可现在有一个问题——据我们了解,就在你丈夫出事的前一天,也就是四月十四日,你的那位男同事和他爱人办了离婚手续,四月十五日,也就是第二天,你出差回来了,下了火车你直接去了他那儿,在他那儿你待了一上午,中午你回了家,到家仅仅五分钟,你丈夫就从楼上摔了下去。我想问一句,如果你是我,你会怎么想?

"你什么意思?"她一下子站了起来,"照你的说法儿,我一听他离婚了,立刻就跑回家,只用了五分钟就让我爱人系上围裙爬上窗台,然后就把他从十八层楼上推了下去!你觉着这可能吗?"

"怎么说呢……"矮个子警察朝她看了看,"按你的理论,的确不大可能,可这件事还是蹊跷!你小叔子告诉我,他哥哥有很严重的恐高症,他无法想象他哥哥敢有胆量爬上十八层楼的窗台。另外,我那天看了你家窗户,我个人认为,一点儿不脏,根本用不着擦。最重要的一点,从技术的角度上讲,如果你丈夫真是不小心掉下去的,他的落点应该紧贴墙根儿,有可能向外偏出去一点儿,但必须在一个合理范围之内。我那天看了现场,他的落点超出合理范围,超了很多,不是一点儿半点儿。这解释不通,就凭这一点,我就有理由相信,你肯定没说实话,你丈夫绝不像你说的——当时他正在那儿擦窗户,一不小心从窗台上摔了下去。到底是怎么回事儿,你说说吧。"

顿时,她觉得两腿发软,不由得便坐了下来。瞬间之中她权衡了利

弊,随即语气强硬地开了口:

"我不知道,你说的我不懂,反正我没杀他,你要怀疑我,就把我抓起来吧!"

朝她看了看,矮个子警察重重地吐出一口气:

"说实话,昨天我们开了会,确实有过这种考虑。可我觉得你还年轻,女儿还小,还在上幼儿园,应该给你一个机会,如果今天你自己说出来,也等于是自首,不管怎样,对你还是好些。就为这个,我把你请到这儿来,希望你好自为之,不要有任何隐瞒,把真实情况……"

"你别说了!"矮个子警察话还没说完,她便再次打断了他,"我没什么可隐瞒的,我说的就是真实情况,你说破大天,他也不是我杀的,你想怎么办就怎么办吧!"说完,她愤慨不已,猛然转身,扭头朝窗外望去。

"……好吧,"朝她注视了一阵,矮个子警察开了口,"既然这样,我们今天先谈到这儿,我的话已经说得很清楚,回去以后你再仔细想想,如果……"

"当当……"有人敲门,之前曾在她家拍照的警察推开了门,他没有进屋,歪头冲矮个子警察示意。他迅速站起身,疾步走了出去。

令人焦虑的五分钟过去之后,他又返了回来。进门的那一瞬间,她看见他脸上的表情,立刻感到事情不妙。

"看起来……你还真有点儿麻烦!"说着,他把一份文件从桌子的另一头扔了过来，"你能不能解释一下，这是怎么回事？"

她只瞟了一眼，就知道自己担心的事情终于发生了——摆在她面前的是她丈夫的人寿保险。顿时，她感到浑身发热，明白希望渺茫了！尽管如此，她还是打算做最后一搏。

"什么怎么回事儿！不过就是他的保险……"

"我当然知道它是保险，"矮个子警察站在对面说道，"可它刚刚生效五天，被保险人……也就是你那有恐高症的丈夫，忽然就莫名其妙爬上十八层楼的窗台去擦那原本不脏的窗户，而就在这会儿，你回家了，五分钟后他就坠楼而亡，还不可思议地落在距楼房将近三米远的地方，对这一切，你不觉得你应该给我一个合理的解释吗？最重要的一点——这份保险是你替他上的，一旦他发生意外，你是受益人，你不觉得，你投保的二百万数额有点儿大吗？"

"那又怎么样！"擦了擦额上的汗珠，她顽强地抵抗着，"没错儿，是我替他上的，可这是他的意思，他说自己是海员，天天漂在海上，不知道哪天会出什么事儿！具体每年上什么险投多少钱，都是他打越洋长途告诉我，我是按照……"

"不要说了！"他打断了她，伸手拿回保险单，"好好儿准备一下吧，等上了法庭，把这些话对法官说去吧！不过现在，我必须拘留你……"

"等一下……"看见一个高个子女警察拿着一副手铐走了进来，她终于崩溃。"好吧……看来我只能实话实说了……"话一出口,她顿时泪如雨下,哆嗦着手指,小心地从包里捏出一只信封递给矮个子警察,然后哽咽着说出事情真相……

那天,下了火车她直接去了情人家。听到他已离婚,她终于下了狠心,决定向丈夫和盘托出。但令她没想到的是,刚用钥匙打开家门,就看见丈夫正浑身颤抖地蹲在窗台上。他一边大喊着,不让她靠近,一边流着泪告诉她,自己染上了艾滋病。他忍受不了那种既不能碰妻子也不能碰女儿的痛苦,更不想耗到最后悲惨死去。于是他写了封遗书,并把它和自己的诊断书藏到了她的高筒靴里。最后一刻,他特地还嘱咐她,包括警察在内,她不能让任何人知道这一切,否则,一旦知道他是自杀,保险公司一毛钱也不会给她,说完这一切,他便纵身一跃……

看了她丈夫的遗言和一份由艾滋病疾控中心开具的诊断书后,矮个子警察连连摇头,伸手拿起那份保险注视。

"我都不知道该说什么好了……"沉寂一阵,他指着保险单开了口,"你怎么这么傻!你真以为你会轻而易举拿到那二百万吗?这是什么行为?这是骗保!是诈骗!而且数额特别巨大!现在保险公司可以依法追究你!可以起诉你!真要那样,你知道你要付出什么样的代价!唉!你呀你!"

……终于,电梯在十八层停了下来。她拖着两条沉重的腿一步步地朝她家走去,刚刚拐过拐角,忽然看见两个陌生的男人站在她家的防盗门前。询问了她丈夫的姓名之后，那两个人顿时充满歉意，其中一个领导模样的秃顶男子伸手和她握手。

"您好您好！"秃顶男子对她说道，"……同志，您是他爱人是吧？我们一直找你们，按您爱人留的地址，我们去了您家，可邻居说你们搬家了，早搬了，后来我们去了好几个地方，费了不少周折，我们很着急，我都快……"

"对不起……"她拦住他，困惑地问道，"请问你们是……"

"噢！忘了自我介绍了，我们是……"说话间他拿出一张印有某医院抬头的名片，"……不管怎样，这是我们的错儿，我们应该及时通知你们，耽误了这么多天实在抱歉！没关系，总算找到你们了！希望我们来的还算及时，您爱人呢？我想亲自向他本人道歉，但愿他没有因此而受到太大的……"

"等一下……"她听出了他的话音，一张脸顿时刷白，"你到底想说什么？"

"这个……"秃顶男子搓了搓手，看了看紧闭着的防盗门，愧疚地对她说道，"好吧！我本来想亲自告诉他本人，既然他不在家，先跟您说说也无妨，刚跟您说了，是我们的错儿，我们犯了个错误，可对您丈夫而言，却是一个令人高兴的错误……请您马上转告他，事实上，尽管……尽管我不能保证他身体完全健康，但起码，他没染上 Acquired Immunodeficiency Syndrome，哦，同志，跟您解释一下，这是那种可怕病症的英语全称，一般我们简称为'AIDS',也就是人们常说的'艾滋病'……哎？哎哎？怎么回事儿？……同志？……同志？噢！天哪……"

2001 年 5 月 26 日初稿
2015 年 9 月 11 日重新修订

警察的故事

"警察!"一脚端开门,我伸直双臂握着我的 92 式警用手枪大声喝道,"都把手举起来!"

屋子里烟雾弥漫,在一盏吊灯的照射下,我看见一张麻将桌,四个男人围坐桌边,其中三个乖乖地举起了手,但第四个却把两只手放在胸前,我正想吼他一嗓子,那小子突然朝一把猎枪扑了过去,我纵身一跃,飞起一脚踢在他的下巴上,那小子一下让我给撩了起来,哗啦一声砸在了一只玻璃茶几上。

说话间,我的副手于涛端着微冲和纪民、小索、大杨三个弟兄进了屋子,一股脑把屋里的四名涉嫌持枪抢劫的歹徒赶到墙根儿,于涛、纪民挨个给小子们搜了身,小索、大杨把屋子里里外外翻了一遍——除了那把猎枪,他们没有找到那把被盗的五四手枪。我拿出"八·一五"持枪抢劫案主犯的照片跟眼前这四个混蛋进行比对,结果令人失望——我们最想抓的那小子不在其中。

将嫌犯押送到拘留所,办完交接手续后,我们返回刑警队,正当我和于涛一边点验着武器弹药一边遗憾没能抓到"八·一五"一案的主犯时,分局办公室的老孙推门走了进来。

"大妹子!"老孙朝我扬了扬手,指着身后一个脸色苍白、警服穿得整整齐齐的年轻人对我说,"介绍一下,这位是市局政治部的小刀,要给报纸写点儿东西,报道报道你们,打算跟咱这儿待上几天,体验一下生活……"说到这儿,老孙指了指我对他说,"来来小刀,给你介绍介绍,这就是你想见的人,刑警队里的女汉……女中豪杰,大名鼎鼎的李队长!"

"噢!"他肃然起敬,向我伸出手,"您好李队长!"

"你好!"我瞪了老孙一眼,把枪锁进柜子,转身跟他握了握手。他的手很细,软得像棉花。我对这种不知道怎么用枪,就知道舞文弄墨的人不感冒,客套两句,拿着饭盆儿钻进食堂。

排队打了饭,我抱着饭盆儿在我的老座位上坐了下来。

"又是红烧肉啊!"朝我的饭盆儿瞄了一眼,于涛坐在对面说。

"李姐,我都服您了,"纪民一旁接茬儿,"您说您,顿顿四两米饭,您就这么吃,就是不长肉!"

"有什么办法,没良心呗!"我说,伸手拿起筷子。

"没辙,都快一年了,丁点儿荤腥没沾,肚子还是下不去,羡慕啊!"于涛摸着裤腰说,把一块豆腐搁进嘴里。

"哎于涛?"纪民捅了捅于涛,用饭勺指着食堂门口问,"那是谁呀?怎么没见过?"

"哦,"于涛抬头看了一眼,"你说'刀笔吏'啊……"

我愣了一下,转身朝食堂门口望去,随即看见那个白面书生跟在小索大杨身后进了饭厅,正朝打饭窗口走去。

"刀笔吏?"纪民朝他望去,一时不知所以。

"这是我刚给他起的雅号,可这人真姓刀,刀美兰的刀,跟我说他叫刀胜利,市局政治部的,说是要……对了李姐……"于涛抬头对我说,"充分做好思想准备,刚才这伙计可是说了,他要利用吃饭这会儿工夫儿好好儿跟您聊聊。"

一听这话我立刻起身,端着饭盆儿朝饭厅尽头的一个角落奔去。

没一会儿,三个人离开打饭窗口,小索指着于涛纪民要"刀笔吏"一起过去吃饭,那年轻人摆摆手,转过脸四下张望,我赶紧低下头,可他还是发现了我,大步朝我赶来。

"这儿可以坐吗李队长?""刀笔吏"站在桌旁问,左手端着小索的饭盒,右手攥着大杨的饭勺。

"啊? 噢……可以可以。"我含混不清地说着,嘴里全是米饭。

"谢谢。"掸了掸凳子上的土,那伙计说,并在我的对面坐了下来。"李队长,我听见小于他们都叫您李姐,我应该怎么称呼您,是叫您李队长,还是跟他们一样,也叫您李姐?"

"不用,"我夹了一筷子辣萝卜干塞进嘴里,一边咯吱吱地嚼着一边说,"……都不用,叫我老李就行!"

"那怎么可以!"年轻的"刀笔吏"立刻反对,低下他那张白皙的脸看了看手里的饭勺,他做出决定,"这样吧,我初来乍到,您跟我不熟,还是叫您李队长比较妥当。"

"无所谓无所谓,你愿意怎么叫就怎么叫吧。"把一大块红烧肉吞进肚里,我回答说,顺带看了一眼他面前的饭盒,里边有一两米饭,上面盖着半份素炒芹菜。

"好的,是这样李队长……上个星期五,局领导给我一个任务,让我写一篇关于刑警的文章,我呢,有个想法,当然了,现在还很不成熟……"说到这里,"刀笔吏"从裤兜里掏出一块叠得四四方方的手绢,仔仔细细地把大杨的饭勺擦了一遍,然后便娓娓道来……

关于他那不成熟的想法,我只听见他说他想写一篇报告文学,除了这句话,再没一句跟他的"任务"沾边儿。他讲起他的成长过程,告诉我说他的母亲是一位作家,受母亲影响,他从小喜欢文学。还没上中学,便立志要当一名作家。从师大中文系毕业后,他跑遍各个出版社希望谋求一个文学编辑的职位,但是却始终未果。失望之余,他偶然在北京晚报上看到市局的招警公告,于是有一搭无一搭地寄了自己的履历表,三周之后,他便穿上了这身警服……

听他这么一说,我不由得叹了口气,心中油然而生同是天涯沦落人之感。我对他说,我的情况跟他既不同又相同。我爸是警官大学的武术教练,刚一会走路我就跟着我爸舞刀弄枪,五岁那年我爸把我送进什刹海体校,我在武术班整整待了十年,直到高三才停止训练。虽说自幼习武,我却同样喜欢文学。四年级时一个男同学送了我一本《雪莱诗集》,从那时起,我一发不可收拾地迷上诗歌,梦想着有朝一日我能像雪莱那样成为一名诗人。和他一样,高考时我也打算报考一所普通大学就读中文专业,以便日后能从事与文学相关的工作,都已经交了志愿表,我爸愣是跑到学校把表追了回来。我最终不得不按照他的意愿考了他的学校攻读犯罪学，本科毕业后我来刑警队实习，最终留在这里当了一名刑警。

一听此言"刀笔吏"连连摇头，他"坦言"说道，昨晚他看了我的全部材料，正如方才老孙介绍——尽管我是一个"女同志"，但却是"一介武夫"，是一个"地地道道的女汉子"，然而就是这样一个"女汉子"居然也喜欢文学，他实在是没有想到。好一阵感慨，他接过我的话题提起雪莱，告诉我他自己也喜欢雪莱的诗，直到现在，他仍能把《致云雀》从头到尾完完整整背下来。他这么一说着实让我吃了一惊，忍不住说了句"天哪"。我连连摇头，说这么多年过去了，自己早把雪莱忘了个干净，除了一句"冬天已经来了，春天还会远吗?"别的一句也不记得。随后我们谈起雪莱，我叹了口气，说雪莱年纪轻轻不到三十岁就死了。一听这话"刀笔吏"提起拜伦，说他死时也很年轻，三十六岁就因伤寒病逝。他这么一说我一下想起普希金，说普希金也只活了三十八岁，为了荣誉与人决斗，不幸中枪身亡。说完这些外国诗人，我们又聊起国内诸位大家，艾青、臧克家、贺敬之、郭小川……

就这样，我和这位年轻的"刀笔吏"热切交谈，一顿饭下来，两个人已然是莫逆之交。当我们离开食堂时，饭厅里早已空无一人……

我的手机在裤兜里响了起来。我的儿子从学校打来电话，儿子今年十三岁，正在上六年级。

"妈妈,"儿子问我,"能带我买电脑去吗,今天晚上?"

"给你爸打电话,你爸比我懂,让他带你去!"我对儿子说。

"不行妈妈,"儿子回答,口气有点儿急,"我给我爸打了,我爸说他没空,让你带我去!"

我那位跟我是同行,在市局上班,五一前刚刚从副处提为正处,新官上任三把火,忙得连家都不回,他忙我也忙,已经一个多月了,我俩谁也没见着谁。

"你等一下儿,"我对儿子说,捂住手机问正在一旁整理材料的于涛,"晚上没什么事儿吧?"

"应该没有,"于涛回答说,"今儿我值班,有事儿我叫你"。

"行,我跟你去,"我对儿子说,"放了学别去你姑那儿了,回家等着我,抓紧时间把作业写了,你听见了吗!"

晚上,我匆匆回了家,做饭吃饭刷碗,然后带着儿子去了北三环的一座大型综合商厦。我们乘坐扶梯来到三楼。经过一间咖啡厅时,一个坐在咖啡厅门口椅子上喝咖啡的男人引起我的警觉。我停下脚拿出粉饼补妆,从小镜子里仔细查看那小子,尽管他戴着墨镜,我还是看见他脸上的那道疤痕。确认是"八·一五"持枪抢劫案的首犯后,我不露声色地将儿子拉到一旁,将我的手包交给他后,我神情严肃地对儿子说,妈妈忽然想起一件工作上的事,需要处理一下,可能要花费一点儿时间。

儿子很懂事,指着不远处的电脑专卖区告诉我他在那里等我。看着儿子在联想柜台停下脚,我迅速察看周围,随即去了咖啡厅对面的美容店门口,一边注视那小子一边给正在值班室值班的于涛打电话。

"你好刑警队。"接电话的不是于涛,而是那位和我一样爱好文学的新朋友"刀笔吏"。

"怎么是你?"我愣了一下,压低声音问。

"哦,李队长啊,您怎么……"

"于涛呢?"

"走了,他爱人来电话,说他家水管子裂了,满屋子都是水,他回去……"

"这会儿谁值班,叫他听电话!"

"没别人,今晚我值班。"

一听这话我又一愣,顾不得多想三言两语向"刀笔吏"说明情况。告诉我的位置后,我又告诉他我的切诺基就停在院子里钥匙挂在墙上,让他马上下楼把开车过来,正想嘱咐别自己来看看这会儿谁在队里尽可能多带几个人,我的手机忽然没电了。就在这时,一个花枝招展的女人从扶梯上冒出头,嫌犯随即朝女人迎了过去,挽着女人朝珠宝首饰大厅奔去。我急忙起身,不远不近地跟在那小子身后。

大概用了十五分钟,那小子指指点点地相继在几个柜台给女人买了宝石戒指珍珠项链翡翠手镯等等玩意儿。随后两个人走出商厦,有说有笑地朝辅路上的一辆马自达走去。

　　一看这阵势,我不由得暗暗着急。我心里很清楚——嫌犯身上很可能有枪,而我赤手空拳连把水果刀也没有。即便如此我仍不甘心,我不想让这小子就这么在我眼皮底下溜走。瞬间之中我做出决定,我要徒手把这小子捉拿归案。我评估了风险,觉得自己有七分把握,随即脱下风衣丢在地上,大步流星地赶了过去。

　　说话间嫌犯跟着女人来到马自达旁,就在女人打开手袋拿出车钥匙的一刻,一辆切诺基摇着警报器呼啸而来,从主路上腾空而起,飞过栽满月季花的隔离带,砰的一声跳进辅路。那小子见状大惊,一把夺过女人手中的车钥匙,打开车门钻进车里,发动马达冲进主路。与此同时,切诺基一个急刹车停在我的面前——

　　"快上车李队长!"探身推开车门,"刀笔吏"大声对我说。

　　我飞身上了车,还没关上车门,"刀笔吏"便狠狠一踩油门,猛打方向拐进主路入口。

　　"就你自己?"回头扫了一眼空空的后座,我问"刀笔吏",两只眼紧盯着前方不远的马自达。

　　"对,哦,""刀笔吏"一边超过一辆面包车一边说,"已经给小于打了电话,他们几个马上过来。"

　　我伸手抓起对讲机,向指挥中心报告了情况和我们的位置以后,我伸手从座位底下掏出一把枪。就在这时,我忽然觉得屁股底下硬邦邦的,把东西抓起来一看,竟然是一台摄像机。我一时无奈,问他是想拍电影还是怎么着？他点点头，说北京台刚刚开辟一个叫"法制进行时"的栏目，这将是第一手资料，日后可以在节目中播出……

说话间，我们紧跟着嫌犯来到蓟门桥。在警车的追击下，那小子一路狂奔，车开得飞快，没想到身边这位爱好文学的白面书生还真有两下子，他不停地换挡加油踩刹车打方向变线超车，所有动作无懈可击堪比赛车运动员，始终咬着嫌犯紧紧不放。

很快，我们追到了马甸桥，马自达甩着屁股上了京昌高速路。到这时，我才感到我同行们的速度太慢了，直至现在还没有支援出现。我再次向指挥中心报告情况，让他们在各个出口设卡堵截。嫌犯似乎也明白这一点，刚到健翔桥，便猛地一拐，离开高速路上了四环。

一个当口，那小子试图从应急车道上超越一辆大货车，却不料大货车别了他一下，马自达急忙刹车，随即前轮爆了胎，左右摇摆了几下，一头撞上了护栏……

我跳下车，提着枪走过去。可到了车前，却发现他并不在车里。刚想转身，那嫌犯突然举着枪从车的另一端冒了出来。

"闹了半天是个臭娘们儿！"他瞄着我的胸口骂道……

"砰！"

我听见一声枪响，不由得浑身一震！

我很快发现，自己秋毫未损，那小子的脑门儿上却多了一个洞，一股污血正从里面流出来。他在那儿不相信地眨了眨眼，摇晃了一下儿便倒在地上。

　　我回过身,看见"刀笔吏"双手架在切诺基的车门上,枪筒里正冒着一股青烟……

　　一个星期之后,他回了市局。没几天,北京青年报登了我的大照片,旁边还有一个醒目的标题:

　　"不惑之年的女刑警队长——中国的'麦考尔'"

　　看到"不惑之年"四个字,我不禁皱起了眉头。可刑警队上上下下却无不说文章写得不错,于涛和我那几个兄弟还称赞照片拍得好极了,觉得我看起来简直就是一个穿警服的巩俐。不得不承认,我那位爱好文学的朋友不仅笔杆子过硬,摄影技术也具有相当水准,无论是角度还是光线,都十分老辣,称得上是高手,给我拍了一张有史以来我最好的照片。我把报纸拿在手中认认真真把照片上的我瞅了一会儿——你还别说,正如于涛所言,冷眼一看,我还真有点儿巩俐那意思……

　　我的那位莫逆之交的知己兼救命恩人"刀笔吏"走了,我却有点儿受不了。说起来你可能不相信——我坠入情网,陷入深深的相思之中。短短几日,我仿佛跟他过了一生,满脑子都是他的音容笑貌,以至于竟然忘记自己有家庭、孩子和丈夫。我爱上了这位曾让我不屑甚至有些鄙夷的年轻人,我知道我不应该这样,但是却控制不了自己,被这份不应该产生的情感折磨得魂不守舍,一时间,我不知道如何是好……

　　有件事我必须说明，我是个有自知之明的女人，我知道我肯定没有巩俐那么好看，但我长得绝对不丑——当年在警官大学读一年级时，我差一点儿被选为校花。尽管如此，在见到我那口子之前，我没谈过一次恋爱，既没有谁爱上过我，我也没有爱上过谁。我和我那口子是经人介绍认识的，介绍人就是把"刀笔吏"介绍给我的市局政治部的老孙。

　　跟"刀笔吏"的情形一样，我跟我那口子也是在刑警队办公室见的面。我那口子整整说了四个钟头，可我一点儿感觉没有。他刚一走我就给老孙打电话说这件事算了。老孙苦口婆心好生把我一通劝，一遍遍地提醒我的年龄，说我已经三十周岁虚岁已经三十一，耽误耽误一晃就是三十五六，再一晃就是三十七八逼近四十大关，真到了那会儿，我只有两个选择，要么找他这样一个老头儿，要么剩在家里一个人过一辈子。生动地描绘了我那令人不寒而栗的前景之后，老孙又提起我那口子，一个接一个地举着这样那样的例子，用一个个事实说明我那口子人如何如何好，嫁给他我这辈子会如何如何幸福……最终，我让老孙说得没了主心骨，叹了口气答应说我同意两个人再交往一下。于是一个月以后，我便稀里糊涂地跟我那口子在刑警队食堂举行了婚礼……

　　"刀笔吏"走后不久，五一节的前一天下午，我去分局参加中层干部会，会后局长留住了我，指着我的脸说我这些日子明显瘦了。了解到我已经连续三个月零一天没有休息,局长当即给我下了一道死命令,要我放下手头所有工作,五一节期间休假一周。他不理会我的反对直接给于涛打了电话,说了我休假的事以后,告诉他在我休假期间,由他代理我的职务……

傍晚时分,我拖着两条疲惫的腿回到家中。换下警服正打算进厨房做饭,儿子打来电话,告诉我他姑姑去学校接了他,他的姑父打算租一辆汽车,带着他和表弟去承德玩儿几天。我刚一说可以,儿子就高兴得不得了,说了声谢谢妈妈就挂了电话。刚刚合上手机,我那口子发来短信,说市里有活动,过节这几天他都回不了家。

想到我将一个人度过这来之不易的假期,我感到一种从未有过的孤寂,一个人在地上坐了很久,一次又一次地想起了他。冲动之下我拿起手机给他编辑了一条长长的"短信息"。按我本意,我是想给他写一首十四行诗,追忆一下我们那令人难忘的短暂时光。才写了三行,我已经激动得无法自已,就觉着什么东西砰砰砰地撞击着胸口。于是我删掉已经写好的诗句,按标准的情书格式给他写了一封长信。我掏空了脑海中那所剩无几的文学遗存,极尽可能地婉转表达我对他的感情。然而在落上我的大名之前,我却直白得不能再直白地向他敞开我的心扉,犹如莎士比亚悲剧一般悲壮地向他邀约,告诉他我想跟他见上一面,今晚九点我将在某宾馆几层几号房间等他……

在我的大名前补了不见不散四个字以后,我把手指放在了"发送"

键上。然而这一刻我忽然又犹豫起来，一时间，脑子里有点儿真空，似乎不知道自己在干什么。人嘛，都是这样，说别人总是很明白，可轮到自己，时常便会混沌不清。我看着手机想了很久，却没有明确答案，最终我咬了咬牙，然后用力一按，手机上立刻显示：

"已成功发送短信息！"

"信息"是成功地发送了，可我却跑到卫生间对着镜子大哭了一场。

在马桶上坐了差不多一个钟头，我跑进卧室从衣柜里翻出我结婚时穿的那条红色连衣裙，又趴到床底下把我那唯一的一双高跟鞋从鞋盒子里抖搂出来……

从我家到某宾馆大概要走一个小时。在出租车里，我不停地跟司机聊着天，我害怕自己会冷静下来，从而反思我此时的行为究竟正确与否。而之所以要去某宾馆，是因为不久前我曾追踪一个贩毒集团，在那里开了一间房。

我的时间掐得很准，走进大堂时是八点五十。在前台拿了钥匙，我乘坐电梯来到四楼。穿过一条长长的走道，我来到房间门口。打开门后，我走了进去。

房间一直没有住人，黑暗的屋子里有一股潮乎乎的气味。我推开窗户，一股沁人心脾的春风随即扑面而来。我伸手打开一盏床头灯，房间里顿时洒满暖融融的橙色光线，我的心里立刻有了一种温馨的感觉……

时间过得真慢,现在离九点足足还有六分钟。我尽力控制着自己,不让思绪毫无节制地乱飞。我静静地坐在梳妆镜前,凝望着镜中的自己。忽然我发现了问题,这样一个令人激动的时刻,自己竟然忘记了口红,我急忙从包里掏出一支过了期的唇膏……

有人敲门。我一听就知道,那是他在外面——那声音十分文静,充满青春的活力。刹那间,我的心狂跳,激动得无以复加。慌张一阵,我终于镇定下来,揉了揉烫得如烤白薯一般的脸,疾步走到门口,毅然决然地打开了门——

我惊呆了,骤然间好像心脏一下不跳了。

"你在这儿干什么?"我那口子站在门口纳闷地问道。

"那……那你呢?你怎么来了?"我明白到自己掉进了深渊,但仍然奋力挣扎。

"我?说来话长……政治部那个小白脸儿从你那儿回来之后,一直想跟我说点儿什么。今晚八点钟,我跟赵局长从市长那儿出来,他也搭车回局里。都要进大门儿了,他忽然神秘兮兮地捅了捅我,给了这个地址,让我九点钟务必过来一趟……我说……怎么了你?脸青一阵儿白一阵儿的,还抹得跟个小鬼儿似的,怎么回事儿老婆子?你到底在搞什么名堂?"

2001 年 6 月 4 日初稿
2015 年 9 月 23 日重新修订

勾魂拐

　　"我——的——天儿——哎……"

　　离朱睿大约五十米的地方，一个五十多岁的女人盘着腿坐在地上呼天唤地般地号啕着，引得周围的人一个个驻足观看。虽然她的哭声响彻云霄，但大多数人都觉得出，她并不像她希望表现的那样悲痛。有几位在朱睿身旁议论着，说那完完全全是在表演。据他们估计，她哭的人不是她公公便是她婆婆。反正不是她自己的父母。

　　之所以那女人要这么做，往大了说，是要把一种早已没落即将消逝的腐朽文化发扬光大，往小了说，不过仅仅是一种姿态。而这一点，对于某些固执坚持所谓的传统的中国人而言，即使现在已经到了二十一世纪，依然是一种不可或缺的重要形式。

　　有生以来，朱睿第一次光临火葬场，在此之前从未参加任何与白事相关的活动，因而被那一声声连说带唱的哭声所惊扰，忍不住朝那女人望去。不过，这只是短短的几秒钟。很快，他的思绪又回到自己的问题上……

　　忽然，朱睿感到后背一阵阵发凉。他意识到自己定是被人暗中窥视。这绝非是杯弓蛇影草木皆兵，此时此刻，以他的境况，换了谁，也免不了会有相同之感……

　　他猛然回过头，发现杨美莲正用她那两只比赵薇还大的眼睛瞥着他。刹那间，朱睿被那种充满仇恨的审视所震慑。

然而，刚刚与朱睿的目光相遇，杨美莲随即便对他报以一抹惨淡而又哀伤的微笑，使他得以从惊恐之中摆脱出来。

朱睿今年四十二岁，是一名油画画家。之所以今日来到这里，是因为他的女友过世了。朱睿的女友叫杨美荷，比他整整小一轮，上个月刚刚过了三十岁生日。这会儿，朱睿正和几个同是画家的朋友为她送行。

一个星期前，那位叫杨美荷的不幸女人驾车从延庆的一个山村出发，行至一个叫"勾魂拐"的地方时，汽车冲出公路掉下山涧。除汽车自身油箱外，车上还装着一桶汽油。她直接被燃烧的汽车火葬，烧成一截一米多长的焦炭。即便如此，朱睿仍需把她再烧一次，以使她的遗骸变成一小捧骨灰，然后放进一只尺余大小的楠木匣子里。

"先生……"一个身着蓝色工装的殡仪工站在焚化车间门口，指着一只淡绿色的纸棺材招呼朱睿，"现在我要把她推进去了，你们还要再看一眼吗？"

"不必了……"

朱睿还未表态，杨美莲先开了腔。不用介绍，从两个人的名字就可以知道，杨美莲和故去的杨美荷是姐妹。虽说她的姐姐只是朱睿的女友，与朱睿尚无夫妻名分，但却已经跟朱睿一起生活了三年，尽管不受法律保护，可仍然是事实婚姻，由此而论，她的姐姐称得上是朱睿的妻子。顺理成章，杨美莲算是朱睿的小姨子。

对于这位刚刚认识的小姨子的决定,朱睿十分赞同——她姐姐的遗容实在令人作呕。正如那个殡仪工所言,朱睿那天仅仅看了"一眼",便已经吐了四次。为此他曾极力阻拦匆匆从广西赶来奔丧的杨美莲,可杨美莲流着眼泪说,无论怎样,她得看看她的姐姐。结果,那不锈钢的抽屉刚刚拉出一半,杨美莲便晕倒在太平间里。

正当殡仪工打算将她的姐姐送进焚化炉时,杨美莲冲了过去,把自己美丽的脸庞贴在姐姐不时便冒出一股焦煳味儿的纸质"寿材"上,好一会儿才让殡仪工把车推走……

高速路像一条黝黑的缎带,笔直地向前延伸着。朱睿坐在方向盘后面,驾驶着他的路虎吉普车匀速行驶。杨美莲坐在他的旁边。尽管她一身素装,不施粉黛的脸上满是泪水,可朱睿却觉得,从头到脚,这个女人无处不散发出令他销魂的芳馨。他不得不努力地压抑不断上升的性欲,尽可能理智地思索,究竟是为什么,使他这位漂亮的小姨子在最后一刻改了主意,决定跟自己回家。

从一见到杨美莲开始,朱睿便被她的美貌所吸引,可直觉告诉他,来者不善,绝不能沾她,十有八九,这个美丽的女人会给他带来麻烦。安放完她姐姐的骨灰之后,朱睿便对杨美莲说,如果她想在北京住几天,他可以安排她住饭店,所有费用由他负责。杨美莲摇摇头,说她打算直接回去。于是朱睿发动马达,驾车送杨美莲前往西客站。

顺着向上盘旋的匝道,朱睿把车停在了三层停车场。一面让杨美莲等在车里，一面跑到一层的售票处，给杨美莲买了张去南宁的软卧车票。回到车里把车票交给她后，他又往她的手里塞了两万块钱。

"拿着吧，这是我对你父母的一点儿心意……"

说话间，朱睿将杨美莲送到检票口，目送着她检了票，走下楼梯上了月台，最终从他的视线里消失以后，朱睿一个人返回三楼停车场。当他打开车门，望着杨美莲刚刚坐过的座位时，他又有些后悔，为白白放走这么一位可人儿而惋惜。一时，他浮想联翩，幻想着自己跟她做爱的情形……

"嗨!"

忽然，朱睿听见有人喊他，回头一看，杨美莲扭着纤细的腰身，一路小跑地赶来。

"等一下……"跑到他跟前，她喘息着说，"你昨天说，你那个地方叫什么来着?"

"西冉，"朱睿回答道，"怎么了?"

"我又不想回去了，我想跟你……去你那儿住几天，你看行吗?"

持续的阴雨天气使天空灰蒙蒙的，不时有几滴秋雨落在风挡玻璃上。朱睿驾着吉普车，在湿滑的高速路上小心谨慎地行驶着。车里弥漫着一种说不出的沉闷。两个人都没说话，各自想着不同的心事。对于朱睿而言，除了不停地顽强抵抗着从杨美莲身上散发出的一阵阵诱惑之外，他仍旧在努力猜测她真正的目的……

　　转眼间,路虎吉普车来到收费站。交费之后,朱睿从高速路里拐了出来,把车开上盘山公路。快到西冉的时候,杨美莲忽然开了口,她不紧不慢地说:

　　"你能不能……带我去一趟……她出事的地方?"

　　朱睿愣了一下,皱了皱眉:"有这必要吗?"

　　"我想去。"杨美莲固执地说。

　　"好吧。"朱睿暗自吐了一口气,然后便轻踩刹车,掉转了方向。

　　大约走了半个小时,他们来到那个被称之为"勾魂拐"的路段。这里十分险峻,在不到一百八十米的距离内有四个急转弯。自打二十年前通车以来,有不少车从这儿掉下去。因此才有了这么一个恶名。

　　朱睿降低车速,慢慢地把车驶入一小块儿空地。他有些紧张——地上长满了光滑的苔藓,而他的车头就冲着深不见底的山涧。但他别无选择,这是这里唯一能停车的地方。车停稳后,朱睿用力勒紧手刹,还挂上了倒挡,这才与杨美莲一起下了车。

　　杨美莲小心翼翼地走到山崖边缘,紧攥着一棵如盆景般弯弯曲曲的小松树,颤巍巍地朝脚下的深渊望去。当她转过身时,她的脸白得像一张纸……

　　"警察分析……"走到离她不远的地方,朱睿说,"你姐掉下去可能有两个原因:一个是,出事的时候正在下雨,你姐的车速有点儿快,超过了限定的十五公里,转弯时发生了侧滑;另一个是,当时对面正好有车过来……"

听了朱睿的解释,杨美莲没有吭声,默默地走到路边,在一块石头上坐了下来,神色难过地朝眼前的急转弯望去。

朱睿没有打扰她,点了支烟,耐心地等在一旁。过了一会儿,杨美莲站起身来,小声招呼他,说可以回去了。

小心谨慎地把车倒上公路之后,朱睿艰难地掉了个头,然后朝西冉驶去。

路上,朱睿一脸哀伤地向杨美莲谈起她姐姐遇难的起因。他这辆车的燃油表出了故障,不能正确显示油量位置。那天晚上,他驾车去一个叫"南拨子"的地方参加一个聚会,返回途中,车忽然没油了。无奈之中,他给她姐姐打了电话,让她给他送些油来,没想到竟酿成此祸。说到这里,朱睿悲痛不已,哽咽着连连埋怨着自己……

西冉是个不大的山村,距八达岭长城只有八公里,离官厅水库也很近,开车只需十分钟。村子坐落在一座山的南坡,四周风景宜人,随处可见一座座奇峰峻岭。尽管离市区只有六十几公里,但海拔却高了很多,因此夏天十分凉爽。

有鉴于此,一九九一年的八月,朱睿在这儿买了个四合院。自那以后,多年以来,除了寒冷的冬季,余下的时间他都在这里度过。

在公路上行驶了一阵,朱睿驾驶着他的路虎拐上一条泥泞的小路。经过一座年代久远的牌楼以后,吉普车进了村子,相继从几位老人和一

群孩子身边经过。每到那时，杨美莲便把手伸出窗外，用一种让朱睿听起来颇有些悲凉凄楚的嗓音——和他们打着招呼。像所有偏僻的村落一样，这里的人们相互了解，很难遇到陌生人。当他们看见杨美莲时，一个个无不惊奇。

沿着一条由碎石板及石子铺成的小路，吉普车在朱睿的宅院门口停了下来。像一个外国电影里的欧洲绅士那样，朱睿跳下车转到杨美莲一侧为她打开车门，有礼有节却又不失体统地挽着她的手将她扶下车后，匆匆打开院子大门。

杨美莲探寻着踏进院子，刚走了没两步，五条牛犊一般的大狼狗忽然从影壁后面窜了出来。当即她大惊失色，尖叫一声便扑进朱睿的怀里，把两只结实的乳房紧紧贴在他的心口。

刹那间，朱睿感到一阵从未有过的冲动……

尽管希望杨美莲就这样抱着他，时间越长越好，可他还是转过身，大声地喝退那些吓人的宠物。朱睿向躲在他身后的杨美莲安抚道，不必害怕，这些狗都是纯种的德国牧羊犬，一个个极其聪明，绝不会伤害他带回的朋友。说话间，他又一次挽起惊魂未定的杨美莲，在他的几只名贵狼狗的注视下绕过影壁走进院子。

院子里有三间北屋和三间南屋，东西两侧各有两间厢房。说起来房子不少，但三间南屋让朱睿打通了成了画室。东厢房是台球厅和厨房，西厢房是画库和厕所。真正能住人的只有北屋。北屋为传统的四梁八柱格局。中厅是客厅,东西两侧各有一间经过改造,带独立卫生间的卧室。

打开房门以后,朱睿把杨美莲带进中厅。中厅为中式风格,迎面北墙上挂着中堂字画,之下是条案八仙桌太师椅等中式家具。东西两侧可见雕花红木隔扇,隔扇的南端,分别是两间卧室的房门。

朱睿指着东屋房门告诉杨美莲说,那里是他和她姐姐的卧室,然后转过身指着西屋房门对她说那里是客房,她可以在那里住下。说着,他挽着杨美莲来到西屋门口,伸手推开房门。

刚一进屋,一股潮湿的气味便扑面而来。于是朱睿拉开厚厚的紫红色的天鹅绒窗帘打开窗户。顿时,黑暗的屋子一下亮了,一缕早秋的青草气味扑面而来。与中厅一样,屋子里同样摆着古朴的中式家具,一只紫檀多宝槅上摆着梅瓶将军罐凤尾尊等等明清瓷器珍品,另有花梨圈椅樟木箱子与样式老旧的景泰蓝座钟等,一张挂着帷幔的嵌螺钿红木架子床尤为醒目。

"好像你说得不对……"站在门口朝屋子看了看,杨美莲说,"这不是客房,这是你太太的房间。对吗?"

"你怎么知道……"愣了一下,朱睿问,"我有太太?"

"我姐告诉我的。"

"这么说……你跟你姐……还有联系?"朱睿大为意外——据他所知,自打杨美莲的姐姐三年前在没有任何名分的情况下和他同居,她的家人便和她断绝了来往。

"联系不多,偶尔打个电话。"

"她还跟你说了什么?"

"她还说,大概……好像是五年前,你太太离家出走了。"

朱睿感到有些不妙,注视着杨美莲点点头。

"还有呢? 你姐还说了什么?"

"很多,"盯着墙上的一幅长卷,杨美莲继续说道,"她告诉了我很多事……"

听见"很多事?"三个字,朱睿不禁睁大了眼,"都是在……电话里吗?"

"就算是吧。"杨美莲模棱两可地回答。

"就算是?"朱睿怀疑地摇摇头,"她还说了些什么?"

"没什么,"杨美莲轻描淡写地说,目光注视着房门上的门锁。"无非是些鸡毛蒜皮……"

朱睿朝她望去,他明白,此时此刻,他不能再问下去了。

"走吧。"指了指门外,朱睿说。

"去哪儿?"

"去东屋,看看我和你姐住的地方。"

杨美莲有些犹豫,愣了一下,跟着朱睿朝东屋走去。

与西屋的中式风格不同,东屋完完全全是欧式风格。一张尺寸很大的席梦思双人床顶着北墙摆放在屋子中央,两侧各有一只床头柜,之上各摆着一只铸铜台灯,造型为一个维纳斯模样的裸体欧洲女人举着灯伞。除此以外,屋子里还有同样风格的欧式贵妃榻床脚凳等,包括雕花红木隔扇在内,屋子里挂满一张张油画。在此之中,杨美莲姐姐的一张画像挂在北墙的正中央。

一进门,杨美莲便看见那张画像。在黑暗的背景中,她的姐姐高盘着乌云般的发髻、穿着一身深蓝色的绸布旗袍,倚靠着一只绣着青龙的黄缎靠包,如皇后一般端庄地坐在一张紫檀宝座上。

一时,杨美莲朝自己的姐姐凝视……

对于朱睿来说,杨美莲似乎是个谜。他心里很清楚,杨美莲怀疑是他害死了她的姐姐。但他不知道,究竟出于什么目的,她在最后一刻改了主意跟他来到这里。朱睿首先想到的是,杨美莲要为她的姐姐报仇,她来这里,是为了寻找他杀害她姐姐的相关证据,最终将他送上断头台。然而转眼间两个星期过去了,杨美莲既没有翻箱倒柜地寻找什么,也没有走访村民,挨家挨户地调查取证。除了偶尔在村子里散散步,和那些老人孩子打个招呼,从没见她跟谁坐下来认真交谈一阵。由此看来,调查取证一说似乎又不是很像。

于是朱睿想到另外一种可能:杨美莲想敲诈他。尽管怀疑他害死了她的姐姐,但她是个聪明的女人,她明白一点,人死不能复生,无论她怎么做,对她姐姐而言,都于事无补。不如借此机会狠狠敲他一笔。正因为如此，那日她才对他说了那一席话，首先告诉他自己知道他太太的事，不仅知道，而且知道得"很多"。

但这一点朱睿也不能肯定，杨美莲的某些做法与他的这一推断显得有些矛盾，譬如，同样是那日，刚刚一进门，杨美莲便借那几只狗的出现一下扑进他的怀里。尽管那一刻他乐不思蜀，恨不得马上就与自己这个美丽而又性感的小姨子上床云雨一番，但事后朱睿想起她的姐姐曾向他介绍——她的妹妹在动物园工作，她曾亲眼看见妹妹在没有保护的情况下与老虎狮子近距离打交道。除了她姐姐的这番证词，他自己还发现了直接的证据——入住之后的第二天，她就和他那五条德国大狼狗打成一片。她每日坐在院子里，和它们亲昵地待在一起，时不时便和它们拥抱亲吻，像摆弄比熊或者吉娃娃那些宠物犬那样摆弄着它们。这也就是说，那日进门杨美莲如此那般一番举动，完完全全是在表演，其目的只有一个，那便是她想勾引他。然而联想在火葬场她那令他后背发凉的仇恨一瞥，他又觉着勾引一说有些情理不通，他无法理解——这样一个仇恨他的女人，为什么还要勾引他。

为此，对杨美莲此来的真正目的，朱睿一直无从判断。唯有一点朱睿十分肯定——他无时无刻不被她那美丽的面容和她那性感的身体搅得躁动不安。

朱睿苦不堪言，在此之前，他总是跟朋友们吹，他是个坐怀不乱的人——作为一个画家，他见过无数个裸体美人儿，并曾经与一位一丝不挂的漂亮模特儿单独待了三个小时而没有生理反应。

　　然而,自打那日见了杨美莲,朱睿这种传教士般的克制力瞬间便荡然无存,欲望之火在胸中熊熊燃烧。尽管他一次次地告诫自己,此时此刻,他绝不能对她产生任何欲念,可他无法控制自己,几天来,他夜夜无法入眠,满脑子都是她身上那些令人冲动的部位:乳房、臀部以及……

　　与她身材小巧的姐姐相比,杨美莲高大的身躯完全像是从另一个世界来的。她是一个真正的可人儿,一个真正的尤物,但对朱睿而言,这样一个千金难买的女人却可望而不可即,他心里很明白,她很危险,绝不能碰。但明白是明白,因她而起的性冲动却不能自然消退,所以,他只能每每脱光衣服,一个人赤裸着躺在床上,一边想象着自己正抱着她的两只丰腴的大腿,一边呻吟着自慰……

　　终于,朱睿忍受不了这种痛苦,下定决心驱逐这个美丽的女巫。一天下午,他正在南屋心不在焉地在画布上涂抹着,杨美莲不合时节地穿了件紧绷的背心和牛仔裤裈走进来。如同一个正在接受一位女基督徒忏悔的神父那样,朱睿一本正经地与她聊了一阵,然后放下画笔。

　　"也许……"朱睿说,"你应该回家去了。"

　　"怎么?"她似乎很意外,"你……不喜欢我?"

　　听见这极富挑逗的话语,朱睿原本就怦怦乱跳的心不由得猛地一颤,一时间竟觉着有些透不过气来。尽管如此,他还是努力让自己平静下来,他不断提醒自己——不论她有多漂亮,自己有多喜欢她,她不过是一个女人而已,更何况这是一个居心叵测的女人,不知道会给自己带来什么样的灾难,他必须敬而远之,绝不能因小失大毁了自己的下半辈子。

"不是的……"像一个真正的正人君子那样,朱睿理智而又友善地对杨美莲解释说,"我主要考虑你姐,她刚刚过世,我担心你在这儿,村里的人会对我印象不好。"

"嗯,你说得有道理……"杨美莲若有所思地点点头,"这样吧,我听说这里有个水库,我想去看看,回来我就走。"

轰的一声,朱睿发动了他的路虎,载着杨美莲离开他的院子。当吉普车走到村口时,她依旧和那些老人和孩子们一一打着招呼。当中,她还把头探出去,像个尚未成年的小姑娘似的,顽皮地逗着一个光屁股小子:

"我们去水库啦,你跟我们走吗?"

黄昏中的水库显得格外宁静,落日的余晖洒在水面上,闪烁着无数个跳跃的光斑。不远处,一只美丽的玄凤鹦鹉正站在靠近岸边的一块石头上啜着水,使得眼前的景色更加引人入胜。

杨美莲用自己雪白的胳膊支撑着她动人的脸庞,侧身依偎在开满野花的草地上,让自己在夕阳之下尽显细的腰身和丰满的肥臀。朱睿坐在离她不远的一棵树下。两个人就这样待了好一阵。忽然,鹦鹉扇动着翅膀噗嗒噗嗒地飞走了。一时间,原本淳朴的田园风景升华成梦幻般的仙境。

"景色这样迷人,你为什么不拿着作画的东西呢?"望着远去的鸟儿,杨美莲温柔地问道。

"说实话……"或许是被眼前的美景感染,或许是想到身边这位唾手可得的美女即将离开自己,朱睿一时感慨,看着远处一个被绿树遮得严严实实的小岛,他回答说,"你在这儿,我什么也画不出来。"不由得,他吐露了一句真言。

"为什么呢?"她燕语莺声地反问着,纯洁无邪的神情堪比尚未摘下苹果的夏娃。

"算了吧,这一点……你心里非常清楚。"朱睿脱口回答道,口气里满是怨恨。

"是吗?"杨美莲坐了起来,盯着朱睿的眼睛说道,"既然你说我心里非常清楚,想必你心里同样也很清楚啦?"

显而易见,这又是一句挑逗性极强的话,朱睿的心又一次猛跳。他朝杨美莲看了看,不知如何应对。

"我记得,你曾打听,我姐跟我说了些什么,有这么回事吧?"忽然,杨美莲话锋一转,提起一个让朱睿极为关注的问题。

"啊? 哦……对。"朱睿有些猝不及防,愣了一下,回答道。

"现在呢? 你现在,还想知道吗?"

"当然,我很想听听。"

"好吧,"她点点头,"姐姐在信里……"

"等一下,"朱睿吃了一惊,"你说……信?"

"对,姐姐给我写了一封信,怎么啦?"

"不,没什么……"朱睿敷衍道,但还是忍不住问,"可……我怎么不记得,你姐她……写过信呀?"

"这我就不知道了,也许……她是背着你写的。"说话间,杨美莲漫不经心地从草地上揪起一朵深蓝色的小花放在嘴边,"姐姐在信里告诉我,警察曾经跟你打听你太太的下落,可她发现,你跟警察说的,和跟她说的,不是很一样,有矛盾的地方。"

"是吗?"朱睿心里咯噔一下。"你姐怎么说的? 哪儿不一样,什么地方? 能跟我说说吗?"

"当然,可我这会儿没拿着信,一时有点儿想不起来……"摆弄了一阵手中的花朵,杨美莲接着说道,"没关系,那封信我已经……很妥善很妥善地保管起来了,你要是感兴趣,就等我回去……我回去看完之后,我再仔细地告诉你……"

到了这会儿,朱睿终于明白过来,杨美莲已经掌握了他的全部秘密,不但知道是他害死了她的姐姐,还知道他的妻子同样死于他手。沉默了一阵,朱睿开了口:

"多少?"

"什么?"

"那封信,我想买下来,你要多少钱?"

于是,在之后的一段日子里,朱睿一直等待杨美莲的报价。但她对此只字不提,却关注起朱睿存放在西厢房那些昂贵的名人字画。

"这个……能卖多少钱呢?"时不时地,她便打开一幅清代或者明代某位大画家或者大书法家的藏品这样问朱睿。令朱睿无奈的是,她居然还真大概其知道一些藏品的价值——有一天,她拿起八大山人的一幅画对朱睿说:

"这个很值钱,起码能卖一百万!"

一听这话,朱睿不由得暗自叹了口气。

"你到底……打算要多少?"

"你急什么?"放下那幅画,杨美莲打开一幅董其昌的书法作品,慢悠悠地说,"这么大的事……你总得让我……考虑考虑呀……"

到了这一刻,朱睿终于明白过来,杨美莲不仅仅是要勒索他,而且要让他倾家荡产。认认真真仔仔细细地考虑了一番,朱睿意识到自己已别无选择,只能杀了她。

当然,朱睿心里很清楚,杨美莲极其精明,绝不是那种只想着钱财不考虑自身有什么危险的愚蠢女人。显然她知道自己此时此刻身处险境,懂得如何保护自己。他终于理解——为什么那天他开着车进入村子后,杨美莲要一次次和村里的老人孩子们打着招呼。她的用意很明确,就是要告诉人们她来了。就是让人知道她和他在一起,使他不敢轻易对她下手。

　　然而以朱睿眼下的境况，他已经顾不了那么多。明摆着，事到如今，不是鱼死就是网破，除了杀了这个女人，他没有第二条路可走。因此，在杨美莲和他讨论了他所收藏的全部字画的价值以后，他终于下了决心。

　　于是，一天夜里，当电视里的节目几乎都播放完了，大部分频道上不是显示着测试卡就是"再见"时，朱睿决定动手。就在他打开抽屉，打算从里面拿出一根筷子粗细的尼龙绳的一刻，中厅里忽然传来杨美莲打开西屋房门的声音，他连忙关了抽屉，转身来到门口打开房门。

　　顿时，朱睿惊呆了——杨美莲赤着两只白嫩的脚，一丝不挂地站在他的眼前，她乳房高耸，浑身如玉，一张苍白的脸如女神般美丽，活生生就是波提切利笔下那个站在贝壳上的维纳斯。当即他忘记了一切，一股前所未有的性冲动刹那间涌遍全身。不由分说，他一下抱起她来，三步并作两步地跑到床边将她放到床上，然后便饥渴难耐地把她压在身下……

　　自此以后，差不多将近一个月的时间，朱睿什么都没干，不分昼夜，终日在院子里抱着杨美莲发泄着他那旺盛的性欲。由于性的欢乐，他似乎也忘记杨美莲曾经对他所产生的巨大威胁。换句话说，此时此刻，即便他想杀了杨美莲，他也下不了手。但有一点他始终感到困惑——显而易见，杨美莲知道是他害了她的姐姐，在这样一种情况下，她为什么要主动献上她的身体。他实在揣摩不透她是怎样一个心理。更让他不解的是，自打那晚之后，杨美莲便不再跑去西厢房去为他的那些价格不菲的书画藏品估价，每天一日三餐都亲自下厨，变着花样给他做出一碟碟好菜。为此朱睿曾怀疑她要在菜里下毒，但很快他又否定了这种可能。如果他真被毒死了，她绝不会轻易逃脱干系；另外，如果她真那么恨他，就不可能主动送上门来跟他发生关系。更何况她手握一封足以置他于死地的信。如果她真想那么干，她完全可以报警，没必要自己担这有可能杀头的风险。想到这些，他便放心地举起了筷子……

朱睿私下里承认，他的这位小姨子不仅人长得漂亮，菜也烧得不错，总有一股特殊的香味儿，与她的姐姐相比，称得上是天壤之别。不仅如此，每次吃饭时，杨美莲还总像一个真正的贤惠妻子那样，满满地给他倒上一杯酒，使得从不喝酒的他很快上了瘾并乐此不疲，无论中饭还是晚餐，顿顿离不开酒。

这还不算，每次吃完饭，杨美莲还总要为他沏上一壶茶，这令朱睿感到十分惬意，觉得这是一种从未有过的享受。可不是，酒足饭饱之后，叼上一支烟，美美地坐在沙发上，喝上一杯清香的龙井……

然而，一段堪比神仙的美好日子过去之后，朱睿开始冷静思考，前前后后把杨美莲的所作所为想了一遍——从那日火葬场的那仇恨的一瞥，到那晚她赤身来到他的卧室门口。朱睿觉得这一切实在是有些不可思议，这里面肯定有问题。很快他便发现，尽管她白日里总是有说有笑，还每每跟那些狗一起玩耍，但每当夜深人静，朱睿因起夜或者其他什么原因从梦里醒来时，总会听到她轻轻的叹息声。这说明，她并不快乐，进一步说,她白日里的所作所为都是在演戏……

"为什么? 究竟是为什么?"朱睿一遍遍地问自己——明明知道他害死了她的姐姐,她为什么还要这么做? 她究竟出于什么目的? 思来想去,答案只有一个,那就是为了报仇。至于她为什么不拿着那封信去找警方,很有可能是因为她觉得那封信可以让警方怀疑到他,但是却不能成为他谋杀她姐姐的证据。这也就是说,她不想倚靠警方,而是想自己动手。

想到这里,朱睿不禁出了一身冷汗,随即便再一次下了决心。他发誓,无论如何这一次不能手软。

他的计划是:挑个合适的日子,然后对杨美莲说,应该去勾魂拐祭奠一下他姐姐。到了那儿,他就用绳子把她勒死,接着像对她姐姐一样,把汽车浇上油推下山涧。不过,为了不引起警方怀疑,他这回恐怕得吃点儿苦头,按他的计划——把汽车推下去之后,他要撕烂衣服在地上打几个滚儿,再找块碎玻璃什么的在自己身上拉几个口子,如果想要做得更逼真,他还要找块砖头把自己砸个头破血流。只有这样,他才能对警察说,他们给她姐姐烧纸去了,没想到汽车失控,他侥幸跳了下来,但她却……

于是,经过精心策划,朱睿把去勾魂拐的日子定在杨美莲姐姐故去百日的那一天。早上,二人刚刚吃过早饭,他便提起这件事。他本以为一听要去给她姐姐烧纸,杨美莲一定会当即答应,却不料她一口拒绝,直到中午,她都进了厨房,他也没有做通她的工作。杨美莲对朱睿说,要去他一个人去,她姐姐肯定不收她的钱。一时朱睿心急火燎,他再次告诉杨美莲,说今天是她姐姐的百日,她必须去,否则她的姐姐会在天堂骂她。一听这话,杨美莲顿时伤心,她饭也不做了,扔下铲子冲出厨房。她先是去了近期她和朱睿一起居住的东屋,朱睿刚想进去,她又从里面冲了出来,返身去了她之前住的西屋。

朱睿随即也想跟进去,但她却插了门。朱睿一时无奈,只得站在门口劝起她来。

过了好一会儿,她终于走了出来,两只眼哭得又红又肿。不过,她很快恢复了平静,低低地对朱睿说了声对不起,然后便回到厨房……

吃饭时,杨美莲情绪低落,没有像往日那样为朱睿倒酒。于是他拿起摆在桌上的一瓶酒,正想为自己倒一杯,杨美莲又一次激动起来,她劈手夺过杯子,狠狠地摔在地上。

"你是怎么回事? 这种时候,你还有心思喝酒?"

顿时,朱睿恼怒,忍不住想要发火。但随即他便克制住自己。朝杨美莲看了看,返身再次进了东屋,转眼间,他重新拿来一只酒杯。倒满之后,他把酒洒在了地上。

"这不结了吗……"说完,朱睿为自己满满地斟上一杯,然后一饮而尽……

尽管杨美莲已经沏好了茶,但朱睿一口没顾上喝,撂下饭碗就把她拉了出去。他解释说,烧纸应该是上午去,现在已经晚了,更何况他们还要去村子北面老徐头儿那儿买纸,必须抓紧时间……

很快,路虎在村中小路行驶一阵,在一座宅院门口停了下来。朱睿让杨美莲在车上等着,自己下车进去买纸。杨美莲没下车,说随便买点儿就行,没一会儿,他抱着一捆冥钞出来。

刚刚拉开车门,朱睿忽然晃了一下,险些栽倒,连忙扶住车门。

"怎么了?"杨美莲一旁问道,有些诧异。

"没什么,"朱睿摸着脑门说,"可能刚才酒喝得急了点儿,有点儿头晕。"

"那怎么办? 要不然……我们改天再去?"

"这可不行,今天你姐百日,必须去,不然你姐会怪罪的!"朱睿认认真真地说。

"你看你! 说了不让你喝,你偏要喝! 算了,我来吧……"说着,她侧身挪到驾驶座上,朱睿则趁机上了后座。

刚一关上车门,朱睿就把手伸向后背。就在这时,杨美莲又开了口。

"你没事吧?"

"啊?"他急忙抽回手,"没事儿,放心,一会儿就好……"说话间,他看见她正从后视镜里看着他,一副关切的神情。

"哼,那可不见得,闹不好会越来越厉害!"说完,她发动了路虎。

转眼间,车到了村口,朱睿偷眼朝路边望去,随即看到一群孩子正在牌楼底下玩耍。杨美莲放慢车速,伸手和孩子们打着招呼。只是,她无法跟他们介绍,他们是去勾魂拐烧纸……

没一会儿,吉普车上了公路,于是,她的车速一下子快了起来。以至于,朱睿在后面有些担心——他并不真想从飞驰的汽车上跳下去!于是一连几次他提醒她注意安全,同时,把那根早已准备好的尼龙绳偷偷儿从后腰上抽了出来。他打算,一到那儿,等她一停车,他就下手……

"喂,"她在前面一边专注地开着车,一边问,"现在感觉怎么样?"

"嗯……还是有点儿晕,没事儿,一会儿就好……"他装模作样地说着。可没想到,话刚出口,他便真的感到一阵晕眩,同时感到一阵困意。他很清楚,这会儿实在不是睡觉的时候,不由得他有些后悔,不该喝那么多。于是,他拼命睁大眼睛,但眼皮却一个劲儿地打架,很快便睡着了……

朱睿被推醒了,他感到头像灌了铅一样。

"起来起来,"杨美莲站在打开的车门旁说道,"我们到了。"

"到了?"朱睿一时有些糊涂,"我们到哪儿了?"

"到勾魂拐啦!"杨美莲有些气恼,"你不是要给我姐烧纸吗?"

听她这么一说,朱睿终于反应过来,想起自己的目的。他急忙伸手,打算藏起那根绳子。可不知怎的,他的手忽然抬不起来了。不仅如此,他的两条腿也动不了了。

"你倒是快点儿呀!"杨美莲扶着车门,不耐烦地催促着。

"我好像……"朱睿艰难地说,"我好像有点儿不对头……"

"不对头?"她纳闷地反问。

"我动不了了!"

"动不了了?"杨美莲有些不相信,大声说道,"别开玩笑了!"

"不是开玩笑……不知怎么回事儿,我这会儿……呼吸有点儿困难,恐怕你得送我去医院……"

到了这会儿,她似乎才认了真。确信这一点之后,她的脸上忽然显出一种奇怪的神情。

"没想到……人的反应也是这样!"杨美莲没头没脑地说。

"你说什么……人的反应?"朱睿喘着粗气问,呼吸越来越急促。

"我是说……这种药的作用。"

"药?什么……药?"朱睿歪倒在后座上,有气无力地问。

"一种很贵的药,从德国进口的,麻醉剂,可以使动物四肢暂时麻痹,专门针对大猩猩。"

"……大猩猩?"朱睿吃了一惊。

"没错儿,是大猩猩!我姐不是告诉你我在动物园工作吗?可能她没说我具体是做什么的。我现在告诉你,我是兽医……对了,一提我姐,我得告诉你一件事,她从来没有给你写过信,我那是吓唬你,你上当了,想花钱买那封信,我一下知道了,我姐真是你害死的……噢,我忽然觉得有点儿悬,你不要再说话了,你每说一句话,都要耗费你很多的体力,都有可能让你心力衰竭。之所以会出现这种情况,是因为我忘了一点——在同等剂量下,人的抵抗力可能不如大猩猩……"说到这里,杨美莲抬头望了望空无一人的四周。"对了,你知道我为什么要摔你的杯子吗?因为我得给你下药。在你进屋去拿杯子那会儿,我往你的酒里下了药,保险起见,我放了六倍的药量……不不,我发誓,我没想毒死你,我知道,那瓶酒有多半瓶,你不可能都喝了……你只喝了三小杯,我估计,如果你挺得住,明天早上五点之前就能缓过来。当然,那需要一个前提,你能活到那会儿……"

"救救我……我喘不上气来,求求你……"朱睿苦苦哀求着,声音越来越小。

杨美莲没有理会他,伸手去拿他身边的那些纸钱。忽然,她看见了那根尼龙绳,不由得一愣。

"这是什么?……天哪!幸亏我……算了,不说了,稍等一下……"

将朱睿关在车里之后,杨美莲将纸钱和绳子拿到了离车不远的地上,掏出一支粉笔在地上画了个圆圈儿。点燃了纸钱以后,她念念有词、冲着火堆开始唠叨。显而易见,她正在跟她的姐姐说着什么……

终于,杨美莲结束了她与冥府之间的对话,返身回到车旁,伸手打开驾驶席的车门。

"我不行了……赶快……送我上医院……"

"我会送你去的,"杨美莲回答道,"但不是去医院,而是要送你去……你会明白的！另外，不要为我担心，我会哭着告诉警察，你喝多了，躺在车上睡觉。我一个人在旁边烧纸，可没想到，你的车忽然溜了车……怎么样？我这么跟警察说，你觉着行吗？"

说话间，杨美莲把排档换到空挡位置，然后松开手刹。随即路虎吉普车便缓缓地向山涧溜去……

2001 年 7 月 6 日初稿
2015 年 10 月 5 日重新修订

寒冷的早上

星期六的早晨六点,我极不情愿地从温暖的被窝儿里钻了出来,迷迷瞪瞪地走进卫生间。爱丽已经起来了,她今天要加班,这会儿正站在镜子前用一只小镊子揪着眉毛。我半睁着眼和她打了个招呼,对着马桶小便。刷牙洗脸之后,我往脑袋上喷了点儿摩丝,把头发贴着头皮梳成希特勒的样式。

像往常一样,爱丽为我准备了丰盛的早餐——牛奶、面包、果酱、黄油、奶酪、培根、火腿肠等等应有尽有,吃得我饱得不能再饱。美美地喝了一杯咖啡,我心满意足地穿上爱丽给我新买的皮夹克,骑着车送她去121路总站。

眼下是十一月下旬,天气十分寒冷。我戴着副厚厚的毛线手套,仍然冻得两手发木。我忘了戴围巾,凛冽的西风从领口嗖嗖地钻进脖子,令我一阵阵的战栗。爱丽也如是,坐在后面一个劲儿发抖,嘴里不停地重复着一个字:

"冷!"

从我家到车站一路顶风,平日只花三分钟便可到达,今日却足足花了十分钟。一看车还没来,爱丽不让我走,让我陪她等着,还把我转到迎风的一边,然后缩进我的怀里。越过她窄小的肩膀,我忽然发现,便道上有一堆烂棉花套子在动,仔细一看,里边竟然还曲卷着一个人。

正当我惊讶地望着那人时,那人忽然坐了起来。显然他冻得够呛,紧紧地把那些烂棉花裹在身上。

像大多数露宿街头的叫花子一样，他的脸黑乎乎的，脏得看不见皮肤，要不是打了个喷嚏露出一口白牙，简直就是一块蜂窝煤。他的头发更脏，像一簇灰色的荒草，两片干涸的嘴唇裂满了口子。但真正让我揪心的是他的穿戴，我不是说他的衣着多破多脏，而是他实在穿得太少，不过是里外两件单衣，以至于我难以想象，昨天夜里刮那么大的风，连窗户都在呜呜作响，他在街上是怎么熬过来的？

爱丽也看见了他，我俩面面相觑，正要说点儿什么，车忽然来了。但匆忙中她决定，把我那件久已不穿的军大衣送给他，还让我现在就回去取。上了车，她又把脑袋探出车窗，大声吩咐我，把蒸锅里那八个三鲜馅儿的包子拿来。

爱丽坐着车走了，我连忙跨上车飞快地骑回家。手忙脚乱地找出大衣之后，又迅速把包子装进一只塑料口袋，我有些着急，生怕那可怜之人起身离去……

幸而，我急急地赶回来时，他仍然坐在那儿哆嗦着。

看着他穿上大衣，我自己也觉得暖和多了。估计他有日子没正经吃过一顿饭，没用两分钟，他就把昨晚爱丽花了两个钟头做的八个大包子全干掉。他真是狼吞虎咽，下巴上乱蓬蓬的胡子沾满了韭菜。吃完，他伸手从怀里掏出一只脏兮兮的可乐瓶子，咕咚咕咚地喝了一通凉水。之后，他喘了口气，从喉咙里咕哝出一句话，他说得十分含混，我没听清，但那意思我明白,无非是在感谢我……

我本来打算放下东西就走。可不知为什么,我一直蹲在他的身边看着他。不过,我始终没有开口,我不知该说些什么。根据我的判断,他大约有个五十六七岁,尽管此刻光景如此悲凉,但举手投足仍不失彬彬有礼,一看就知道是一个曾经受过良好教育的人。

正当我琢磨这样一个人如何成为露宿街头的叫花子时,他又开了口,这回我听清了——他问我是否能给他点儿药。他一边咳嗽一边告诉我,自己病了,这两天一直在发烧。于是我又跑回家,拿来一瓶川贝琵琶露和一盒乙酰螺旋霉素。当我再次俯下身来,把药递到他满是污泥的手里时,一辆红色的小跑车在不远处戛然而停,一个衣着华贵打扮艳俗的年轻女人下车走了过来。

"你在这儿干吗?"朝那叫花子瞟了一眼,她口气傲慢地冲我问道,抻了抻披在身上的裘皮大衣。

"你是问我吗?"见四下除了我俩并无旁人,我疑惑地说。

"不是问你,难道我会问他吗?"她尖刻地回答,好像那叫花子不是她的同类。

说实话,我最不愿和这种有钱没文化的女人打交道,我很明白,像我这种工薪阶层的人,她们从心里看不起。每当碰到这种女人,我总是躲得远远儿的。不过这会儿我躲不了,扫了一眼她那镶着一颗颗所谓宝石的高跟鞋,我站起身。

"你认为……我在干什么?"

"看上去……"她冷冷地说道,"你正在做善事……"

"你这不是挺明白的嘛。"我同样冷冷地回了她一句,转身欲走。

"既然你这么仁慈……"她又开了口,"为什么不把他接到你家里去呢?他不就不用在街上挨饿受冻了吗?"

一般来说,我的嘴皮子还是相当利索的——无论是在单位跟谁干仗,还是在大街上跟谁吵架,我一般都占上风,从来都是我把别人说得哑口无言,很少有自己说不出话的时候。然而这会儿,我却想不出应该怎样回答。朝她看了看,我扭头朝叫花子望去。忽然我看见,他的一条腿上烂了好大的一块,他正把乙酰螺旋霉素捻成碎末,一点点地撒在溃烂的地方。

顿时,我就觉着刚刚吃进肚里的牛奶面包火腿肠什么的正一股脑地往上翻。那披着裘皮大衣的刁钻女人也看见了,她当即便呕了一声,捂着嘴朝她的小跑车急急奔去。

见她上了车,我转身走到我的自行车旁。刚打开车锁,蹁腿准备上车时,耳边忽然又传来她那令人生厌的声音。不知怎的,她又跑了回来。

"嗨,"她站在我的身后大声说,"你其实根本没必要管这种闲事儿!"

我顿时恼火,忍不住大声斥责她:

"喂……我说小姐,有没有必要,那是我的事,你管得着吗?"

"怎么管不着？我当然管的着！"那女人并不相让，同样高声回敬了我。

"嘿！见过不讲理的，可没见过这么不讲理的！"我气得要命，推着车质问她，"那你说，凭什么？"

"你说凭什么？就凭……"她愣了一下，一时说不出个所以然，但随即她又开了口，"你根本不了解他，你知道他是什么人吗？"

一时，我哭笑不得——我不过是给了那个叫花子一件旧大衣几个包子和一点儿药，用得着了解他的身世吗？

"不管他是什么人，起码他现在很可怜……"

"可怜？你没听过那句话吗？但凡可怜之人，必有可恨之处！"她针锋相对地反击道，说话时声音很大，不远之处的叫花子也听见了，肮脏的脸上露出一阵羞愧。我一眼便看出来，这种话对他来说，肯定是极大的冤枉。一时，我很替他不平，不禁大声对那女人说：

"也许你说得有道理，可对这个人，你我都不了解，你怎么肯定他是个可恨的人？"

"我当然……"那女人一时语塞，随即大声说道，"算了，我不跟你争，可我敢保证，他肯定是一个可恨的人，你要不信，你自己去问问他……"

她这么一说，我下意识地朝那叫花子望去。此刻他正艰难地站起身，抱着那些烂棉花套子，挂着一根木棍一瘸一拐地朝马路对面走去。

"好好……"我转过脸，继续对女人说，"我不跟你争，不管怎么说，无论他过去有多不好,有多可恶,他现在的确让人怜悯!我估计他是个绝户,但凡有妻儿老小,绝不会落到这步田地……"

"哼!"女人扭头看了叫花子一眼,转身对我说,"那可不一定,也许,他对他的家人干了什么伤天害理的事儿!"

"喂,小姐,话可不能这么讲……"我继续与女人理论,说话间我扭头朝那人望去,随即便瞪大了眼——他站在马路的中间,脚下是他那破棉花套子,此刻正跃跃欲试地打算扑向一辆疾驶而来的面包车!我还没有喊出来,他就一头撞了上去!

"嘭"的一声,面包车的风挡就碎了,那倒霉的司机徒劳地踩着刹车……

因为背对着马路,她没看见这悲惨的一幕,但她看见了我的惊愕之态,听见了那断魂的巨响。她猛然转身……

我不知道她的脸上是什么表情,但却看见她的动作。她先是浑身一颤,就像被谁狠狠地抽了一鞭子,接着便抖落掉身上昂贵的裘皮大衣,不顾一切地朝那躺在马路上的叫花子冲了过去。她飞快地奔跑着,一边跑一边声嘶力竭地大喊——

"爸!"

2001 年 7 月 18 日初稿
2015 年 10 月 5 日重新修订

女骗子

到现在,那件事情我还记得很清楚。那是一九八八年八月八日的中午时分,地点是在中国北京的首都机场。准确地说,是在一楼写着"国际到达"的出口外面。时隔多年,但我什么都没忘,一些重要的问题依然能倒背如流:

我的飞机是波音 777,航班是 CA108。上午九点半从香港启德机场起飞,到北京的时间是十二点二十分……

我必须承认,中国民航确实犀飞利,犀飞利是香港话,也就是粤语,翻成英语就是 Very good,按中国内地所使用的普通话,一般说好极了非常好特别好的意思。不仅服务到位,时间控制也非常准确。我是一个时间观念很强的女孩子,所以记得很清楚,那一刻发生在十二点四十九分。当时我正和一大群和我年龄差不多的年轻香港游客站在一起。

面对周围陌生的一切,很多人都有些反应不过来。除了个别以前来过的,大多数都是第一次到北京,都显得惴惴不安,而我更是一副忐忑之态……

可能是我时尚的穿戴和文绉的气质,那个胖姑娘一眼就看出,我是个生在有钱人家的香港女学生。可不是,在一九八八年,大陆还不很开放,居民的衣着还很简朴,而我却穿着 puma 运动衫,两条长腿上绷着一条价值一百五十美元的 apple 牛仔裤,脚上套着雪白的袜子和崭新的 adidas 运动鞋,脸上齐齐的刘海之下,还架着一副刚刚在港上市的日本太阳镜……

"有美元吗?"她一下子出现在我的对面,用她那标准的北京话低声问我。说话的同时,她左右顾盼,努力让她的一张圆圆的脸显出轻松的样子。

"你－有－美－元－吗?"见我没什么反应,胖姑娘觉得我可能我对她的北京话不适应,她放慢了语速,像外国人说汉语那样一字一句地把她的问题重复了一遍。

我点了点头,用糟糕透顶的普通话反问她:

"您－有－人－民－币－吗?"

我的话刚一出口,胖姑娘就乐了,很快她又收去笑容,紧张地看了看四周,低低地说了声:

"跟我来!"说完她一下挽住我的胳膊,拽着我就走……

穿过熙熙攘攘的人群,胖姑娘带着我走进一个走廊,左转右转,七拐八拐,一直把我领到一间写着"工作人员专用"的厕所。一进去,她立刻反手锁上门。在那一刻,可能是看出我有些紧张,她安慰我,说什么不必担心,她只是想换些美元而已。为了让我彻底放松,她先把自己的腰包解了下来,给我看了里面厚厚的一叠人民币! 拉上拉锁之后,她问我打算换多少?

我把沉重的行囊放在镶着脸盆的黑色石案上,托着下巴略略估算了一下,告诉她我想换两千美元。一听这个数目,胖姑娘十分兴奋,一边庆幸自己的人民币带得比往日充足，一边感叹香港人的富足。正在这时，不知道什么人在外面拧了一下门把手。胖姑娘吓了一跳，连忙把食指放在她的小嘴儿上嘘了一下。

确定那人走了以后，胖姑娘松了一口气，然后试探性地提出一个比价。我摇头，告诉她不行。随即她便把美元抬高了一点点。我正想说明自己的态度，她挥手拦住我，咬着牙再次抬高美元，说这是她的最高价，如果我再加一分钱，她扭头就出去。

等到终于有了说话机会，我比划着两只手，告诉胖姑娘她误会了我，我其实只打算按国家牌价跟她交易，绝不想让她吃亏。那一刻，她的表情十分滑稽，居然怀疑自己的听力出了问题，夸张地掏了掏耳朵，又让我把说过的话重复了一遍……

我的美元张数少，三两下她就数完了。迅速地塞进腰包儿之后，她又掏出人民币。那一瞬间，我看出她曾有些犹豫，不过那只是短短的一秒钟，马上她就恢复了常态，往手指上啐口唾沫，像一个银行职员那样，动作熟练地把那厚厚一叠人民币数完，啪的一下拍在到我的手掌。

我没她那么专业，一张张地数了两遍数，结果还是发现少了两张！

"真的吗？"听我一说，她显得十分困惑，"这不可能呀！"于是，她皱着眉头，又把钱拿了回去，唰啦唰啦地又数了一遍……

"还真是！真少了两张！怎么回事儿我今天？"她大惊小怪地唠叨说，"对不起对不起……"胖姑娘真诚地向我道歉，然后又打开腰包，从里边"噌、噌"地掏出两张，补上之后，又啪的一下，重新把钱塞给我：

"这回对了吧?"

"对对……这下没问题了!"我放心地接过钱，随手塞进了一只小皮包里。

"小心一些!"她盯着我嘱咐道，"你肯定是第一次来北京，北京可不比你们香港，小偷儿、骗子满大街都是! 稍不留神你就会上当……注意着点儿吧! 行，我先出去，这样安全一些，咱们就在这儿再见啦!"说着，她和我握了握手，转身去开门……

虽然已经过去了十三年，但当时的情形依旧历历在目。就在她正要出门的一瞬间，她被另一个女人逼了回来。

"警察!"

我一点儿都没忘，那个身材很高的女人一进来就说了这两个要命的字! 当然了，这是对那个拿走我美元的胖姑娘而言——一看见那红色的证件，她差点儿瘫在地上……

尽管如此，那女警察并没有因此而心慈手软，不由分说，掏出手铐，咔嚓一下就把胖姑娘铐在了一根水管上。随即她转过身，告诉我她是北京某某分局的警官，已经盯了这个专门"切汇"的女骗子多时了，今天终于抓了她个现行儿。说话间，女警察让我把胖姑娘第二次交给我的人民币重新数一遍。

以我这样一个初来大陆的香港女学生而论,这种经历显然是第一次,一时我有些紧张,数钱的时候手一直在哆嗦。幸亏那女警官对我十分友善,她握着手铐钥匙安慰我:

"别害怕,这没你的事儿,仔细数!"

"噢!……天哪!"我惊呼,"整整少了两千!"

一听这话女警察砰地一下把手铐钥匙摔在脸盆旁,伸手就把女骗子的腰包解了下来,拉开拉锁往里看了一眼,随即掏出一只对讲机呼叫:

"动8动8,我是动7,抓到嫌犯,马上把车开到3号位!"

到了这步田地,那女骗子彻底垮了,不禁抽泣起来。一边往地上蹲,一边使劲儿管那女警察叫"大姐",说什么自己是初犯,鼻涕眼泪地求她放了她……

说实话,当时我真挺可怜她!可我心里明白,那个女警察不会饶过她。我知道,不论是香港还是大陆,警察都是一样的铁石心肠。果不其然,任凭女骗子在那儿苦苦哀求,她就是置之不理。

不知什么原因,或许是对讲机出了问题,女警察没能联系上她的同事,于是她决定亲自去开车。临走,她嘱咐我看住铐在水管子上的女骗子:

"小姐,请务必协助我们,千万别上她的当,无论如何别让她跑了!"

还是那女骗子的眼尖,女警察刚出门,她就看见放在脸盆旁的钥匙,立刻伸出那只未被铐住的手,一把就把它抢了过去。

鉴于自己那装满美元和人民币的腰包被女警察给没收了,出门前的一瞬间,女骗子曾想夺走我身上的那些钱。可她很快就明白,虽然我身材单薄,远不及她结实,但此刻已经牢牢地抱住了装钱的皮包,决不会轻易让她得手。更何况那女警察随时会带着她的同事赶回来。于是,飞快地权衡了利弊之后,她决定放弃那些身外之物,无奈地朝我看了一眼,拉开门冲了出去……

那天晚上的七点钟,我端坐在马克西姆餐厅的一只舒服的椅子上。那是间很高档的法国酒店,即使在巴黎,也并非所有的人都消费得起。更不要说彼时彼刻是在中国内地。它位于北京一个叫"崇文门"的地方。我从心里认为,它一点儿也不比香港的一间间高级西餐厅差,无论是菜肴还是服务,都堪称一流!尽管我……

"对不起小姐,"一个漂亮男孩儿甜甜的嗓音打断了我的思绪,"您的咖啡。"将我点的一杯美式咖啡摆在我的面前后,他又把牛奶和方糖放在铺着方格子桌布的台子上。

"噢,"我冲他还以迷人的一笑,"谢谢!"

我端起了咖啡,用一只银质的小勺轻轻地搅拌着。忽然,我想起那可怜的女骗子,她此时的心境肯定不像我这样悠闲。一时间,我忍不住叹了口气。却不料这细小的声音惊动了坐在对面的女孩儿。她身材高大、气质优雅,穿着一件昂贵的白色真丝纱裙。一看就知道,她属于内地少有的年轻富婆。

"叹什么气呀你?"她用一口地道的北京话问我。她没有抬头,吮着只吸管啜着加了冰的法国矿泉水。

"没有,没什么事儿……"我心不在焉地敷衍着——我没有再说那蹩脚的香港式普通话,改用同样地道的北京话。说话间,心里仍然回想着机场的事。倏地,我又笑了起来。

"嗨!"她又开了口,说话的声调忽然粗了一些,语气跟她的打扮有点对不上号:

"别跟神经病似的成不成! 说说,乐什么呢?"

"你说我笑什么呢? 我是笑你……"我放下咖啡,拿起一只绣着个金色"M"的餐巾沾了沾嘴角儿,然后说道,"……你这孙子,演得还真像! 还他妈管自个儿叫什么'动7'? 你怎么不叫自个儿007呀?"

我的话音儿还没落,她就呛着了! 咳嗽了好一阵儿才缓过劲儿来。

"还说呢,"她喘息着说,"你都不知道,从机场一出来,我直接去了我男朋友宿舍,进门那会儿,他正好儿醒了,刚想爬起来,我一下儿扑了上去,又把他按在枕头上! 我一边儿亲他,一边儿把手铐、对讲机、工作证一样样塞了回去,差点儿就让他给发现了!"

2001 年 6 月 8 日初稿
2015 年 9 月 24 日重新修订

春日里的星期天

　　　　　　　　春天的太阳显得那样温暖，透过直落到地板上的窗户，均匀地洒在宽敞明亮的客厅。原本十分安静的书房里，不时爆发出孩子们一阵阵兴奋的尖叫声。

　　"打！'下后下前拳'！不对，你应该跳起来打……噢！"

　　"嗨！你先'爆气儿'，再来'八稚女'……这不就变成'超必杀'了嘛！"

　　今天是星期天，茜芸把她的小学同学巫燕一家约来小聚，顺带看看我们不久前买下的这套位于东二环的三室一厅商品房。我那刚刚上学的女儿十分安静，从未听过她大声喧哗，没想到巫燕的儿子一来，她简直变了个人，坐在电脑前不停地嚷嚷。巫燕的儿子喊得更凶，毕竟他大她两岁，长得又高又壮，自然声音比她大得多，使得巫燕扭着脖子一个劲儿地制止他：

　　"儿子，小点儿声儿！"

　　无论是我和茜芸，还是巫燕两口子，谁都听不懂孩子们喊的是什么，只知道那是游戏里的术语……

　　茜芸和巫燕占领了客厅里最舒服的地方——窗前那由五只沙发组成的会客区，我和巫燕的丈夫只得在厨房门口的橡木餐桌上摆起棋局。

　　点上一支我递过去的极品"大云"，那身材矮小的男人摸了摸华发稀疏的头顶，炮二平五向我发动起进攻。随即，巫燕那叽喳的声音从一旁传来：

"跟你说吧茜芸，"她飞快地说，"我本不想来……我一猜，房子肯定特棒！我肯定得生气着急，可不是，晚上从你这儿回去，进了我们那两间小平房，我得受多大的刺激呀……"

接着，我又听见茜芸细细的嗓音。她自以老成地安慰她，说什么据她了解，巫燕家的那片平房已经列入了规划，如果"申奥"成功，肯定得拆。那样的话，巫燕就可以拿着一大笔拆迁款去买一处房子。可巫燕对此不以为然，她告诉茜芸，她早就打听过，即使真拆了，也给不了多少钱。现在的商品房都那么贵，她算过，除非搬到昌平、通县、大兴去，否则，连一套一居室也买不了。

一边听着她俩的谈话，我一边考虑着我的棋。说起来，我的棋下得不错，在我供职的医院里绝对第一。真正能跟我较量的，只有外一科的小李子。那孩子下棋的时间并不长，但脑子相当快，而且专门在棋院学过，除了他，没人能跟我叫板。因此，为了进一步提高我的棋艺，去年五月我买了台电脑，然后便常常在网上与一些从未谋面的高手对弈……

尽管我的水平不低，但对眼前的这位，我仍然很谨慎。按我一贯的走法，只要对方炮二平五，我必定也炮八平五顺炮对攻。可我不知对方底细，稳妥起见，我还是保守地马二进三。继而，他马八进七，我车一平二……

"跟你说实话吧茜芸，我真是嫉妒死你了……"巫燕毫不掩饰的言辞又从那柔软的沙发上飘了过来,惹得她那秃顶的丈夫再一次皱起眉头。她那赤裸裸的对钱的渴望使他一阵阵脸红,以至于分了心,明明我的马已经逼向了士脚,他竟然忘记补士!

不过,考虑到他是第一次来家中做客,加上此时他的窘态,我没好意思挂角将军,故意走了一步败着,把后炮掰了出来。他也终于发现自己的险境,急急地退车守在二路……

对于这两口子,虽然接触不多,到现在不过见了两三面,但我总听茜芸耳旁念叨,我几乎已经了解巫燕一家的一切……

巫燕和茜芸从小便是同学,而且还是邻居,同住在一个单元里,各方面的情况也差不多,二人的爸爸都在一个工厂当工人。但是后来发生了一些变化,主要是茜芸考上大学进了外企,现在已是年薪逾十万的高级职员。而巫燕却花了很长时间才好歹弄到一个中专文凭,分到某超市当了一名收银员。

由于自身社会地位不同,她们俩各自找的爱人也完全不一样——茜芸找了毕业于名牌医学院、目前已当上副主任医师的我;巫燕却嫁给我面前这位当工人的矮个子。不仅如此,前些天茜芸还告诉我,巫燕在电话里唠叨,说她丈夫的工厂不景气,闹不好她丈夫要下岗……

总而言之,同样都是女人,但无论哪一方面,茜芸和巫燕的差别都很大。可毕竟是一起长大的闺中密友,互相之间绝无隐私。尤其是巫燕,她比茜芸更实在,什么都说。譬如——她丈夫近年来性功能每况愈下,使得正值虎狼之年的她倍受折磨。以至于,她不得不面红耳赤地陪丈夫去医院看男科。令巫燕气愤的是,尽管如此,丈夫竟然还出了轨,她得到可靠情报——丈夫与车间里一个整天拿着扳子拧螺丝的年轻女工有染……

为此,巫燕曾一连数日埋伏在丈夫工厂门口。终于有一天,她的耐心有了结果——在天坛的一片僻静的草地上,她抓住了他俩。她怒不可遏,上去就给了那轻浮的女人一记响亮的大嘴巴,揪着自己老公的耳朵就把他拽回了家。

好在巫燕不是那种不容人犯错误的人。她心肠很软很软,当她的丈夫跪在地上求饶了两个多小时之后,她最终做了让步。但她严厉地警告自己的男人——如果再让她逮到这种事,她一定会跟他离婚。

其实在我看来,巫燕并不是因为心肠的软硬而决定她的做法。之所以原谅他,完全是迫不得已,是她现实的考虑。本来嘛,她既不漂亮,又没什么本事。虽然她的父母住着一套三居室的房子,但假如她真离了婚,恐怕她连个睡觉的地方都没有。当年她的闺房已经被她的弟弟占了,此刻正忙着准备娶媳妇。尽管她对自己的丈夫有种种不满意,但他那大茶叶胡同里的两间小平房毕竟给她和儿子一个栖身之处,使得她有一个自己的窝儿。不妨假设一下,假使事情翻过来,巫燕的丈夫真看上了谁,主动提出要跟她分手,她绝不会同意,肯定会流着眼泪苦苦向丈夫哀求。

每每与茜芸说起这些,巫燕都要一遍遍地夸起我来。说她对茜芸简直羡慕得要疯。我的一系列令女人们垂涎的优势,总是可以在她们见到我后的几分钟就能充分感觉到。这一点巫燕说得没错儿,且容我自我吹嘘一下——我的确很出众,虽然我是黄种人,但却生得十分"欧化",已经有好几个人说我长得像尼古拉斯·凯奇。加之我那与史泰龙差不多的健美身材、比哈里森福特还优雅的风度以及我那令人敬仰的医生职业,我的的确确是一个不可多得、几乎令所有女人都为之心动的男人。

话说回来,我不错,茜芸也不错,绝对是百里挑一的好女人。她嘛,长得说不上多漂亮,只有一米五七的个子,但不知为什么,总是显得很高。说起来,其实她并不属于那种苗条的女子,主要是臀部太大,大得像某西方油画里的一个洋女人。

茜芸自然也知道自己的问题,非常注意掩饰自己的缺憾,她很少穿裤子,五冬六夏总是一条长裙,夏天是薄的,冬天是厚的。其实大可不必,臀部大并不是缺点,绝大部分男人尤其是结了婚的,差不多都喜欢她这种丰乳肥臀的女子。只不过,茜芸总觉得自己还不够细溜儿,每逢在电视里看见那些又瘦又高的模特儿,她马上便对自己的臀围叹息起来。当然,她知道她还是非常有诱惑力的,完全称得上是那种迷人的女人。这一点我完全同意,别人我不知道,我身边就有几个馋得流哈喇子的家伙。

其中,比较肯定的有两位:一个是我家原来的邻居、那个刚刚留校的大学老师,他岁数不大,可能比茜芸还小,原本还挺正常的,总是与我们主动打招呼。可从去年五一起就不行了,暗恋起茜芸来,一见着她,脸就红得像个熟透的西红柿。另一个是我的同窗好友、现在正自己开私人牙科诊所的钱非。那小子可真挣了不少钱！前不久，刚刚投资六十多万买了两套新设备。在我看来，他是个神经病！从早九点到晚八点，一天下来至少要看十二个病人。好容易下了班，却仍不回家休息，老往我这儿跑，一坐就是两三个小时。最可气的是他一点儿也不隐瞒自己对茜芸的爱恋，还总是盯着她的背影对我说：

"你小子……真是有福气。全世界就这么一个可爱的女人，让你小子弄到手了！"

这家伙是一个什么话都敢说的人，有天晚上吃完饭，茜芸正在厨房刷碗，我和他坐在沙发上喝茶，他竟然面不改色，脸不红心不跳地对我说：

"唉！知道吗，倒霉就倒霉在咱是中国人。要在欧洲，很多地方都有交换配偶的俱乐部……"最后他还一本正经地表示，无论什么时候，一旦我对茜芸厌烦了，务必及时告诉他，给他一些清理自己门户的时间……

不用我说，他自己就承认他是痴心妄想。他知道茜芸不仅美丽，而且十分富有，我家的财富百分之九十都是她创造出来的。

说起来，茜芸的确是一架挣钱机器，除了丰厚的工资，每年都要拿回一大笔业务提成。光是去年的进账，就够买辆大众"甲壳虫"的。噢，我得说一句，茜芸对那车实在喜欢，简直有点儿着迷，前年夏天看车展时，她足足在它旁边站了两个钟头。

其实以我们的积蓄，买三辆都没问题，但茜芸还是咬着牙走了。她说等她再挣点儿钱。很快春节到了，她又拿到一大笔，可她仍没舍得掏出来,说自己那辆已经跑了二十万公里的富康还挺新的,与之相比,我那辆刚刚开了三年的捷达倒是有点儿显旧。尽管我一再反对,她还是带着我去了亚运村,花了将近四十万,给我买了辆我最喜欢的两门版三菱小吉普。

"所以,总的来说……"茜芸的声音软软地飘了过来,"我们基本上还是比较顺的,就有一件事儿有点儿……这些日子我脑袋老疼。跟你说吧巫燕……我总是瞎想,会不会是长了瘤子?"

"呸!"巫燕立刻大声训斥她,"瞧你这乌鸦嘴,别没事找事! 再说,你守着个大夫,让他给你看看不就完了嘛。"

"咳,别提了,"茜芸回答道,声音里充满柔情,"他早就让我去拍个CT,还说要给我做个核磁共振……"说到这儿,她又担心起来,"可我真是害怕,万一要查出什么问题,那可怎么办呀……"

尽管我一个劲儿地让着那位秃顶男人,可最后他还是输了,显然他不是我的对手。但他并不服气,依然认为有希望战胜我,摩拳擦掌地重新摆棋。

正在这时,茜芸喊住了我们,说她们要下楼去拍些照片。顺便,想让巫燕懂一点儿修理的丈夫听听她的车——不知怎的,最近机器里总有一种"嗒嗒"的声音。下楼前茜芸吩咐我,先焖上饭,再好好炒几个菜,另外再把酒柜里那瓶法国干红拿出来。

昨晚茜芸看电视的时候,我已经把菜都收拾好了,没一会儿我便钻出厨房,把一样样美味佳肴端到餐桌上。我十分仔细地摆好餐具,又用起子打开那瓶葡萄酒。一切妥当之后,我解下围裙,走到窗前朝楼下望去。两个孩子正兴奋地在儿童乐园里滑着滑梯。茜芸的富康停在路边,引擎盖敞开着,巫燕的丈夫亮着他光秃秃的脑瓜顶,撅着屁股趴在富康的机器上仔细聆听着。茜芸巫燕两个女人理所应当地袖手旁观,她们坐在一张公园椅上,惬意地聊着天儿……

我回身走到电话旁。按照惯例,每逢周六周日,我们从不通话。但不知怎的,此时此刻,我很想听听她的声音。

于是,我再次跑到窗前侦察了一番。确信他们还得等一会儿才能上来之后,我拿起听筒,拨通她的号码……

"喂?"

我听到她甜美的声音。

"亲爱的,是我。"我温柔地向她问候。

"你干什么呢?我好想你!"电话里的女人凄婉地说。

"我知道,我更想念你……"说话间,我十分动情。

"唉……"她叹了口气。

"别太着急,"我接着说道,"她现在头疼得越来越厉害了,时间不会很长,我们要有耐心,药必须一点一点地放,否则将来验尸会查出来的。"

2001 年 7 月 23 日初稿
2015 年 10 月 5 日重新修订

并非本意

早上七点半,我准时从值班室的床上醒来。七点四十五,我套上一件便装走出派出所,去马路对面的包子铺吃早点。八点整,我准时回到派出所,走进顶着金色盾牌的大门。

一进院儿,我就看见郑维的吉普车。那家伙攥着他的大哥大站在值班室门口,面色有点儿阴沉,看意思,今儿又不高兴。

"头儿。"我迎上前去,跟郑维打了个招呼。

"我说安子……"郑维板着脸问道,"老马是一早儿出去了,还是根本没来,又一宿不在岗?"

"老马?在,在……刚还看见他了呢。"我煞有介事地说。我不想道出实情,那样的话,不光对老马不利,也对我不利。

郑维是我们的所长,高傲自大唯我独尊,一点儿人情味没有。说心里话,当警察可不是一件容易的事儿。尤其我们这些基层警察,一天到晚事儿特多,忙起来连上个茅房的工夫儿都没有,隔三岔五还得值班,连家都回不了。即便如此,郑维还是不满意,说训我们一顿就训我们一顿。最不能让人接受的是他那张嘴,要多损有多损。我工作没几年,是所里资历最浅的警员,训我一顿就训我一顿,我无所谓。老马不成,他资格老,郑维上警校那会儿,教官是老马师兄。论辈分他是郑维师叔。他接受不了,一挨训就跑到我这儿骂郑维。

　　的确，郑维是差点儿意思。有一回，老马的自行车没气儿了，他要出去办事儿，借了辆车走了。他不知道车筐是漏的，把询问笔录搁里头了，结果丢了。郑维竟当我的面儿训斥他说："老马呀老马！你还有点儿谱儿没有啊？啊？你说你，跟安子站在一块儿，看着像他大爷，可办事儿呢？连他一半儿你都没有！"

　　话说回来，郑维也不是一点儿道理没有，老马是有点儿没谱儿。去年秋天，有一天他在早市逮了俩小偷儿，锁后院儿小号儿了，临走他钥匙没拔，那俩全跑了。

　　诸如此类的事儿很多，不胜枚举。就因为这些，老马工作了三十多年，可到现在，还是个普通警员，什么"长"也没当上。对于这一点，老马并不介意，说不管怎么着，他肩膀头子上扛着两杠三星，是一督，警衔相当于分局局长。他曾扬扬自得地说，市局他去的不多，这么些年一共去了三回，可每回进大门儿，警卫都把他当成领导，每回都跟他敬礼。

　　当然，老马也承认，这多少跟他显老有点儿关系。老马今年五十六，可头发全白了，一根儿黑的也没有。他的那张脸也如是，皱纹儿一层摞一层的。生人一看，六十六也不止。这一点老马知道。但他不在乎，总是说人老不老不能光看外表，得看身体。"不是跟你吹的安子，"他曾撸着袖子，摇晃着比我小腿还粗的胳膊说，"别看你刚二十五、一米八，就你这样儿的，多了不敢说，三个五个的，全给你们放躺下！"

　　我觉着这话说得有点儿大，但老马确实挺厉害，要我说，五个多了点儿,两三个差不多,我这样儿的,两三个还真干不过他。

"哼,你也学会替他打掩护啦?"郑维瞪了我一眼,"什么'刚还在这儿',他根本没来,肯定又找老郭头儿去了!"

老郭头儿是隔壁干休所烧锅炉的,专上夜班。只要我俩值班,老马总去老郭头那儿下棋,一下就是一宿。为这事儿让郑维训了好几回。老马曾跟郑维争辩,说干休所离派出所很近,就几步道儿,有什么情况,呼他一下儿,分分钟他就回来了。他的话刚一出口,郑维就劈头盖脸把他一顿批,说分分钟也是晚了,哪怕晚一秒钟,人民群众的生命财产可能就会受到损失,等等等等如何如何。但是这回,郑维确实冤枉了老马。

"没有,真没有,"我向郑维解释,"老郭头儿拉肚子,已经三天没上班儿了。"

"那老马干什么去了?"

"他……"我有些犹豫,拿不定主意是实话实说还是编故事。

"他到底来没来?"郑维气恼追问。

"来了来了,"我连忙回答,"真来了,可又走了。"

"不像话!"郑维愤慨不已,抬脚朝所长办公室走去。

我说的是实情,昨晚老马确实来了,只不过来得有点儿晚,夜里两点才到。在此之前我一个人值班。还真有事儿,十一点二十,110打来电话,说街道办事处对面拉面馆报案,有人喝醉了,把一辆桑塔纳砸了。我过去处理,一直忙乎到两点。回来时值班室的灯忽然不亮了,一检查灯泡憋了。一看已经是这个点儿,我估计应该没什么事儿了,心想睡吧,脱了衣服刚躺下,老马就来了。

"干吗关灯啊?"老马关上门大声问我,伸手就拽灯绳,没想到劲儿使大了,一下儿把灯绳拽了下来。老马有点儿无奈,摸黑儿走到我跟前。

"安子……安子?"他推了推我,轻声问道,"你睡着了吗……安子?"

一听这话我知道坏了,明摆着,他又要跟我聊。最近几天我连续失眠,昨晚一宿没睡,这会儿实在是困死了。我没理他,真事儿似的打了声儿呼噜。老马没辙了,看了看我,去了摆在窗台底下的小桌。拉出椅子坐下之后,他从兜儿里掏出个纸条本撕下一页,借着院子里的亮光写了点儿什么,然后便换上警服,拿起放在桌上的胸卡别在身上,蹑手蹑脚地走了出去……

看着郑维掏出钥匙打开房门,我转身进了值班室。接上灯绳换了灯泡后,我脱下便装,从衣架上拿起警服准备穿上。不知怎的,我放在桌上的胸卡不见了,可老马的胸卡还摆在那儿,照片上的他正皱着眉头朝我注视。显而易见,黑灯瞎火的这家伙没看清,把我的胸卡抄走了。

唉,这个老马。我摇摇头,换上警服落座小桌,打开抽屉拿出出警报告准备填写,我的笔忽然找不着了。我想起老马,肯定他昨晚用来着。我朝脚下望去——笔在桌子腿边儿上,一旁是昨晚他给我留的那张纸条。

我捡起纸条看了看,这才知道这家伙深更半夜的干什么去了。

上个星期二,也是这会儿。只不过我那天没去对面吃早点,正在厕所抱着水池子呕吐。跟今天一样,郑维已经到了,他没下车,一直坐在车里打手机。老马刚从老郭头那儿回来,一看郑维在那儿,猫着腰就溜进厕所。那会儿我已经不吐了,正站在镜子前梳头。老马解开裤扣去了小便池,一边放水一边说我脸色不好,问我是不是病了。我说没什么,只是有点儿反胃。正说着,我又吐了起来。老马有些奇怪,说不知道我还有这毛病,在我后背上好一通捶。

我俩刚刚走出厕所,西街发廊老板娘慌慌张张跑进院子。郑维刚刚打完电话,下车问她什么事儿。那女人十分激动,以至于连平日说得不错的普通话都不会说了,操着一口听不懂的广东话哇啦哇啦对郑维说了一通。

终于,郑维明白了发廊老板娘的意思,伸手冲我俩摆摆手:

"安子、老马……"

我俩走了过去。

"什么情况?"老马问。

郑维没有回答,冲着大门摆了摆手,示意老马边走边说。

在发廊老板娘的带领下,我和老马跟着郑维朝西街进发。路上,郑维问我俩认不认识一个叫阿娟的。我点点头,说我认识。老马说跟这个女人很熟,问郑维出了什么事儿。郑维说事儿不小,昨天夜里,那个叫阿娟的女人死了。

　　老马吃了一惊,说一点儿没想到。我问郑维阿娟怎么死的。郑维没搭理我,让老马说说阿娟情况。老马告知,阿娟是发廊的洗头工,跟老板娘同乡,是个寡妇,今年三十五岁,但看着没那么大,顶多二十六七。人长得挺漂亮,很会洗头,也很会吸引男人……

　　听老马这么说,我一下儿想起他曾跟我说过的一句话:"小心点儿安子!尽量离这女人远点儿,她那两只眼可带钩儿!"

　　哼!这老家伙!自己肯定深有体会。不然的话,带不带钩儿的,他怎么知道?

　　阿娟是在自己家里死的。她的家位于西街附近的一条胡同。说是家,其实就是一间临街小屋,不足十平米。小屋坐落在马路南侧,实际上是一座四合院北屋的一间耳房。房门原本开在院子里,并不临街。前年六月,房东改了小屋的格局,把院子里的门连同窗户堵了,然后在后墙开了个门。这么做是因为马路斜对面是某单位宿舍后门,每天有人进进出出。房东打算当门脸房租出去,卖点儿烟卖点儿小食品什么的。没想到活儿还没干完,某单位就把后门封了。没几天市政来了,在那儿盖了个厕所,正对小屋。差不多将近一年,小屋也没租出去,连问都没人问。去年五月前后,阿娟丈夫出了车祸,让一辆拖拉机撞死了。办完后事不久,阿娟便前来北京投靠发廊老板娘,那女人安排阿娟在发廊洗头,于是她便搬进了小屋。

　　十分钟后,我们穿过西街进了胡同,远远看见一群人,一个个站在厕所外面朝阿娟的小屋注视。很快我们来到小屋门口。看见门开着,老马抬腿就往里闯。郑维一把拦住他,低声提醒他这是案发现场。老马连忙又缩回脚,退到郑维身后和我一起朝屋里望去。

小屋坐南朝北,没有窗户只有一扇门,屋内光线很暗。首先进入视线的是横在门口的一把墩布,旁边是一只水桶,然后是阿娟的两只脚,一只穿着拖鞋,另一只光着。她直直地躺在地上,两只脚冲着门,头冲着南墙。看上去她并不痛苦,就像是睡着了,只不过,脖子周围有一大摊血。离后脑勺儿不到十厘米的地方,有一只熨烫衣服用的三角形铸铁烙铁。它立在南墙根儿,尖儿冲上,很明显,是那东西要了阿娟的命。

一看这阵势,郑维什么没说,拿起大哥大给分局打了个电话。

大约半个小时,分局的人到达。他们在阿娟屋里待了差不多两个小时,然后便把阿娟装进一只带拉链的黑口袋,抬着她走到厕所门口,放进救护车……

五天前,郑维去了趟分局,回来告诉我们阿娟的案子结了,分局认定是意外事故。郑维解释说,阿娟当时正在擦地,当中滑了一跤,后脑勺儿正好磕在烙铁上,致使颅骨开放性骨折,大脑严重受损,她当场死亡。之所以做出这一结论,主要基于以下几点:

首先是那个烙铁。根据烙铁与阿娟头部的位置关系,分局认为阿娟滑倒撞上烙铁的可能性很大。这一点得到法医的支持。通过对伤口的察验,法医认为阿娟撞上烙铁的可能性大于被人用烙铁击打。另外是烙铁的摆放处,位于小屋墙根儿。鉴于阿娟的小屋满铺地板革,烙铁周围明显发黑,且呈焦煳状。这说明烙铁总是摆在那里,是一个常态,是烙铁的固定位置。还有就是指纹,烙铁上的指纹只有阿娟的,没有第二个人的。

除了烙铁,还有那个墩布。墩布上同样只有阿娟的指纹。再有就是地面,尽管我们去的时候地面已经干了,但仍可以看出是擦过的。分局对地面进行了认真勘察,除了阿娟,没有发现第二个人的脚印,但却发现阿娟身体的印痕,分局分析了印痕的位置及走向与阿娟的身体位置及烙铁的位置,相互之间关系合理,同样符合阿娟滑倒的这一推断。

郑维解释道,之所以排除他杀认定是事故,除了以上所说,还有其他一些佐证。比如房门,尽管发廊老板娘到达时房门没关,微微开着,但门锁完好无损,没有非法闯入或溜门撬锁迹象。而从现场看,阿娟的金戒指仍好好地戴在手上,她的钱包也在,屋子里还有一叠数目不小的现金,整整三千块,明晃晃地摆在床头。鉴于这一点,也基本排除入室盗抢最终杀人的可能性。

当然,除了这种可能,还有另外一种可能,那就是熟人作案,凶手与阿娟认识,在她毫无防备的情况下杀了她。如果真是这样,凶手一定要有动机。同样,鉴于金戒指、钱包与那三千块钱没有被拿走,因为钱财的可能性首先被排除。剩下的就是仇杀。分局为此进行了广泛走访,覆盖整个辖区,结论是仇杀的可能性也不大。据了解,阿娟人缘儿很好,自打一年前来到这里，从没跟谁红过脸，更谈不上有什么过节，街坊四邻都跟她关系不错。

当然，也有人不喜欢阿娟，一个在副食店上班的女售货员就对阿娟不顺眼，说她很轻浮不正经，但凡碰见男人，总要眉来眼去。不仅如此，一天晚上，这个女售货员还看见阿娟跟一个穿西服的男人从发廊走了出来，有说有笑地回了家……

郑维说，关于这一点，分局充分予以考虑。但通过对发廊老板娘和她几个员工，以及小屋附近多位居民的走访，阿娟并没有跟谁谈恋爱。也就是说，尽管阿娟长得很漂亮，可也没有谁真的想娶她。而验尸报告表明，阿娟死前二十四小时之内没有性行为。尽管这并不能说明阿娟没有一个与自己有性关系的男人，但起码说明那天晚上没有这样一个男人登门造访。

综上所述，考虑了多种因素，分局最后下了结论——阿娟死于一起事故，并非他杀。

对于这样一个结论，郑维欣然接受。这说明他辖区内治安没有任何问题，不但能保住已经在他办公室里挂了两年的红旗，而且有希望冲击三连冠。但老马并不认同，他拧着两只又黑又粗的眉毛冲我说：

"安子？你怎么了？你真看不出来呀？什么事故？不可能！明摆着是他杀！咱先说那烙铁……"

老马指出——尽管烙铁上除了阿娟没别人的指纹，但却不能因此排除他杀,老马认为——百分之百,凶手当时戴着手套。同样,那个墩布也如是。老马认为阿娟当时并没有擦地,至于分局说的那些印痕,绝对是凶手伪造的假象。不仅如此,另外还有……

诸如此类老马说了很多,左一条儿右一条儿。总而言之,他不相信阿娟是自己跌倒撞上那个烙铁,坚持认为这是一起刑事杀人案。

为此,老马一次次去找郑维,一次次说分局的结论是错的,阿娟一案应当重审。这令郑维十分恼火,但他还算客气,并没有冲老马发脾气,只是让老马专心做好本职工作这件事不要再管。

无一例外,每次从郑维那儿出来,老马都会来找我。我知道,他很希望我能支持他,但我却告诉他我同意分局的结论,让他忘了这件事儿。听我这么说老马很失望,用他那熊掌般的大手用力拍了拍我的肩膀,从兜儿里掏出他偷偷从郑维那儿复印的法医鉴定书,指着上面的"死亡时间"质问我:

"你看看,死亡时间是几点?……凌晨三点左右!我问你安子,你会在凌晨三点擦地吗?你会吗?你说!就这一条儿,就是他杀!"

必须承认,按照常理,老马的话颇有道理,但我却并不认同。

"我不会,但阿娟有可能!"我回答道。

我告诉老马,我对阿娟了解不多,但我知道她是南方人,据我所知,南方人都爱干净,尤其是女人,而发廊每天都开到很晚,半夜回家对阿娟来说并非绝无仅有,她完全有可能那会儿擦地。

　　听我这么说老马连连摇头,说我的看法儿绝对是错的,而他的看法儿绝对正确,坚持说阿娟是被人害了,这个案子必须重审。可这又有什么用,郑维已经明确告诉老马,阿娟一案已经有了结论,除非有新的线索,否则分局不会重审。但老马仍执迷不悟。

　　一日,我正在郑维那儿汇报工作。老马又来了,又一次提起阿娟,终于郑维忍无可忍,拍着桌子冲老马发火儿:

　　"我说老马! 什么意思你到底? 存心拆我的台是不是? 捣什么乱呀你! 你以为你是谁? 福尔摩斯啊? 有那本事,你怎么不去分局啊?"

　　听郑维这么说老马气得直咬牙,可又无话可讲。我本来以为,郑维的话说得这么难听,老马会就此罢手。可他没有,他仍不甘心,每天都骑着自行车出去,背着郑维偷偷调查。在我看来这毫无意义,他肯定一无所获,想不到几天下来,他还真掌握了一些颇令人刮目的线索。

　　昨天下午,大概四点二十左右,我从三路居集贸市场抓了一个用假秘鲁币行骗的小子,刚把人关进小号儿,老马就回来了。到了值班室以后,他一口气喝下半缸子凉水,告诉我他已经找到三个嫌疑人。

　　老马声称,第一个嫌疑人是五孔桥水磨石厂厂长老婆。那是一个强悍女人。有一次那个厂长在歌厅抱着一个小姐亲嘴儿,让他老婆逮了个现行儿,上去就是一拳,一下儿打下四颗牙来。据老马了解,那个厂长跟阿娟关系亲近,三天两头光顾发廊。尽管没有抓到真凭实据,但那个拳头很硬的女人深信自己男人与阿娟有染,曾对好几个人说过要"收拾"

阿娟。至于"收拾"到什么程度,那哪儿有准儿呀!现在阿娟死了,她难道没有嫌疑吗,肯定有。

第二个嫌疑人是发廊一个叫阿贵的大工。那人我认识,也是广东人,三十出头的样子,胖瘦跟我差不多,跟我一边儿高。有点儿神经分分的,据说是因搞对象受了刺激。老马打听出,阿贵一直狂热追求阿娟,但又怀疑阿娟贞操有问题。老马从一个也在发廊洗头的女孩儿那儿了解到,阿贵曾问阿娟是否真的跟哪个男人睡过觉,说如果是真的,他就割腕自杀。老马认为阿贵明显有暴力倾向,很可能因爱生恨杀害阿娟。

第三个嫌疑人是阿娟同村老乡。此人五十一二岁,也在北京,是个干装修的包工头儿。老马了解到,阿娟死前一个星期左右,此人去了发廊,把阿娟叫到发廊门口说话,一会儿工夫儿双方就吵了起来,最终两个人不欢而散……

老马告诉我,他刚刚去了南四环跟此人见了面。据那个包工头儿说,吵架原因是阿娟丈夫生前曾跟他借了一笔钱,为此他向阿娟讨要,但阿娟却找出种种借口拒不还钱……说到这里,老马忽然想起什么,又说这个包工头儿应该没什么问题。他想起那些摆在阿娟床头的钱,如果说此人与阿娟有什么矛盾,无非是钱。阿娟要真是他杀的,那些钱不可能还在那儿摆着,他一定会把钱拿走。照此推断,此人的可能性很小。想到这里,老马决定暂时把这个包工头儿放放,全力以赴调查前两个。

"我向你保证安子,"老马对我说,"凶手就在这两个人里头,不是那会拳击的女汉子,就是那神经兮兮的阿贵,绝错不了!"

终于,我写完了出警报告。站起身时,我又一次看见老马的纸条。或许是屋里没灯光线不好,老马的字不如平日写得工整,一个个歪歪扭扭,不过意思仍然交代得很清楚,说他有了重大突破,要去一趟东郊火车站见一个吊车司机,此人很有可能是目击证人。

按老马所说,阿娟死的那晚,大概凌晨三点半左右,那个吊车司机曾看见有个男人从阿娟的小屋里走出来。果然不出他所料——依照吊车司机的描述,那人就是发廊大工阿贵。他已经拿到阿贵的照片,所以要跑一趟东郊火车站,让那个吊车司机看看照片,确认那人就是阿贵。

老马还说,他原打算把我叫起来跟他一块儿去,可随即又放弃这一念头。一来,他看我睡得挺香,有点儿不忍心;二来,他很了解我,知道我是个循规蹈矩的人,不可能违反纪律擅离职守。就算把我叫起来,我也不可能跟他走。最后一句老马写的是:

"等我好消息!"

我又一次朝老马的纸条望去,目光落在"东郊火车站"几个字上。我一时有点儿想不通。作为一个派出所警察,我对辖区情况基本了解,尤其是西街,谁在哪儿上班,我都清清楚楚,没有谁在那儿工作。

再者说,西街离东郊火车站有三十多公里,又不是什么交通要道,一过十二点街上就没人了,更不要说阿娟的小屋还不在西街,而是在胡同里。我实在难以想象,一个在东郊火车站工作的吊车司机,会在凌晨三点半走进那条胡同，然后成为阿娟一案的目击证人。

当然我也知道，凡事都有例外，有时事情就这么巧，听起来不可思议。但我心里明白，即便真是这样，真有这么一个不可思议的目击证人，老马还是会无功而返，起码没有什么实质性进展。

昨天晚上，我刚从食堂打了饭回到值班室，发廊老板娘就来了，说要找老马。我告诉她老马没来，问她什么事儿。她说是阿娟的事儿，然后提起阿贵，问我老马是不是怀疑那孩子。我不置可否，让她继续说。

发廊老板娘告诉我，就在刚才，老马去了发廊。一进门就审阿贵，阿娟死的那天晚上他在哪儿，去没去阿娟那儿。阿贵说自己没去，下了班就回宿舍了，一觉睡到天亮。老马又审跟阿贵同宿舍的阿毛，阿毛也是大工，也是广东人。老马问他能不能为阿贵证明。阿毛支支吾吾，看了看老马，说自己想不起来了。阿贵一下儿火儿了，用广东话把阿毛好一顿骂。老马没再说什么，看了看阿贵就走了。

老板娘说，老马一走，阿贵就慌了，说老马肯定怀疑他杀了阿娟。一听这话，她坐不住了，赶紧来说明情况。她告诉我，刚才阿贵确实说了谎。但她可以作证，阿娟绝不是他杀的。那天晚上，她来了两个老乡，非要打麻将，三缺一不够，她就打电话把阿贵叫到她家，几个人玩儿了整整一宿。她知道这是赌博，警察曾经抓过她一次，因此让阿贵保密不许告诉任何人……

我把老板娘送到大门口。临走她仍不放心，一再说阿娟确实不是阿贵杀的，千万别把他给抓起来，让我一定把她的话转告老马。

想到这里，不由得我有些愧疚。不是说对老板娘，而是对老马。昨天夜里我就应该把老板娘的这套话告诉老马。可我当时太困了，打算早上起来再跟他说，害得他大老远地跑一趟东郊火车站……

认认真真地把出警报告检查了一遍，确认没有问题可以上交，我提笔签上自己的大名，随即便想起老马，我一时犹豫——是否仍像以往那样仿照老马的笔体替他签字。再三考虑，我决定暂不上交。郑维已经点了我说我给老马打掩护，还是谨慎点儿为好，等老马回来让他自己签，尽管这样我也有错，但与前者相比，罪过要轻得多……

将出警报告放进抽屉后，我起身戴上帽子，对着挂在墙上的警容镜把自己上上下下照了一遍：一切合乎标准，除了……没佩戴胸卡。

"唉！"想起老马，忍不住我叹了口气，推门走出值班室。

刚走没几步，我的鞋带开了，蹲下来系鞋带工夫儿，忽然听见有人喊老马，问他怎么回事儿，怎么推着车来了。然后是老马的声音，说他的车又没气儿了。我抬头一看，老马推着他的自行车，满头大汗地进了院子。

一看这阵势，我赶紧上前迎接，正想跟他打个招呼，郑维夹着个包儿，攥着大哥大朝老马走了过去。

"我说老马，"郑维问道，"又跑哪儿去了你这一宿？敞胸露怀的，帽子也……"

"小郑儿，我有事儿要跟你说。"郑维还没说完，老马便急急地打断了他。

"你先把帽子戴上!"郑维没好气儿地说。他最烦老马这么叫他,尤其当着别人的面儿。这会儿院子里站着好几个人。

"噢……"老马支上车,从车筐里拿起帽子戴在头上,一边系着衣扣一边说,"小郑儿,有个事儿我想跟你……"

"你等等……"郑维拦住老马,用大哥大指了指他的车筐,"老马,你那里头是什么?"

顺着郑维的目光,我朝车筐望去,随即看见一册外地来京人员备案登记。我一下明白过来——那里面有阿贵的信息资料,连同照片在内。怪不得老马说他已经拿到阿贵的照片,闹了半天他拿的是整个一册备案登记。

我心里一紧,这下儿老马惨了——那东西相当于户籍档案,重要性及保密性不言而喻,必须严格按照相关规定妥善保管,可是现在,老马居然不经请示私自拿出派出所,扔在自行车车筐里在外面跑了一夜。

"这是……"显然,老马知道问题的严重性,顿时语塞,"这不是……我那个……"

"老马呀老马……"郑维连连摇头,"你可真行啊! 这你也敢往外拿? 你胆子也太大了吧? 这你要也给弄丢了,那咱可就真热闹啦! 我说你怎么这么……"

"我知道我知道……"老马连忙拿起那册备案登记,"我知道,这事儿我做得不对,我应该跟你……"

"别说了,哪儿拿的放哪儿去!"说完,郑维转身欲走。

"别走小郑儿!"老马一把抓住郑维,随即又松开手,"小郑儿……你先别走,我真有事儿! 我得跟你……"

"等我回来吧。"郑维掏出车钥匙。

"不行! 我现在就得跟你说!"

"什么事儿啊你到底? 该不会又是那个阿娟吧?"郑维起急,朝周围几个人看了看,低声问老马。

"对! 就是这事儿!"老马立即肯定。

"唉!"叹了口气,郑维抬手看表,"行,我知道了,可现在不行,中午吧,中午回来我听你说。"

"不行小郑儿……"

"你要着急,就先跟安子说说吧。"郑维朝他吉普车走去,边走边说道。

"什么?"老马大叫,"你让我跟他说?"

郑维没有理老马,拉门上了车。

看着郑维的吉普车驶出大门,院子里的人一起朝老马望去。

一时,老马悲愤不已,眼泪在眼眶里打转。我很理解此刻老马的心情——尽管他和我一样,什么"长"都不是,只是一个普通警员,可毕竟他是老资格,这一行已经干了几十年,与我相比,绝对是前辈。更何况老马之所以违反纪律私自拿走那册备案登记,完全是出于工作原因,他想向郑维汇报工作。可郑维居然让他先跟我说,让他向我汇报。

当然,如果是平时,如果只是我俩,郑维这么说老马不会怎么样,但今天这样一个场合,当着这么多的人,老马确实下不来台。对他而言,这无疑是羞辱。

老马仍站在那儿,一脸伤心,低头看着自己的脚。周围的人无不同情,可看他这么激动,谁也不敢过去跟他说话。我也不知如何是好,犹豫片刻,朝他走了过去。

"算了老马,"我清了清嗓子对他说,"别生气了,走吧,你就按他说的,先跟我说说,好吗?"

老马没有吭声,满是汗水的脸阴沉得可怕。

"别这样老马,"我催促道,"人家都看着呢!"

"……也好!"终于,咬了咬牙老马开了口,"那我就先跟你说说!"

说完,老马转身便走。我连忙推起他的自行车,跟着他朝值班室奔去。

在门口支好了车,我推门进了屋,随即看见老马。他靠着小桌站在警容镜旁,正呆呆地望着手中那册备案登记。看了看他满脸的汗水,我从脸盆架上拿了条毛巾递了过去:

"咳,别跟郑维计较,他什么人你还不知道! 给,擦擦汗……"

"不是这么回事儿,"接过毛巾,老马随手放在桌上,"你不明白安子,我这会儿没想他,我在想这案子,真没想到,忙乎半天,最后是这么个结果！我真是……唉！"说话间老马眼圈红红，上下摇晃着那册备案登记。

看他这么激动，不由得我想起发廊老板娘说的话——不言自明，昨晚他又白跑了一趟。想到他深更半夜骑着自行车跑了那么老远，而且车还坏了，我忍不住摇头，但随即我又困惑——他刚才到底要跟郑维说什么，莫非说……真的掌握了什么新线索？

"怎么样？"我开口问道，"昨晚去东郊火车站啦？"

"去了。"老马点点头，看上去心不在焉，一页页地翻着手中的备案登记。

"见着那人了吗？"我又问，"我是说……那个吊车司机。"

"见着了。"老马回答，"不是吊车司机，我弄错了，吊车司机接的电话，完了叫了这人，这人是个收大葱的……"

"收大葱的？"我有些无奈，"这人哪儿的？不是咱这儿的吧？"

"不是，"老马摇头，"是个山东人，跟吴老大是亲戚。"

老马说的那个吴老大我知道，家住西街拐角，进了胡同一拐弯儿，就是阿娟的小屋。

"他怎么看见的？这人那会儿在哪儿？"我追问。

"厕所里。"

"厕所里？"我有些惊奇，"就是……阿娟对面儿那个？"

"嗯。"老马冲着备案登记点点头，"那天晚上，这人给吴老大送大葱，临走车打不着了，一直修到后半夜。当中他上了趟厕所，从厕所窗户里看见的。"

听老马这么说我有些不相信,那间厕所我去过,我身高一米八,勉强能看到阿娟房门上沿。

"我记得,那窗户可不矮,他能看得见吗?"我怀疑地说。

"我肯定看不见!你也不行,那人比你高,不是一点儿半点儿,没两米也差不多,肯定能看见……"老马回答道,愈发显得心不在焉,目光注视着墙上一张褪色的宣传画。

"怪不得!"我终于相信了,看来确有这么一个不可思议的目击证人。"这人怎么说的?是阿贵吗?"

尽管已经知道答案,我还是指着那册备案登记问老马。

"不,"老马摇头,"他说不是。"

"既然这样,那我就不明白了,"我追问道,提起一直在心中缠绕的疑问,"刚才在院儿里,你拦着郑维不让他走,到底想跟他说什么?干吗那么激动?是不是你又……"

我的话还没说完,老马便猛地把备案登记往桌上一摔。备案登记当即散了架,一页页七零八落地掉了一地。当中,有我的胸卡。

"你说我干吗那么激动?"老马朝我怒吼,"一进门儿我就告诉你!因为我没想到!我一点儿没想到!根本没想到!万万没想到!"

显然,老马已经情绪失控。我一时有些畏惧。小心地朝他看了看,我俯身蹲在地上,一页页地捡起那些备案登记,连同我的胸卡一并放到桌上。

"好了老马,"我低声劝慰道,"别生气,你冷静冷静,跟我说说,怎么回事儿到底?"

"我正要跟你说!我问你安子,这是谁的卡?"说话间,老马抓起我的胸卡啪的一下摔了过来。

我连忙接住胸卡:"我的,怎么了?"

"你说怎么了!"老马愤慨不已,伸手指着我刚刚放回桌上的那一摞备案登记说道,"昨晚一到东郊火车站,我就让那收大葱的看阿贵的照片,刚看了一眼,那人就说不是,完了他就看胸卡,表情有点儿奇怪。我问他怎么回事儿。他指着胸卡说是这个人。我一愣,说这不可能,摘下胸卡让他仔细看看。他拿过去看了半天,还说是你。我问他有多大把握。他说百分之百,那天夜里从阿娟屋里出来的那个人,百分之百是你!"

刹那间,我感到眼前一黑,随即在警容镜里看见自己刷白的脸。

"怎么办安子?"看了看我,老马一屁股坐在了椅子上,"是你自己去分局投案自首,还是我现在就把你铐起来?"

六个月以后,一个大雪纷飞的午后,我正坐在拘留所的大通铺上给同监的在押人员讲我和阿娟的故事,管教小赵打开牢门走了进来,说有个白胡子老头儿要见我。我有些困惑,随即想起老马,问他是白胡子还是白头发。小赵点了点头,说连胡子带头发全白的。

我和老马在接待室见了面。因我涉嫌杀人属于重犯,小赵依照规定给我戴了整套家伙,手铐脚镣一并俱全。尽管之前曾声称要铐我,但一看这阵势，老马眼泪一下儿就下来了。经他再三恳求，小赵摘了我的手铐，但脚镣仍紧紧地套在两只脚脖子上。

在椅子上坐定之后，我隔着桌子朝老马望去。半年不见，他老了很多，皱纹密布的脸上满是胡须，跟头发一样白，差不多有一寸来长。此刻他没有穿警服，身上裹着一件灰色旧大衣，与我相比，看上去更像一个在押犯。

沉默一阵，我先开了口，问他怎么不刮胡子。老马说皮肤出了点儿问题，不刮则已，一刮准感染。我就此问了几句，随后提起他的身体，说我听说他病了，好长时间没有上班。老马点点头，说我进来没几天，他就心脏病突发摔在厕所里，要不是郑维正好过去解手发现了他，及时把他送进医院，他这会儿早成骨灰了。我问他现在什么情况。老马指着胸口说里头安了个起搏器，除了这个什么没事儿没有。

说话间，老马想起什么，看了看站在门口的小赵，掏出两盒红塔山塞给我。我摇摇头，说我不抽，但随即又跟他伸手，告诉他我想拿回监室分给弟兄们。老马又把烟塞了过来，随后提起我的案子，问我到底怎么回事儿，阿娟到底是不是我杀的。

我回答说分局预审有我的口供，局长是他师弟，如果他想知道，可以让局长给他调笔录。一听这话老马在桌子底下踢了我一脚，说笔录他已经看了，现在他想听我亲口说。

我大概说了二十分钟。当中提起老马曾跟我说的那句话——阿娟的眼带钩儿，他让我小心点儿。我告诉老马，他说得一点儿不错——我确实被阿娟的那两只眼迷住了，最终没禁住诱惑跟阿娟有了一腿。

　　我告诉老马，事情发生以后，我很后悔，打算从此对阿娟避而远之，却不料阿娟不能释怀，三天两头偷偷给我打电话。我意识到问题严重了——阿娟是个外地人，没有北京户口，且大我整整十岁，还是一个寡妇。我不可能跟她怎么着，一旦东窗事发，我的面前只有两条路，要么娶了她，要么脱下这身警服。为这个，那天夜里我偷偷去找阿娟。当时阿娟正在擦地，一看见我就扑了过来。我连忙推开她，跟着向她道歉，说都是我的错，但是现在，我不想再跟她继续来往。说这些时，我在阿娟的床上放了三千块钱……

　　听到这里，老马插话，问我为什么给阿娟钱，是不是想给她一点儿补偿。我说我就是这么想的。我继续说道，又一次向阿娟说了对不起后，我向她告辞，她拦住我，说她真心喜欢我。我摇摇头，告诉她我们之间不可能有什么结果。阿娟回答说没关系，她不在乎，她本来也没想让我怎么怎么样，她对我没有别的要求，只想让我常去看看她，在她那儿坐一会儿，两个人说说话。我说不行，我做不到，说完我推门欲走。就在这时，我听见阿娟喊了一句"你回来"，然后就是砰的一声。我回头一看，她躺在了地上。我赶紧跑了过去，却发现她已经停止呼吸……

　　鉴于老马说他已经看过口供笔录。我跟老马就说到这儿。接下来的事儿我在预审时交代得清清楚楚——临走推门之前我看了表，那一刻是凌晨两点五十,这是阿娟准确的死亡时间。我在阿娟身边坐了整整四十分钟,然后才离开小屋。这当中,我曾几次想过报案,但最终还是做出另外的选择。不管怎么说我是个警察,知道这会儿我应该怎么做。我什么没碰,只是拿了一条毛巾擦掉我留在地上的脚印。离开屋子时,我最后看了一眼阿娟,然后便悄悄离开……

"为什么?"老马终于开了口,"为什么不报案,为什么要跑?"

"没别的,"我回答道,抬手指了指仍站在门口小赵,"我想保住这身儿衣服。"

"唉——!"长叹一声,老马摇摇头,"你小子!怎么这么糊涂!都到了这个份儿上了,你还想这事儿!你要保的,不是你身上的警服,是你这条小命儿!"

那次见面之后的两个星期以后,我出庭受审,罪名是涉嫌谋杀阿娟。其间,我一直在旁听席里寻找老马的身影——老马曾向我打听开庭时间,说届时他一定到场。但直到庭审结束,我被押上警车,老马仍没有出现。正当刑警打算关门时,郑维攥着他的大哥大赶到,告诉我他刚从医院来,老马心脏病复发于昨晚被送进医院。我问郑维怎么样,老马能否挺过这一关。郑维说有点儿悬,他来的时候仍在抢救。我一时难过,正想再说些什么,郑维又开口,说他此行是老马嘱托,郑维说,他是昨晚到的医院,那时老马还有意识,一再让他过来听听,一有结果,赶紧告诉他。说话间郑维用大哥大指了指法院大门:

"安子,怎么着到底？最后怎么判的？"

"还不知道,"我摇摇头,"法官说……择日宣判。"

2001 年 4 月 19 日初稿

2015 年 8 月 30 日重新修订

树上的悬崖

那些茂密的树叶挡住了星斗，从一个树杈当中可以看见残月。几日来，它越来越细，越来越弯，但依旧孤寂地挂在东南方向的天空上，就像一个一年级的小学生在黑板上写歪了的"C"。不知为什么，从昨天起它开始变得模糊起来。

听不见任何可以称之为声音的响动。没有嘈杂的人声，无论是尖厉的吵闹或温柔的细语；更没有噪音，听不见小区对面工地上那些吨位很大的卡车在栅栏外面驶过的轰响，也听不见从机场刚刚起飞的飞机所产生的一阵阵震耳欲聋的呼啸。

照说我应该听见风声。的确，我感到了风，一些飞扬的细碎沙粒正不断地攻击着我的脸和手臂，可我没有听见，什么也没听见。暗暗的长夜，没有鸟儿的啼鸣，秋虫的呢喃，万籁俱静。

黄昏的时候我曾再一次朝市区望去，东边两座缓缓的山坡当中刚好露出它来。不知道那里跟这儿有多远，经过一次次测算，我认为约在十五至二十公里之间，直线距离应该是三分之二，可能更近，或许只有一半。暮色中，它的上空显示出更加浓重的灰色。那一刻我曾经突发奇想，假如某一座大厦的楼顶支着一只倍数很大的望远镜，恰巧有人正用它观察西方这座山，没准儿就会发现我。那里微弱地闪着一片萤火虫般的光亮，就像落在地上的银河，遥远而渺茫。漆黑的四周只有我自己，以及一棵粗壮结实挂满野酸枣儿的老树,这便是我的世界。

我在寒冷中不停地回忆,但却越来越糊涂,原本那些很清楚的事开始变得不明白了——怎么我就生出杀人的念头,而且同时要杀两个女人,具体又是怎么计划怎么付诸实施的,忽然间,脑海里一片空白。好在,这种情形并没有持续多久,很快我就把一切都回忆了起来。

上个星期六,确切地说是五天以前,我把莲子和林黛带到了这座山上。此时,我再一次意识到,因为我所精心策划的谋杀计划,我这辈子再也见不到这两个女人了。

对我而言,所有的事都是那么离谱儿,都是那么不可思议。比如那场车祸,前天,我整整花了一个晚上也想不通,为什么当初狠狠地被林黛的保时捷撞倒,我的胳膊腿儿一点儿事儿都没有,小肠却破了一个大约八毫米的小口子。当然,我那会儿根本不知道,只是疼得脸一阵阵发绿,不停地冒白毛儿汗,在 CT 和核磁共振都没有结果后,不得不龇牙咧嘴地在一份看也没看的声明上签字,接受剖腹探查。

按那位姓周的大夫的说法儿,这个要命的小口子是被我衬衣上第三个纽扣硌的。手术后的第二天下午,那小个子站在外三科病房一扇阳光灿烂的窗户跟前这么告诉我。当时,他的脸处在逆光之下,秃顶上松软毛茸的头发闪着金光,脸颊两旁各有一只因透了光而发红的耳朵。那家伙和我一样喜欢汽车,尤其喜欢跑车,不管法拉利美洲虎还是麦克拉伦,哪一款都背得滚瓜烂熟,他其实并没有真的见过保时捷,可还是知道那车的发动机在后面,前鼻子很低,不可能直接撞到我的小肚子。

"你一定是被铲了起来,"那小个子说,"连同你的自行车,而后再摔下来落在什么凸起的地方。"他分析,十有八九是我的车座子。周大夫很有想象力,并善于严谨的推理,坚持认为除了那玩意儿,没别的什么东西能使我受到如此的伤害。

当时的我还没有想到自己日后会精心策划这场谋杀,那一瞬间还曾为那家伙错误地选择了当医生,使中国少了一个精明的侦探而遗憾。不过,幸亏如此,显而易见这位还是应该当大夫,倒不是说一旦他当了侦探我就一定会撞到他手里,我只不过是想告诉你——如果不是他坚持在我肚子上拉一刀,真不知我后来会怎么样,闹不好,根本没有什么后来了。

关于离谱儿,还远不止这些。到现在我也不明白——当我骑着车飞快地从胡同里拐出来冲到林黛眼前时,那工夫儿那么短,连一秒钟都没有,坐在我后面的莲子是怎么跳下去的? 反应怎么那么快? 打着伞的她怎么能那么利落?

还有林黛,她后来竟然说——尽管我弯腰勾背地坐在湿漉漉的马路上,脸上贴着一块黑泥,鞋还丢了一只,可她一下子就爱上了我;而在细雨蒙蒙之中把脏了吧唧的我扶上她的高级跑车,拉着我朝海淀医院飞驰时,居然会认定我就是她苦苦寻觅的男人。

莲子没有陪我一同前往,我至今深信她对此充满了悔恨。但在当时,莲子的确情有可原,实在是出于无奈,一方面是林黛的保时捷只有两个座位,更主要的是莲子急着去坐300路,如果不能在三十五分钟之内赶到赵公口,登上七点钟开往廊坊的长途汽车,她的老板一定十分不快。

为了自己的饭碗,加之推测我并没有什么大碍,莲子咬着牙把我扔给了林黛。一周后莲子出差归来,当她提着一小口袋香河麻糖风尘仆仆地赶到医院,看见林黛亲昵地坐在我的身边时,她的脸上呈现出一种死人般的灰色。

当然了,那会儿我刚刚拆线,况且是在医院里,不可能真跟林黛干点儿什么。不过莲子依旧有她的道理。可不——即使不知道林黛是个百万富婆儿,光是她那裸露的丰满而白皙的大腿和薄如蝉翼的粉红色短衫,便足以让所有的女人妒火万丈,更不要说林黛的美貌——虽然往上捯五代都没有外国血统,甚至包括她姥姥的祖先,可不知为什么,林黛就生得像一个漂亮的欧亚混血儿。就算你是个人人夸奖的好看女孩儿,林黛也会让你自叹弗如。更何况莲子——她长得实在平庸了一点儿——眼睛、嘴、鼻子乃至胸、腰、臀总之从头到脚哪儿哪儿都是一般般,没一处可以指责却也没一处可以称赞的地方。

莲子朝我奔了过来,两只眼瞪得黑眼珠儿上下露出了白眼珠儿。我一时紧张到了极点,以为她会扑过来抓起林黛直接扔出窗外。倘若不是这样,她起码也要破口大骂:"你这个骚货!世界上难道还有比你更无耻更下流的女人吗?"好在只是一场虚惊,这些事儿都没有发生,怒火中烧的莲子相当克制,不过是把自己尖尖的手指放在了林黛的鼻子上,大声地命令她离开。

当然,这也够瞧的。那一刻病房里一片寂静,连病号带家属无不瞠目结舌,一个个连气儿都不敢喘,包括一条腿被高高吊起,脖子上安着复杂支架的那个脾气最大的家伙。

我真的很钦佩林黛,在满屋子人的注视下表现得那么镇定那么从容,走到屋子当中时,竟然还能像个模特儿似的优雅地转过身,给了我一个甜蜜的微笑。

林黛的出现彻底搅乱了我的生活。在此之前,日子说不上有多快活,却完全称得上安宁。差不多两年了,我一直和莲子平静地住在双榆树九号楼那套只有四十四个平方的两居室。要说起来,以我高大的身材和英俊的容貌,不可能屈尊就驾于莲子,与她这样寻常的女人结伴生活,实在是委屈了我。

之所以如此,完全是事出有因——从初二一直到高中毕业我跟莲子一直同班,而且有八个学期同桌,后来又一起去了"海跑"("海"就是海淀大学,"跑"就是走读的意思)吃力地啃下了大专文凭。那一年,恰好我当兵的爹妈双双被调到了甘肃的一个导弹基地,于是我便在莲子一遍遍耐心的动员之下搬到了她那儿,她说一来她一个人住两间房子太浪费,二来我的公司就在马路斜对面,走过去不过五分钟,何苦每日在西山与中关村漫长拥堵的路上奔波呢?

现在想起来,莲子的确工于心计,而我却是个货真价实的傻帽儿,当初听到她的建议时,我只是觉着她说的这两点很实际,没有过多地考虑就抱着电脑和铺盖搬了去。可谁又能料到——仅仅半个月之后她便会偷袭我——她居然打开浴室的门一丝不挂地跟我要浴巾。

当然了,这也怪我,我怎么就那么……不不,我实在是情有可原,那些天我着实郁闷,刚刚住下没几天,便被新来的经理炒了鱿鱼。唉,总之……我那一刻没有去她房间拿浴巾,却像一个梦游者一般痴呆呆地走过去,伸开双臂和胸膛裹住了莲子赤裸的身体,在一个处女的阵阵呻吟之中失去了童贞。

从此,我和莲子便真真正正地同居了。我其实并不想这样,那天晚上一夜都没合眼,我这辈子从没有那么难过那么后悔过,我一直企图推醒莲子向她道歉,并告诉她天一亮我就搬走;可谁曾想——当太阳升起时,我却被一阵令人窒息的吻堵住了嘴,跟着,她便再一次把柔软而炽热的胴体覆盖在我的身上。

最初的一个月我真的是痛苦万分。一切发生得太快,让我好一通儿不明白,我不明白怎么我就丢掉了工作,怎么我就委身了莲子。在我的心中,我其实还拥有另一个女孩儿,可是我却让自己陷进莲子的泥潭——意识到将失去那个永远梳着两只辫子的姑娘,我一把揪下来后脑勺上的一撮头发。

那个女孩儿叫小茜,也是"海跑"的。低我和莲子两届,在中文系选修古代汉语。小茜说话非常好听,嗓音别提有多甜了,如果你听见她背诵李清照的《一剪梅》，我保证你当即便会被她倾倒；人长得也好看，一个漂亮干净的大脑门儿，两只黑黢黢的大眼睛。小茜不单人长得好，而且才华出众，写得一手漂亮的小楷，看见她抄录的《长恨歌》，我还以为是印出来的。小茜的文章更让人赞叹，曾有一篇散文刊登在《北京文学》上。我一直迷恋着这个女孩儿，每次在去饭厅的路上与她相遇，心都蹦到嗓子眼儿。那个夏天，我满脑子都是她，不管是坐在教室里还是挤在346路汽车上。一个下午，苦苦等待了将近三个钟头，我终于成功地与她"邂逅"在北图高高的台阶下。

"嗨!"那天，飞快地把车骑到小茜面前，我猛地捏住闸，猝不及防地跟她打着招呼。尽管我很想像一个古代骑士叩见公主那般翻身落马，再跪下一条腿向她致敬，但我还是克制住了自己。我连车都没下，只是像大多数毛头小子一样，一边用一只脚支撑着平衡，一边跟小茜说话。

"你怎么……会在这儿?"说话时，我故作诧异，好像真的是偶然碰见了她。

认出我后，小茜冲我点了点头，脸色微红地告诉我她刚刚从北图出来，并且认认真真地说——每个星期，她都要抽空来北图看看书。跟着，她反问起我。我指了指一旁的紫竹院，回答她我要去散步，并且也像她那样，认认真真地说我常常去紫竹院散散步，我还煞有介事地解释——公园里新鲜而又湿润的空气有助于思考。

"怎么样，一起进去走走吧!"

　　我就这样邀请小茜,说话时徒劳地抑制着局促的呼吸和加快了的心跳,尽力使脸上的神态趋于自然。以我事先的猜测,十有八九小茜不会答应,实际的情况也大致如此。小茜看了看表,微笑着摇了摇头,说还要回家复习功课。危急关头,我忽然急中生智,跟她提起头天晚上电视里的一则新闻。

　　"上个月飞来的那两只大雁刚刚孵出一窝儿小雁,不想去看看吗?"

　　这下儿,小茜动摇了,显然被那些毛茸茸的小家伙儿所诱惑。她转过身,犹疑片刻便点了头,随我一同进了紫竹院。

　　那一刻,公园里微风习习,春水荡漾,夕阳挂在西三环边两座高高的塔楼中间,湖面上波光粼粼,岸边一座座葱郁的小山丘旁的小路格外静谧。我和小茜时而热烈交谈,时而沉默不语。在那个短暂而又美妙的傍晚,我度过了这辈子所度过的最幸福的时光。

　　照说这是个不错的开始,但随后我就犯了个错误——我把与小茜的约会告诉了莲子。一天,下了自习课之后莲子叫住了我,先咨询了一些关于"dos"和"excel"的具体问题,跟着便关心地问我最近是不是有什么心事。

　　我说过,我是个傻帽儿,根本没有经过深思熟虑,便和莲子谈起了这件事。

　　"嗨,我……恋爱了。"坐在课桌上,我摇晃着两条腿对莲子说。

　　"啊?"莲子大吃一惊,"你说什么?"

"我说……我恋爱了。"

"哦……哦,这是真的? 可是……"

莲子随即就语无伦次。不过,听说我只与小茜见了一面,除了李清照李煜苏东坡欧阳修,我们并没有说别的,她很快镇定下来,脸上恢复了血色儿后,便诚恳地祝福我成功。不仅如此,她还说要帮我,问清了究竟谁是小茜,当即表示要替我去探探虚实。

莲子真的那么做了,星期四中午篮球比赛,正当我飞身扣篮、得分后双手摽住篮筐时,我一眼看见了她俩——在操场西头儿,莲子和小茜正站在那儿聊天儿。我好歹挨到了放学,正要打听究竟,不想莲子却被几个女生簇拥着离去。第二天一见面儿,我便迫不及待地向莲子询问结果,一时,她显得有些难过,犹犹豫豫地说拿不准是不是应把真实的情况告诉我。

"真不知道该怎么讲……我不想让你伤心……可是……"

从莲子吞吞吐吐的叙述里我渐渐地了解到,尽管看了小雁之后小茜又陪我沿着湖边的小路整整转了一圈儿,而且还仔仔细细地给我讲了一通儿"唐宋八大家",可小茜对我并无太多的好感,"别的……倒没提什么,"说话时莲子靠在了黑板上,"只不过与她那位在同济大学哲学系读博士的男朋友相比,觉着你略显粗俗……"

我很轻易就上了当。我感到受了伤害,男人的自尊一下子冒了出来——妈的! 同济大学? 哲学系? 内心之中的爱恋与嫉妒顿时混到一起变成憎恨,再与小茜相遇时,忽然就觉着她哪儿哪儿都不顺眼了,无论是她那漂亮干净的大脑门儿还是她那黑黢黢的大眼睛,连她那甜甜的嗓音都透着虚伪,可不!既然你已经有了可恶的哲学博士,又觉着我粗俗,何必还要几次站在校门口等我过去,跟我说话呢?

当然了,我后来得到了答案,只是太晚——带着莲子和林黛爬上这座山之前的十天左右,我在海龙大厦对面的加油站看见了小茜。当时,她刚刚买的红色"派利奥"恰好停在我的"陆地巡洋舰"后面。虽说她拒绝了我一同去"好伦哥"吃晚饭的建议,可还是在马路边上和我聊了起来,我们从黄昏聊到天黑,这一次,她没有再和我谈她的古典文学,都是一些家长里短,想起什么就说什么,直到一个骑摩托车的警察闪着警灯出现。

我惊奇地得知,莲子和她一直有联系,不论是在办公室,还是出差去什么地方,每隔一段日子莲子总要跟她通通话,向她倾诉自己的苦恼。因而,小茜对我的情况无一不晓——知道我和莲子已经同居两年,知道林黛撞了我的故事,知道那段日子我、莲子以及林黛之间的三足鼎立;知道目前莲子和林黛正住在一起;还知道我因此搬到了我表姐夫的茶馆;甚至还知道我们三个相处得不错,以至于某个星期六,竟然一起去了西四红楼看电影。

"在我看来……你恐怕有点儿麻烦,不少问题都需要解决……"小茜最后说。

"是吗？你具体……指的是什么？"虽然她说得很明确，可我还是这么问道。

"很难讲，我只是觉得……"

那一刻她双手交肩，亚麻色毛衣衬托着的好看脸蛋儿，她似乎显得成熟了许多。现在想起来，虽然小茜没有把话说完，但却意味深长——或许她已经意识到在我与莲子和林黛之间，存在着某种危险。可那一刻我并没有留意，即使正面临有生以来最重大的选择，却仍旧有心思关注她的新发型——她没有继续梳着那让我痴迷的两条小辫儿，而是烫了头，肩上曲曲卷卷地撒落着一个个黑色的发卷儿。这曾使我产生了瞬间的失望，但很快便又接受了，甚至觉着她比从前更美——她的眼睛还是那么迷人，与她的目光相遇时我再一次感到一阵窒息，不得不赶紧把目光转向塞满汽车的街上。

"还能……再见面吗？"我嗫嚅着问，腼腆之态俨然如一个纯洁如玉、对异性毫无知晓的童男子，而不是一个早已性经验丰富并同时拥有两个女人的老手。但小茜显然清楚这一点。

"算了吧，"她望着马路对面的一块广告牌子说，"你已经够忙的了……"

到了这会儿，除了道别，我不应该再谈什么了。可我实在不甘心就这么分手，凝视着一棵从马路牙子上冒出的小草，忽然想起了什么，于是询问起小茜的那位博士男朋友。不想她却一脸茫然——

"同济大学？哲学系？"

其实，早在驶进加油站的十八个月之前，我已经知道莲子骗了我。那天她刚从开封回来，虽然桌子上摆着她爱吃的辣子鸡丁，可只往嘴里送进一粒花生米便丢下了筷子，不知道为什么事心不在焉。晚上，她在被窝儿里想起了小茜，不放心地问我是不是"肯定"再没有与小茜单独会过面。

我在相距不过三寸的距离凝视着莲子的眼睛，就在准备开口时，她忽然有些不自在，慌乱地移开了目光。不过，当时的我并没有真的觉出什么，只是猜测，或许小茜没有说过那些关于我如何"粗俗"的话，而没想到压根儿就没什么同济大学哲学系的博士。但仅凭这一点，杀了莲子的念头便从枕头上油然升起。

这是我第一次想到要杀人，不过这个念头只在脑海里停留了一瞬间，并没有意识到我最终一定会付诸行动，也不知道一年半后会巧遇小茜，更不能预料到Q·华盛顿的出现和后来发生的那些事，自然，也就不知道我后来竟然会做出把林黛和莲子一起杀掉的决定。

今天早上，当太阳升起的时候，我想起了我的表姐夫。我坚持认为——我之所以如此，或多或少是受了我表姐夫的影响。起码跟他不无关系。表姐夫今年四十七，整整大我二十岁。因为表姐早早仙逝，他和与我同龄，但却替代了表姐的杨三妹是我北京的唯一亲戚。

表姐死后，表姐夫跑到银行，把她的一张六位数的存款单取出来开了一间满屋子硬木家具的茶社。虽然惨淡的生意和高昂的房租令表姐夫时不时就满嘴燎泡,但焦头烂额的他却也另有所得——他把从苏州弄来弹琵琶的杨三妹搞上了手。那一位说不上有多漂亮,且身材瘦小,唯独纤细的腰身之上出人意料地生着两只每每让我胡思乱想的大乳房。

当然了,我不想招惹表姐夫生气,只要他在场,跟我的后表姐说话时绝不造次地往她身上乱看,多半会强迫自己注视墙上一幅画儿,或者朝条案上那只民国年间制造的青花大瓷瓶望去。

这绝非过于谨慎,我真的认为有必要。有天一个南方小子到茶社找来了,说话我一句也听不懂,可杨三妹听得懂,说是她男朋,俩人在门外还没咕哝多一会儿,表姐夫嗖的一下便从胯下的太师椅上站了起来,也不知从哪儿就抽出一把雪亮的宝剑挥舞着冲了出去。

表姐夫后来主动跟我提起这件事,说多亏那伙计识时务,且四百米跑的速度相当惊人,但凡慢一点儿,他的胸口或者小肚子说不定就要多一个窟窿。表姐夫承认,其实那伙计并无过错,而自己却"多多少少"有些不道德并不择手段。我不知道他是怎么干的,只是听说杨三妹坐上开往北京的火车时原本正准备结婚。表姐夫的观点是——在追逐幸福的道路上——尤其当幸福已经到手了的时刻,不管遇到什么障碍,都必须予以清除。

提起那天,表姐夫感慨自己过于莽撞,差点儿酿成大错。

"太冲动了,"他说,"光天化日持刀杀人,除了被枪毙,还能有别的结局吗？真他妈愚蠢透顶！可别跟我学，即使真要那么干也一定得动脑子……”

就这个话题，表姐夫说了许多，还讲了从他公安局一个朋友那儿听到的五六桩听起来并不复杂但却至今还"挂着"的案子。他说得非常认真，还很仔细，就好像知道我日后真的要杀人似的。

"……你看，"他说，"虽然现实中的人命案大都简单，并不像推理小说描写得那么玄虚，可依旧不是每一桩都能真相大白，有些永远是个谜……"

尽管他的观点并非有什么新意，随后提及的发生在美国的辛普森案件早在上学时就已经非常熟悉，但很多话从他的口中说出，我还是受到启发。

"关键是证据，"望着我，表姐夫做了最后的总结，"如果能确保把证据彻底地消灭干净，你完全可以逍遥法外……"

我承认，当意识到再也看不到莲子和林黛时，我真的是非常后悔，不由得便埋怨起表姐夫来。我总是毫无意义地问自己——如果没有那次谈话，我还会下此决心吗？我真的不知道。可不管怎么讲，到什么时候我也认为表姐夫还是很关心我的，而且十分高看，他坚持说——无论是电视里还是白颐路那些手机广告上的一个个当红歌星小子，哪个都没有我精神。

"全中国不敢讲，"他拍拍我的肩膀对杨三妹说，"全北京绝对可以保证……可着偌大的北京城,也找不到我表弟这么英俊这么清纯的小帅哥儿!"

表姐夫认定我应该找一个好女孩儿,否则实在可惜。为这个,一直反对我和莲子的来往,等听说了我居然搬到了她那儿,不由得深深地叹了一口气。那时他还不知道我早已经跟莲子睡了,还千叮咛万嘱咐地让我一定坚持"分室而居"的原则,千万与她保持距离。

"要知道,女人是很难缠的,"他说,"尤其是当一个丑女遇到一个美男子的时候,更何况你是那么软弱,又那么善良,宁肯自己吃亏也不愿意坑害别人……"

我不忍心让表姐夫过于失望,很长时间都没有告诉他实情,使得他对我已经有了林黛还迟迟不离开莲子困惑不已,几次坐在那张缺了一只抽屉、号称是晚清时期打制的小叶檀写字台后面听我翻来覆去的解释,也没能弄明白。

这并不怪他,他不知道是怎么回事儿。可我清楚,说来说去,一切都是我的良心在作怪。这也没办法,到现在,我也必须承认,从某种意义上说,莲子还是真心爱我的。

我永远忘不了那个晚上,经历了一次次求职的失败,心灰意冷的我站在窗前流泪。恰好,莲子那一刻回来了,搂住我说不要紧,她愿意养我一辈子。这曾使我非常感动,也是后来把林黛给我的一笔笔钱全都如数交给她的原因。

　　说到林黛，表姐夫同样也觉着离谱儿。当我开着价值八十万的"陆地巡洋舰"拉着他和杨三妹来到林黛声称要送给我的别墅门前时，他的脸上浮现出一阵阵婴儿般的幼稚。

　　"妈的……"他喃喃地问杨三妹，"难道天上真能掉馅儿饼？"

　　的确，一切都离谱儿得那么不可思议。我当然知道一见钟情，可林黛还是让人难以置信。她后来说，看见我的一刹那她吓了一跳，不过不是担心我的伤势，而是因为我"酷似"一个她崇拜并深深爱慕的偶像——一个总是一上台就"枯泥青蛙"并自始至终叽里咕噜用日语演唱，但却是地道国产货的家伙。噢，那位不是一个人上台乱吼，属于一个名字怪异的"演唱组合"。

　　"你应该见过，在电视里，"林黛说，同时掰下一截甜腻腻的香蕉塞进了我的嘴里。"三个人，都是酷哥，除了贝斯手的一条裤腿儿上有一溜儿红花儿，一水儿的黑衣。哇噻！那才叫帅呆了！尤其那个兼吹萨克斯的主唱，很有点儿麦克·伯顿的意思，也是一头长发，只不过不是黄的，也不打卷儿，直直地瀑布似的垂在后腰。其实他嗓子不怎么好，太沙哑了，可萨克斯吹得很棒，尤其是吹降 E 萨克斯时，我每每被那凄婉的旋律心碎！哦——还有他的舞蹈……不不，不是真的跳舞，只是边吹边舞，一开始我并不以为然，甚至还觉着他那种抱着萨克斯左右摇摆、弯着腰踢腿的动作有些滑稽，可后来就不行了，我后来痴迷他的舞蹈竟然胜过他的萨克斯，不知为什么，那一刻总感到很悲怆，只要他在舞，不知不觉便一阵阵地热泪盈眶……"

"不不，"林黛说我误会了，一边为我捶背一边告诉我，"尽管我为他痴迷，可那只局限于艺术领域，我并没有爱上他……"

我随后得知，她的心上人是另一位，那怪异演唱组合里弹吉他的第一主唱，那一位才跟我长得一样。"别担心，"林黛说，"他的头发一点儿也不长，就像一个很听妈妈话的高中生，只不过，他把头顶上的一掬染成了红色……"虽然只是在电视里见过那伙计，并且一句也听不懂那位唱的是什么，可林黛依旧被征服。

"……总之，他的一切都让我倾倒，最主要的是他的眼睛……尤其是他不经意中的往左边一瞥或者往右边一瞥，那忧郁的神情，简直就让我透不过气来……"她就这样告诉我，说话时，脸蛋儿上弥漫着一种中了邪的迷幻之态。

林黛本来打算嫁给他，可那伙计实在太迷恋日本，他已经不满足光是站在中国的舞台上唱几句日本歌曲，他干脆抛弃了假迈克·伯顿和那位一只裤腿儿上有红花的搭档入赘日本，娶了北海道一个脑门上绑着白布条的渔夫的女儿。

林黛是在网上知道这个消息的，那天晚上她可谓是悲痛欲绝，以至于都不敢一个人待在家里——她实在担心——要是身边没有人阻拦她，说不定她就会因为无法自拔而在房梁上拴根绳子上吊自杀。于是，她只好出门去一个人多的地方，结果，她跑到了三里屯一家酒吧，在那儿喝了

185

一宿的兰姆酒,第二天一大早,便在绵绵细雨中撞倒了我。

的确,林黛和我的故事难以置信。若不是亲身卷入,我一定会认为这纯属天方夜谭。虽然我高大魁梧,生着一张令表姐夫赞不绝口的脸蛋儿,但我和林黛实在相距甚远,完完全全生活在两个世界。其实这一点还是莲子最先提醒我,当初把林黛赶出病房,她就戳着我的脑门儿让我丢掉幻想。同时,这又是她没能真正意识到林黛对她会产生威胁的原因。

不过,即便一提林黛,莲子就嗤之以鼻,可她也忍不住对"那个该死的小富婆儿"的好奇心,某次曾问我——到底林黛那从瑞典引进零件制造推土机,再销往第三世界的山东老爹钱多到什么程度。

我没敢照实回答,告诉她光是旅游的花费林黛一年就得几十万,除因怕热没有光顾坦桑尼亚的一个国家公园之外,五大洲三大洋,简而言之,世界上所有好玩儿的地方她几乎都去过,更没有提及某天听说我对飞行感兴趣,她当即就表示要掏八万块送我去考航空驾照,以便日后买一架私人飞机,让我有空就拉着她上天溜达溜达。

我根本没向莲子炫耀这些,只是淡淡地说——还可以吧。

实际上,莲子还是很幼稚的,虽然那天从窗户看见我停在楼下闪闪发光的银灰色"陆地巡洋舰"时一脸狐疑,可还是相信了我的鬼话——因为撞伤了我而愧疚,林黛给了我一份待遇优厚的工作,在她爸爸的公司驻北京办事处当上了一名高级业务代表。

当然了,这么说倒也不是子虚乌有,那办事处的确存在,而且跟全球十好几个不发达国家有联系,就在国贸南楼的二十三层。只不过,除了某日跟林黛在别墅那张大床上厮混腻了,跑到上面转了一圈儿,我再也没去过那里。

就这样,我在莲子与林黛之间周旋,白天应承林黛,晚上对付莲子。我感到幸福无比,毋庸置疑,这种幸福绝大部分来自林黛,除了送给我豪华汽车,还送给我缀着一颗颗纯金扣子的衬衫(这个莲子始终不知道,我一直对她说是铜的);我们经常出入高级酒店,刚刚在凯宾斯基喝足了巴伐利亚啤酒,跟着又去丽都打保龄;在那儿洗个澡,晒上一通"室内日光浴",她就会轻快地踩着保时捷的油门踏板,拉着我奔向顺义国际高尔夫球场。

一切发生得太快,几乎来不及思考什么,一夜之间,我就由一个靠女朋友接济的穷小子变为了一个令人垂涎的年轻富翁。我被林黛带进了一个美妙的世界,当秋日某一个恬静的午后,我疲倦地醒来,望着别墅明亮而巨大的落地窗和躺在身边的睡美人一般的林黛时,真不知自己是否身处幻境。

似乎,所有的事儿都尽如人意。唯独一点让我感到困惑——尽管爱我爱到如此份儿上,可林黛从不要求我离开莲子。有天我主动提起这个话题,试探地问她要不要跟莲子摊牌。不想,林黛竟然认为我绝情,她当时正在看电视,用遥控器换了一个频道,她盯着一个正在推销廉价数码相机的演员大叔说:

"都是你的女人,干吗那么残忍呢?"

噢!这种话,你是否听说过?反正我没有。真是匪夷所思,我着实被她弄糊涂了。

反过来,就莲子而言,她其实也没有那么傻,起码没有傻到一点儿也察觉不出的份儿上,再怎么着也能感到我的"性"趣已经差不多减少了一半。只是我总能开脱,每每向莲子抱怨自己日日"上班"是如何如何的辛苦。

要说起来,以莲子的精明,不会这么轻易地上当,但林黛雄厚的财政资助给了我有力的佐证,每当预感莲子即将对此质疑,我便会在枕头上真事儿般地告诉她我刚刚又成功地卖给埃及或者巴基斯坦五十台推土机,并把手懒懒地指向衣架,于是她就会忘了本来想干什么来着,噌地一下儿跳下床,光着两只脚飞快地跑过去,熟练地从我的裤兜儿里翻出钱包,以确定到底是多了一本存折还是多了一张信用卡,或者干脆多了一叠大面值的美钞。

每逢那会儿,她的脸上大都充满了喜悦,基本都是如此,但也有例外——有那么一次,不知怎的,她的眼睛里倏地划过一丝疑云——

"我说……"莲子呆呆地望着我问,"这该不是你的卖身钱吧?"

今天中午,当一只苍鹰结束了缓慢的盘旋从天空落到离我不远的一块突兀的岩石上时,我忽然想起当时情景——莲子赤身站在黑暗中,附近工地的一盏惨白的灯透过窗帘的缝隙照着她的脸,不知道她究竟是随口一说,还是已经感觉到那一笔笔意外之财对她意味着什么。

对此,我曾经做了多种猜测,却始终没有结论,在很长的一段时间里,我只能这样认为——或许看到我不断增长的经济能力有可能实现她买一套像样儿的商品房的梦想,她默许了我与林黛的不轨。

现在看来,这多半是个谬误,不过那些日子——出于各自的原因,莲子和林黛都没有过多地难为我,使得我在极其兴奋之中度过了差不多八个月梦幻般的幸福时光。但随后问题便接踵而来。自然,一切仍由林黛而起——突然有一天,在我毫无准备的情况下,她一下子就移情别恋,看上了Q·华盛顿。

实际上,林黛那天晚上精心的梳理已经使我生出某种不祥的预感。当她对着镜子仔细地拔下一根多余的眉毛时,我忽然就意识到——或许她已经厌倦了与我的乏味生活,又要去寻求新的刺激。可即便想到了这儿,也不能在事情发生之前,仅凭瞬间的闪念去制止她,我还是刮了胡子,换了身衣服,陪着她去了希尔顿。必须承认的是,林黛总能出人意料——我实在想象不出她居然会对一个非洲老黑心生爱慕。

说起来,Q·华盛顿我只在那个该死的"派对"上见过一次,除了牙齿雪白浑身漆黑一团,我的记忆里再无其他……哦,也不是——这老兄拉开林黛的车门时,还看见他的一对比女人还撅的屁股。

其实,那晚鬼子多得是,不乏美男,亚利安人斯拉夫人蓝眼睛的绿眼睛的什么样儿的都有,不知怎么,林黛偏偏喜欢这匹黑马。令我恼火的是,实际上还是我把他介绍给林黛的。

　　当时,大厅里正在播放施特劳斯的"狩猎波尔卡",欢快的音乐中不时夹带的噼啪枪声令我感到一阵阵莫名其妙的兴奋。在一棵巨大的盆栽植物跟前,我端着一杯颜色红得令人生疑的樱桃汁,跟这个身上散发着一股怪异的香水味儿但却会说中文的黑家伙聊着天儿,而林黛则夸张地伸直一只胳膊,攥着一个黑头发的意大利或者西班牙老头儿的手,上下摇摆着跳一种看起来像是苏格兰或者爱尔兰的民间舞蹈。

　　一曲终了。就在下一首舞曲开始前,林黛正要投向一个皮肤白皙看上去像是个法国小子的怀抱时,我的嫉妒心发作了,招手把她喊过来,结果遭了灾。

　　听说Q·华盛顿的国家在赤道上,而且他的令尊大人是个酋长,林黛忽然就来了兴趣,开始了没完没了的询问。她先是打听,他在老家是不是也头戴羽毛,浑身上下涂满了五颜六色的颜料和泥巴,拿着一支长矛追逐斑马或者羚牛;接着又问他是不是可以随意地在一棵椰子树底下和部族里的任何一个黑女人做爱……

　　在此之前我从未如此近距离地接触过黑人,不知道除了乔丹之外还有很多黑人同样是有魅力的。当Q·华盛顿不时地伸出粉红色的手掌,用流利的汉语跟林黛侃起自己如何如何在英国一所私立大学读书时,我不得不极不情愿地承认——这位黑家伙的两片厚厚的嘴唇里吐出来的很多东西都让林黛颇有新鲜感,她非常好奇,不知道这位会讲中国话但却莫名其妙带着河南口音的伙计是如何在非洲草原与欧洲城堡之间平衡自己;而Q·华盛顿紧绷在雪白衬衣里的发达的黑色胸肌,更让她受到前所未有的诱惑,她没有掩饰自己——我看得清清楚楚——当她眯着好看的双眼注视他时,显然已经在琢磨如果跟那家伙上床,自己会有什么样儿的感受。

林黛真那么干了。在停车场,她勉强地问我愿意不愿意和"他们"一起去酒吧,不等我表态,随即又替我做了回答。"算了,"她对Q·华盛顿说,"别强人所难了……"就这样,两人极不自然地冲我笑了笑,上车走了。

那晚我没回双榆树,在一家饭馆喝了多半瓶二锅头后,晕头转向地去了东直门外一个洗浴中心。我的一只脚刚伸进冷清的大堂,莲子就打来第十八次电话,手机在我的腰带上不停地震动着,我的眼前不断闪现着她那焦虑万分的样子,可我还是没有理会她,依旧冲那个看上去像是老板娘的女人笑了笑,点着随时会血管破裂的头表示愿意接受"全方位"的服务。

不记得那一夜究竟是怎么过的,只记得从桑拿房出来就吐了,一个瘦小的男孩儿不停地为我捶着后背……哦,还有……在一间昏暗的按摩室里,差不多把我揉搓散了架之后,那身材高大的姑娘递给我一只安全套。

第二天一早我去了别墅。刚一进卧室,就闻到Q·华盛顿留下的那股怪异的香水味儿。林黛还在酣睡,流着口水的脸上弥漫着性满足后的笑意。不过她很快便被一阵稀里哗啦的玻璃破碎声所惊醒。厌恶地朝她望了一眼,我摔烂了卧室里那对价格不菲的"波西米亚"花瓶,飞身进了厨房,从冰箱里抻出一只冻得比石头还硬的肉鸡疯狂地剁了起来。

我后来得知,就在我歇斯底里的那一刻,虽然认定我安然无恙,可因为不敢说出我的去处,被逼无奈的表姐夫只得陪着一夜没睡的莲子踏进交通队的大门;而在我举刀奔向林黛之时,他正硬着头皮向一个值班警察打听,是否有一辆车牌号为多少多少的黑色丰田吉普夜里出了事故。

"你在干吗?"

当我念念有词地再一次将那把脊背很厚的大砍刀高高地举过头顶之时,餐厅传来林黛的严厉质问。我杀气腾腾,但她并没有被吓倒,估计是想起我不过是一个在大街上捡来的穷小子,口气里透着一股主子的威严。

我被她彻底激怒了,二话不说,提着刀冲到她的跟前,就像对待那只冻鸡一样,只不过没有把她放到案板上,我直接把她掀翻在地,跟着就举起了刀,在一阵变了声的怪叫中狠狠地砍下了她那颗美丽的头颅。

一刹那,献血喷涌而出,一直射向五米之外雪白的墙上,而她没了头的躯体,却仍在我的膝盖底下挣扎了好一通儿,一只手竟然抓下我胸脯上的一块肉。

……噢,不,不不,这不是真的,所说的一切只是我一瞬间的想象。

尽管已经疯狂,可我并没有那么做,但当时我的确砍下了一只脑袋,但不是林黛,而是那只冻鸡。

就算是这样,那狠狠的一刀还是起了作用,林黛的气焰当即就熄灭了,随之被一阵可怜的惊恐所替代——我握着刀一直走到她的眼前,把锋利的刀刃横在她细细的脖子跟前说:

"没什么,不过是把它剁成肉泥给你熬鸡蓉粥喝!"

在大约三十秒的时间里,我拼命克制着割断她喉咙的念头。我真的被林黛的冷静所折服,面对失控的我,她也曾惊恐,可片刻便恢复了镇定,神情凝重地问:

"怎么? 你真的以为……"

林黛没有把话说完,到现在我也不知道她究竟打算说什么——是想睁着眼睛说瞎话,辩解自己并没有做什么对不起我的事儿,还是要提醒我她从来就没有对我有过什么承诺。

我总算克制住了自己没有干蠢事,只是疯狂地劈烂了餐厅里一只据称是明代黄花梨圈椅,打开窗户把那些昂贵得跟金子差不多的扶手、腿儿、横掌一件件扔到了花园里,随后冲出大门。

在其后的三天里,一想起林黛和那该死的Q·华盛顿在一起我就心如刀割,但意识到自己也不是他妈的什么好鸟之后,我还是决定妥协,于是便忍气吞声地再次来到别墅。

可以说——那是我这辈子最窝囊最愤怒的时候。我做得真可以说是仁至义尽，为了表示歉意，我甚至还在街上从一个小女孩儿手里买了一朵玫瑰花，可下了车，走到别墅跟前，却发现里边早已人去楼空，大门上的电子锁也被更改了密码。

就在我沮丧地准备离开时，住在林黛隔壁的那个韩国女人金太太牵着只不及猫大的小狗回来了，她用半生不熟的中国话喊住了我，说是林黛留下了一封信。我从她白胖的小手里接过一只信封，打开一看，一张漂亮的信纸上歪歪扭扭地只写着一行字：

"你已经得到不少，就别再找我了！"

我一下就发了疯！在一片小狗的狂吠及夹杂着叽里咕噜的韩国话的阻劝声中，先是砸碎了大门的密码键盘，跟着一连捣毁了别墅的八扇窗户，当摔倒在地的金太太爬起来逃走之后，又连根拔起路边一行刚刚栽下去的价格不菲的法国小树，还揍了最先跑来制止我的一个整整高我一头的保安。

我付出了惨重的代价，为赔偿别墅的密码锁和窗户，以及那些名贵的小树和那倒霉保安的门牙花了很大一笔钱。不仅如此，尽管莲子和表姐夫四处托人营救，可我还是在分局拘留所待了整整十五天。

如同被林黛撞倒的那天一样，走出拘留所的那个早上，天空同样下着毛毛细雨，只是比那天寒冷的多，就在踌躇之际，忽然看见莲子浑身透湿地站在马路对面。当后来我决定杀掉莲子时，眼前曾经浮现出那一刻的情景，不过那只是一时的彷徨，我并没有因此而改变主意。

"回家吧。"莲子说。

打这个时候算起,我和莲子一起度过了将近两个月无言的日子。

从表面上看,除了再次分室而居、相互之间一句话不说,我们的生活并没有太大的变化,莲子每日照例早早起床,为我做好了早饭再去上班。她仍然隔三岔五地出差,为了区区两千块钱的工资傻乎乎地奔向全国各地;而我呢,一天到晚只干一件事,那就是寻找林黛。

我其实非常茫然,并不知道自己要干什么。虽然理智已经告诉我,与林黛之间的一切已经结束,但我却无法控制自己,一想起林黛此刻可能正与那个肌肉发达的黑家伙颠鸾倒凤,就恨不得抹脖子。

为此,我欲罢不能。那段时间,我过得相当辛苦,跑遍了整个三里屯和后海的所有酒吧,以及全北京将近七百多家夜总会与歌舞厅。有一回,打听到她去了青岛避暑,我立即坐飞机追了去,我在那座海滨饭店前整整转了二十六个小时,因为饥饿和劳累,最后竟然昏倒在沙滩上。

那些日子真是惨透了。很多方面,其中包括性生活,除了某天晚上跑到龙潭湖一个漆黑的角落,在一个从网上约来的难看女孩儿身上乱摸了一通,那方面的事几乎等于零。终于,我按捺不住身体的欲望,一个星期天的黎明,我赤身冲进莲子的屋子,像野兽一般地扑向还在睡梦之中的莲子。她没有拒绝我,而且还以一次次的高潮。

其实,我这人并非天生歹毒,更不是一点儿人味儿都没有。天快亮的某一刻,我打算认命,后来莲子把两碗大米粥摆到桌子上时,我终于开了口。我愧疚地向莲子承认错误,告诉她我决定彻底放弃林黛,从此与她好好生活。我很激动,一直滔滔不绝地说着,根本没有注意到这时候莲子惨白的脸。

当我舀了一勺粥,已经放到嘴边一刹那,莲子突然一巴掌打掉我手中的饭勺,跟着便是一通歇斯底里、撕心裂肺的号啕大哭。

从一开始我就说过,我的一切都是那么离谱儿,那么不可思议。

从莲子哽哽咽咽泣不成声的话语中,我惊诧地得知——我刚刚与死神擦肩而过——她居然打算跟我同归于尽,并且真刀真枪地在粥里放了足够毒死五百只老鼠的耗子药。我惊得出了一身冷汗,难以相信她说的是真的,直到跟着她去了厨房,看着她把一包已经打开并所剩无几的白色颗粒倒进了垃圾桶。

意识到可能会被谋杀或者成为荒唐而又愚蠢的莲子的殉葬品,我不由一阵战栗。我知道我不能束手待毙,必须想办法拯救自己。其实最初我并没有打算杀莲子,要知道——不管是什么人,要做出杀人的决定绝非轻而易举,况且我这样一个并非天性歹毒的普通之人。其实,我最初的打算只是逃走——撬开莲子箱子上那把牢固的大锁拿回我的存折逃走,逃得远远儿的,最南的三亚最北的漠河都考虑过,甚至还考虑过去新疆西藏,总之我要逃得远远儿的,让莲子根本找不到。

我心里很清楚,不这样就无法摆脱莲子。只要不离开北京,她总会找到我,也许三个月,也许三年,不管多长时间,我终究不能逃出她的手心儿。

一想起这些我便十分恐惧,总是担心哪天正在逛商场,突然就有一把尖刀插入后背;或者更惨——就像电视里曾经播过的,作为一个可恶的负心人,某天被人泼了一脸硫酸,而后人不人鬼不鬼地度过余生。

为此,我查看了地图,分别在中俄与中尼边境发现了叫"乌图布拉克"和"巴巴扎东"的两座小镇。我准备在二者中选其一,开着我的巡洋舰去那种香格里拉一般的地方住他几年。我认定,怀揣大把钞票的我可以找一个美丽的维吾尔族姑娘或野性十足的藏族女孩儿陪伴,那种日子必定十分惬意。

我至今还在后悔,为什么没有真的那么做。如果我当机立断,毫不犹豫地在某个早上收拾东西踏上征程,其后的很多事情就不会发生。一定是这样,别的就不提了——起码我不会定下杀掉莲子和林黛的计划。

可是,该死的我几天之后又改了主意。唉,想起这一点,我的心里总是充满懊悔。不过我这种踌躇你多半也能理解——想归想,真要是付诸行动,背井离乡,抛弃自己熟悉的生活环境孤身前往一个遥远而又陌生的地方,就算那里真是他妈的香格里拉,真有什么美丽的维吾尔族姑娘或野性十足的藏族女孩儿,也着实难以下定决心。

就这样,我哪儿也没去,在恐惧中度过了一段吃不敢吃,睡不敢睡的日子。与我相反的是,莲子似乎渐渐忘记了自己是个杀人未遂犯,没事儿人似的,照样跟我过着与真正的两口子别无二致的生活。我简直不知道她是怎么想的，某天，她居然跟我谈婚论嫁，还说要买房子，并且真事儿一般地带我去了双安商场旁边一座即将竣工的商品房小区。

"我说……"当我对此表示质疑时，她板着脸，一本正经地对我说，"你是个傻子还是怎么着？你难道打算在这间小房子里住一辈子吗？"

在一个头戴安全帽的售楼小姐的带领下，我跟着莲子踩着裸露着水泥、还没有安装上扶手的楼梯参观了整幢楼房。在工地上，她询问着心不在焉的我——同样的格局，同样的面积，同样的朝向，到底是选择门前有一小块属于自己的草坪的一层呢，还是选择带露台的顶层。那一刻，她一点儿也不知道我正在琢磨什么，真难以想象，如果知道我当时正盼望刚刚从她头上掠过的那根粗大的钢铁横梁突然从塔吊上脱落，把她砸成一摊烂泥，她会做何反应。

我至今也不知道我算不算一个毫无心肝的人。虽然那天在最后一刻莲子终止了对我的谋杀，但我却无法原谅她。意识到自己很难摆脱这个疯狂的女人，杀了她的念头便一直缠绕着我。之所以没有下手，是始终没有发现一个天衣无缝的机会，或者说找不到一个百分之百，万无一失的保险方法。我们就这么"相安无事"地过着日子，似乎从来也没有发生过什么，直到有一天深夜，被一阵锲而不舍的敲门声所惊醒。

我必须说明，那天打开房门之前，我这辈子还从未那么吃惊过。那一刻，昏暗的楼道里站着一个憔悴的女人，拖着一只箱子，衣衫不整头发蓬乱，一张脸但凡再瘦一点儿，那就是骷髅了。当然，也搭上我睡得迷迷瞪瞪，看了她好半天却仍然不知道这位是谁，最终还是听见那熟悉而又幽幽仿佛来自另一个世界的声音，才把林黛给认了出来。

"对不起，我能在'你们'这儿睡一晚上吗?"她问。

唉，很多事真是无法预料，就像无法预料到一直躲着我的林黛会深更半夜突然来访一样，我根本预料不到短短半年的工夫，林黛便会从一个百万富婆一下子落魄到连个睡觉的地方都没有的境地。更让我预料不到的是莲子对此的态度。

我原本以为她会毫不客气地将林黛痛骂一顿，随即狠狠地摔上门。没想到一声叹息后，她却像对待一只被人遗弃，可怜地趴在楼梯上颤抖的小猫那样，放林黛进了屋。

哗哗啦啦地足足洗了一个半钟头，林黛才穿着莲子那件破旧的浴衣走出浴室。她狼吞虎咽地吃下一些用微波炉热过的残羹剩饭，脸上也渐渐恢复了往日的血色。随后，我和莲子陪着她坐到天亮。

在门厅里的那张小桌上，林黛告诉我和莲子很多事。首先是Q·华盛顿，我惊诧地得知，那个浑身上下散发着怪异香水味儿的黑家伙根本不是什么来自英国的什么私立大学的学生，而他那关于自己是什么"酋长"之子的说法更是无稽之谈;那家伙是个被国际刑警通缉的国际骗子兼窃贼，如果算上不久前因心脏病突发死于巴拉圭南部城市圣胡安市立医院的那个西班牙籍洗衣店女老板，以及菲律宾巴利夸特罗群岛上一个目前正在疯人院接受治疗的豪富老妪,林黛是他第十三个受害者。

　　某天早上,当喝了含有大量苯巴比妥的法国红葡萄酒的林黛还在呼呼大睡时,窃取了她银行密码的Q·华盛顿撬开保险柜,敛卷了林黛包括三颗总重量为多少多少克拉的钻戒、七条粗得不能再粗的白金项链在内所有值钱的细软,之后,这家伙又从容地开着她昂贵的保时捷分别去了三家银行提走她账上的全部存款,随即消失得无影无踪。

　　接下来,是她和一个五十岁的男人短暂而伤心的故事。主人公是个身材颀长、衣着得体、风度翩翩的浪漫诗人。他那一串串充满诗意的柔情话语,着实令悲伤而又沮丧的林黛得到不少安慰。但不幸的是,他是个性无能,虽然林黛十分割舍不下,但接连经历一次次失败,受不了折磨的她终于忍痛和他分了手。

　　跟着,是他父亲的一位属下。尽管同样并不年轻,但这一位的床上功夫却不容轻视,绝非等闲之辈,一般风华少年根本望尘莫及。林黛坦言,性的快乐使她昏了头,不知怎么,鬼使神差地,竟然向他透露了她父亲严重偷税的秘密。结果,为了一笔数目可观的赏金,那位向有关部门举报了。这下可好——林黛父亲不单进了大狱,而且因债台高筑,他的工厂在短短不到三个月的工夫便被宣布破产。为了减轻父亲的罪责,让他在监牢里少待上几年,林黛卖了别墅为父亲补交税款,但同时也使自己陷入困境。

　　林黛向莲子解释,即便到了这种地步,她也不想来麻烦我俩,而是去找了一个曾经跟她做了两年情人的房地产商。她认定他会帮助她,起码可以借给她一套房子住;但她没想到这一位的日子也不好过,因为在顺义开发建造的一座度假别墅村被视为有史以来北京最大的违章建筑而遭强令拆除,已先于林黛的父亲破产。

虽然如此,这一位还是没有忘记旧情,准备接济林黛一些零花钱暂渡难关;谁知,就在他掏出钱包的一刻,他那身强力壮的太太赶了来,林黛不仅分文未得,还被那妒火万丈的女人打得鼻青脸肿,至今额头上还留着一块将近六厘米长青紫伤痕。

当林黛终于掏空了口袋,实在无法再在那些曾经把她视为上宾的酒吧里泡下去之后,不得不坐在北京站的候车室冰凉的椅子上睡了两个晚上。

……就这样,拂晓时分,莲子把林黛安顿到我的那间屋子,看来林黛真是疲惫到了极点,莲子还在里边为她收拾东西,坐在门厅里的我便听见她那熟悉的鼾声。

"怎么样,我做得够意思吧?"回到我俩的卧室,一阵令人窒息的沉默,莲子坐在床上开了口,脸上呈现出一种宽宏大量的神情,就如同电视剧《橘子红了》里那个大老婆。其实这么形容也许并不贴切,那种居高临下的感觉,似乎更像斯琴高娃扮演的慈禧太后。

"不管怎么讲,这个女人曾经资助过你,我不能不仁不义……"仅仅说了这两句善言,跟着莲子就开始警告,"不过……千万别把我当成傻瓜,我当然知道一旦我去上班,你会跟她干什么,但我奉劝你最好别那样,不然的话……"

听见莲子赤裸裸的威胁,我不禁心头火起:"少在这儿威胁我,把话说清楚!'不然的话'会怎么样,难道还想让我跟你一块儿喝耗子药?"

"不,"她冷冷回答,"绝不会那么做了。"

"那你想做什么?"我脱口而出。

"坐牢。"莲子没头没脑地说。

"坐牢?"我一时没反应过来。

"没错儿,坐牢,二十年或者一辈子!"那一刻她脸色刷白,两只眼闪烁着一股子中了邪的坚定,"当然是因为你,不过请放心,我绝不会谋杀你,你会活得好好儿的,碍不着吃碍不着穿,只不过……有些事你是做不成了……别那么看着我,没错儿,就是那么回事儿,我绝对说到做到,你只要敢再背叛我,哪怕只是一次,我一定会那么干!"

不知从什么时候起,那细细如钩的残月被一片飘来的乌云遮住了。四周愈发黑暗,但那一片片树叶仍然依稀可辨,只不过摇曳得更加厉害,仿佛正在颤抖。我再次遥看那两座黑黢黢的大山之间远在十五或者二十公里之外的市区,那里依旧闪烁着犹如银河般的荧荧之光。

此刻,风更大了,越来越多的沙粒加快速度,一次次无情地袭击着我。可我仍然困惑,为什么一直听不到风声,一点儿也听不到。为这个我曾一度分神,但只是短短的一刻,很快脑海里便又重新闪现出那些不久前发生的一件件往事。

尽管知道莲子的恐吓绝非危言耸听，但身体之中那不可抗拒的本能使我无所畏惧，那天早上，她前脚刚走，我后脚便踏入林黛的房门，用一阵狂吻唤醒了睡梦之中的林黛，随后便和林黛在激浪叠起，令人一次次窒息的性爱之河里遨游了整整一个上午。

不过，当欲望得到彻底满足，肉体的快感消失殆尽之后，跟着我便感到惊恐，耳边一次次地响起莲子那疯狂而又冷静，低沉但却斩钉截铁地威胁。

刹那间，我看到自己正在血淋淋的床上痛苦地翻滚，莲子狰狞地站在一旁，一只手握着尖刀，另一只手攥着我那仍在淌血的生殖器。一时，我被那令人惊悚的情景吓得叫出了声。

我感觉到了危险，并且意识到这种可怕的灾难随时会发生，说不定就在当天夜里。我知道不能坐以待毙，于是下定决心准备行动。

当林黛被我的突然尖叫吓得掉在了地上之后，我在她诧异地注视下手忙脚乱地穿上衣服。因为莲子的缘故，我那一刻早已忘记了当初我对林黛的切齿之恨，想到必须与她分手，心中不免有些惆怅。

简单地收拾了一下东西，我跑到了表姐夫那儿，但不是去借宝剑，而是在他茶馆后院一间狭小的仓库里支了张行军床。我心里很清楚，要做的第一步，便是彻底地得到莲子的信任，以确保在动手之前，不被那个疯女人残忍地残害。

　　后来林黛告诉我,我的撤退真是非常及时,否则后果不堪设想。我刚刚离开,莲子便突然跑了回去。当她随后赶到茶馆,看见我准备睡在一桶又一桶的茶叶当中时,竟然被我的"义举"感动得热泪盈眶。

　　"唉,"叹了一口气,她摇着头对我说,"这样也好,不然的话我实在放心不下——真是对不起,你就暂时先委屈一阵,不知道是怎么回事儿,我总是觉着我不能扔下这个女人不管,时不时我就听见有人对我说:'你千万别那么做,否则你的结局必定很悲惨!'这实在是太离奇,连我自己都无法相信。噢,忍耐一下吧,当然了,我还不知道这件事儿将会持续多久,可我却有一种感觉,似乎不会太长时间……"

　　就这样,我、莲子、林黛一起度过了好长一段日子。我们经常碰面,大部分在莲子那儿吃晚饭,也有几次在茶馆,喝着表姐夫慷慨奉献,声称两千块钱一斤的洞顶乌龙。还有一次,正如小茜说的那样——莲子从公司拿来三张免费电影票,三个人还一起去了西四红楼,看了那部令人感动的《泰坦尼克》。

　　在黑暗的观众席里,我坐在莲子和林黛当中,左手被莲子紧紧握住,而右手却摸着林黛丰腴的大腿,当那艘巨轮缓缓地沉向冰冷的大海之时,我听见两旁相继发出一阵阵可笑的唏嘘。

　　在那些日子里,我正儿八经地开始策划谋杀。为了避免莲子死后很快就被抓起来,就如同在电视里经常看到那样——十几个或者二十几个荷枪实弹的警察一脚踹开门,一窝蜂地冲进藏匿着我的小屋,像对付一只即将被宰的猪一样七手八脚地把我按倒在地上,我没白没夜地思考着,推翻了一个又一个方案。

我知道,虽然中国的警察不及外国电影里的侦探们那么智慧,却很难说会比我傻,况且技术手段正日趋提高,哪怕发现一根头发,都可以用"DNA"鉴定给我定罪。为此,我曾经退缩,颓然地准备放弃,听任命运的发落。

我的确这么想过,但总是欲罢不能,一想起莲子那令人惊悸的威胁便浑身战栗,我意识到已经没有退路,因而不得不开动大脑里的每一个细胞,思索着如何下手乃至如何在其后成功地逃脱。

当然,我知道仅凭苦思冥想是不够的,还必须掌握前车之鉴,不能愚蠢地重蹈那些已经被枪毙或者正要被枪毙的人的覆辙,为这个我去找了表姐夫,在他疑惑的注视下,刨根问底儿地一件件了解他那位公安局的朋友所说的至今还"挂着"的案子。

尽管有些困惑,可表姐夫还是尽自己所知回答了我。从他那儿我颇受启发,终于知道该怎么干了。其实说起来,除了那桩不知道是什么人顺着雨水管一直爬到十七层,而后从窗子入室杀了那个女人的凶案,其他的并没什么玄奥,都显得很简单。

那些案子当中,犯罪嫌疑人的范围其实很小,要么是丈夫或者妻子,要么是情人或者情敌,可就是破不了。尤其那桩发生在小红门的一间租赁房屋的煤气中毒案,里边只有一个可疑对象,那是一个杂货铺的伙计,被怀疑偷了钱后怕被发现而在炉子的烟道做手脚，熏死了自己老板一家四口。虽然警察抓了他并把他投进大牢关了十一个月，可最终还是因证据不足无奈地把他放了。

据此，我得出了一个重要的结论——没必要挖空心思制造你怎么怎么不在现场的证据，即使白花花的铁皮烟筒上清晰地印着你的指纹也不要紧，只要别被警察"坦白从宽，抗拒从严"的鬼话所诱惑，扛得住三天三夜不让你睡觉的审讯，一口咬定你只是应老板的要求帮他安烟筒，绝没有卡死炉子上的风门开关，任何人也奈何不了你。

也就是说——你如果能制造一场真实的"事故"，只要不留下无法辩解的铁证，或者确保当时没有第三者或者说是"目击证人"，即便你杀了人后不走，纹丝不动地站在现场给警察打电话报警，无论是警察还是法官，谁也拿你没辙。

这一点在网上也得到了证实。那一阵子我一天到晚趴在网上，一熬就是通宵，没事儿便会输入"谋杀"之类的字眼儿，而后玩儿命搜。我认为 Internet 给了我不少帮助，使我获得很多宝贵的资料。

利用一个"Mps-19"的黑客软件绕过防火墙，我访问了一家专门接待对犯罪有兴趣的人的美国网站，调阅着自二十世纪以来，全世界范围内一起起悬而未决的谋杀案的档案。那段时间我的英语水平提高很快，简直是突飞猛进，到后来，不用翻字典，就看懂了那起上一个世纪七十年代初，发生在位于北爱尔兰南部城市阿马的"亚瑟·W·霍布芬金"

案件。

亚瑟·W·霍布芬金是个花匠，这位先生把妻子投进内伊湖深深的湖水中。尽管调查人员从邻居那里了解到他与太太多有龃龉，且和一个曾雇他修剪草坪的寡妇关系暧昧，始终不相信他"失足落水"的说法儿，但却对他毫无办法。

当时船上只有他与被害者，没有证人证据，他坚持说他妻子是在钓鱼时不慎掉下去的，而那一刻他正在船舱里更换一只保险丝。到现在，除了三十年的时光如同一把利剑削去了他的满头黑发，把一个长着性感下巴的小伙子变成一脸赘肉完全秃顶的老头儿，这一位没有任何烦恼，自由自在地跟那个漂亮的老太太住在一座鲜花盛开的庄园里。

终于有一天，正当莲子因为忍受不了我正在不断消瘦下去而下决心倾囊以注，打算为我和她购买一套阳光灿烂的大三居的一刻，我安排好了一切。

是的，没错儿，我准备临摹那位"亚瑟·W·霍布芬金"先生。不过，虽然分别给密云水库和怀柔水库乃至龙庆峡都打了电话，仔细地询问了它们的水深以及具体的租船事宜，但我最终没有直截了当地抄袭这个爱尔兰老伙计。原因很简单——莲子是个游泳健将，有一年夏天曾一猛子扎进昆玉河，顽强地跟着班上的两个男同学从玉渊潭游船码头逆流而上，一直游到颐和园。回忆起这档子事儿，我不得不放弃淹死她的计划。

随后，我想起了这座山。

其实说起来，这座山并不高。以我的猜测，海拔超不过三百米。但这已足够了，如果你能不辞辛苦来一趟我精心布置的谋杀现场，你就会深信——一旦从我目前的位置掉下去，必定粉身碎骨。

实际上，这里离市区并不太远，衙门口北边有条土路，从那儿一直往西，看见一座废弃的石灰窑就左拐，再看见三个荒芜的坟头儿就右拐，只要别转了向，用不了多长时间就能到达山脚。这个鬼地方还是莲子告诉我的，至于谁告诉她的，就不得而知了。

当初，一起去驾校拿了驾驶证没多久，为了练手儿，她租了辆总是灭火儿的桑塔纳，坐在吱吱作响的右座上把我引进了那片茂密的树林。把车停在一片寂静无人的树林旁之后，我和她爬了这座山。我们没有找到传说中的古庙，却发现了这座悬崖。

必须承认，莲子的胆儿还是挺大的，尽管好半天才听见她扔下去的一块石头的回音，可仍然敢像我一样抱住那棵歪脖子松树探出身体朝深不可测的沟壑望去。

在制定谋杀计划时，这一点被我充分地考虑了进来。我准备故伎重演。我的计划是，先以身作则，而后诱惑莲子再一次效仿，并在那一刻将她推下悬崖。

我其实十分怀疑能否将她的尸体从深深的谷底弄上来，可还是要拨打110求救，我将难过地向警察诉说，怎么怎么莲子就不听我的劝说，非要做那个危险动作,怎么怎么在我来不及做出任何反应的一瞬间就掉下了悬崖。

为此我曾做了反复演练,每天早上在空无一人的茶馆里,想象着眼前正站着一个或者一群眉头紧锁的警察,一遍遍地背诵着事先准备好的台词。为了表演逼真,我真是下了很大的功夫,还专门找来《罗密欧与朱丽叶》的剧本仔细阅读,以参考当发现朱丽叶死后,情人罗密欧究竟是如何表达自己悲痛万分的。我从老莎士比亚那里受益匪浅,最后一次演练,竟真的动了情,先是泪流满面,而后便号啕大哭,最终竟然精疲力竭地瘫倒在地上。

我深信我的表演一定会成功,即便那些狡猾的警察看出什么破绽我也不怕——他们不会得到任何证据——山上只有我和莲子两个人,谁能确定到底是她自己掉下去的还是被我推下去的?

我坚定地认为,即使警察十分固执就是不相信我无辜而非要把我抓起来,法官也不容易定我的罪。再说了,我重金聘请的专门打刑事案件的律师也会帮助我,他会充分利用法律的空子为我开脱并最终使我无罪释放。经过仔细的分析,我制定了一个完整而详细的谋杀计划。

然而,就在准备实施的一刻,我还是感到了问题。当然这不是因为小茜,虽然打从在加油站回来之后我就下定决心这辈子非她不娶,但任何一个警察也不会因她而推测我的杀人动机。再说警察也找不到她那儿,就算找到也没关系,毕竟两年来我只见了她一面,况且谁也没说什么，即便议论了那位根本不存在的同济大学哲学系的老伙计，我也没有提起莲子的谎言，所以，别说警察了，连小茜自己都不知道我对莲子的愤恨。也就是说，小茜根本不会成为问题。

我的意思是，问题出在林黛身上。

虽然说，这位昔日的公主，此时已经落魄到与一个街头流浪的女乞丐相差无几的境地，除了身上几件早已看不出贵重的名牌儿衣服，已经一无所有，但仅凭她的美貌，警察就可能怀疑我是为她而杀了富有的莲子，所以我觉着她依旧是个问题。

不过，你千万别认为我会恶毒到那种令人发指的程度，仅凭这一点就做出把她和莲子一起杀掉的决定。我承认，我不是一个烧香拜菩萨的佛家弟子，也不是一个天天祈祷上帝的基督徒，但却绝非那种完全没有人性的家伙，之所以那么做实在是出于无奈，而归根到底，一切还是林黛自己造成的。

就在我为林黛的存在而苦恼之时，那天，确切地说是在我和小茜在加油站相见的第二日早上，林黛恰好打来电话，她声称要跟我单独谈谈。尽管我知道不会有什么好事，可还是如约去了一间我俩过去常去的酒吧。

说起来，我这人还是相当不错的。在莲子的控制之下，我这会儿手头儿的零花并不富裕，但还是在一间路边杂货铺卖了五十公升汽油票，凑了六百块钱交给林黛。谁知道，她的胃口却远远超出了我的想象。

"无论如何，"林黛说，"你也得给我一百万！"

那一刻，刚刚喝进嘴里的咖啡一下子被我喷得满桌子都是。

其实，到现在我也并不觉着林黛这人究竟有多坏，即便说我认为她是一个糟糕的女人，但起码可以称之为是一个孝女。

林黛告诉我，她需要这笔钱去营救她的父亲。当然这种心情倒也可以理解，问题是——她所给我的钱都在莲子手里，我根本无法满足她的要求。没想到，听了我的难处，林黛却丝毫没有退让，仍然坚持让我把这笔钱"吐出来"，跟着还为我指点迷津：

"再怎么着，你总可以把车卖了吧！"

说实话，在这件事情上，时至今日我也搞不清，到底我和林黛哪一个更不近人情。可不，无论是钱还是汽车，既然你已经给了我，那就属于我，怎么能想给就给，想要就给要回去呢？算了，这种扯淡的问题我实在不想纠缠，关键在于，在成功地谋杀莲子之前，这辆车是我的唯一财富，它不仅是我后半生的生活保障，而且也是我能否赢得小茜的重要筹码，我根深蒂固地认为，一旦没有了它，一切都会成为泡影。

一听此言，连一秒钟都没耽误，我当即便拒绝了林黛：

"这种无耻的话，你也能说得出来？真没想到你这么卑鄙！"

说着，我擦了擦裤子上的咖啡，站起身准备离去。没想到林黛并没有因此而气馁，我才走了没几步，她忽然开了口：

"既然你见死不救,我也没办法,咱们法庭上见吧。"

到了这会儿,我才猛然想起——当初为我买车的时候,车主登记一栏里,写的是"林黛"。

离开酒吧后,我一连三个晚上没睡觉,整整七十二个小时,都是在抓耳挠腮之中度过的。出于迫不得已,我最终决定把林黛和莲子一起杀掉。

当然了,对于莲子,我并不感到有什么愧疚;但必须承认,林黛的确让我于心不忍。说起来,让我卖汽车这件事固然可恶,可这并不是我下决心的真正原因,真正的原因还是小茜,想到我和小茜的未来,我知道必须这么做,除此以外,绝无任何选择。于是,那天晚上,在玉渊潭的一个偏僻角落,我再次见了林黛。

我告诉她不必上法庭,虽然她会赢,但却不一定能把车开回去,我会在此之前就私下把车给卖了,虽然说那么做我会蒙受不小的损失,但起码她拿不到钱。那样的话,对她来说一切就会变得十分复杂。

满意地看见林黛懊丧地低下头,我随即又开始抚慰她,说我并不打算那么做,相反,我一定会完全满足她的要求,尽快将那一百万如数奉上,不光如此,很有可能还会更多。只是她必须答应我一个条件——她必须和我一起杀掉莲子。

说到这里,我在林黛的脸上看到意料之中的惊诧。跟着,我做出解释,告诉她莲子对我所做的一切,对她晓之以理,说明自己完全是被逼无奈。为了我和她的切身利益,她必须帮助我,而她的具体任务非常简单,只不过跟着我和莲子一起爬上那座山,以便事后向警察证明那是一场事故——莲子完全是意外失足跌下悬崖,仅此而已。

我说得十分详细,除了没告诉她我打算把她也推下去,我介绍了包括所有细节的整个谋杀计划。

足足沉默了一刻钟,林黛才开口:

"你真的……打算杀了她?"

我坚定地点了点头。

"一点没错儿。"我跟着回答。

"你相信你会成功?"

"毫不怀疑。"

"可万一……"

"不不,"我拦住了她的话头,"没有什么'万一',任何'万一'都不会发生,一切我都安排好了,绝没有任何风险,如果实在担心,怕自己做不了伪证,我下手的时候你可以躲到一旁去,而且……"

"等一下,"林黛忽然插言,"……如果这样,我又能起什么作用?你自己不是一样能干吗?我还跟着你去干什么?"

面对林黛的狐疑,我意识到说错了话,一时张口结舌。正在懊悔,她却回答了自己:

"当然啦,你还是希望能有人为你作证,再说了,你已经讲得很明白,如果不帮你,我就拿不到钱,是这么回事儿吧?"

"完全正确，不仅如此……"

"不要再说了……"林黛摆了摆手，凝视着黑暗的湖面，"这件事非同小可，你给我点儿时间，我考虑考虑……"

令人不安地整整等待了一个星期，林黛终于打来电话。按她的要求，我与她像一个警察和一个卧底那样，在尚未竣工的四环路中关村三号桥上接头。站在一排不知是干什么用的木板房的后身，她告诉我她同意了我的计划。不过她同时声明，我的那种所谓"没有任何风险"的说法显然荒唐可笑，再怎么讲，她也同样面临被枪毙的危险，因此，我必须提高给她的回报，也就是说，一旦干掉莲子，我必须付给她一百五十万。

"别冲我瞪眼好不好！"林黛对我说，话音不高，但口气却非常坚决，没有任何讨论的余地，"虽说过去我从来没有认真地记过账，可我心里还是有个谱儿，这个数儿，我相信你拿得出来！"

说实话，听她这么说，我一点儿都没生气——你要多少都无所谓，反正我也没有打算真的兑付。不过，为了做得更加逼真，我必须表演一下，于是面红耳赤地跟她争执起来：

"我说！你这简直就是敲诈！"

当然，我并不是那种十分有耐心的人，见戏演得差不多了，随即便与林黛握手成交。

有一点你必须明白，到了这一步，并不意味着万事大吉，依旧有不少困难亟待解决。显然,我的工作只做了一半,还必须说服莲子,必须百分之百地让莲子答应我们三个一起去爬山。

我必须找出一个让莲子无法拒绝的理由。为此,那两日我整天苦思冥想,却始终感到束手无策。

就在这当儿,莲子突然来到茶馆,面色铁青地质问——为什么这些天我一直不跟她见面,是不是背着她偷偷与林黛鬼混。见我连连摇头,她进一步提出疑问——她发现,几次林黛不在家,我也同样没待在茶馆,她要我一一说出当时的去处,并很具体地提及我与林黛在玉渊潭和在中关村三号桥见面的两个晚上。

每当想起当时情景,我都佩服自己那种随机应变的能力,不但能摆脱危机,而且居然能利用它顺势解决那困扰我多日的难题。也不知是怎么回事儿,我忽然就茅塞顿开。

我大胆地承认了一切,告诉莲子我的的确确在和林黛见面。不光如此,我还透露了我俩谈话的一部分内容,其中包括刚刚敲定的针对她的谋杀计划。当然了,我做了稍稍的改动,在我的叙述中,林黛变成了谋杀的主谋,我告诉她林黛说,一旦我们杀了她,就可以从她的手中夺回那些钱,而后我俩远走高飞。

当我把话说完之时,莲子激动得浑身颤抖,不时便拿起一个半个乒乓球大小的普洱茶茶坨塞进嘴里咯吱咯吱地嚼着,而她的眼睛,却一直朝墙上一块因漏水而形成的地图般的污痕凝视。

无言地坐了很久，她吐出一嘴黑乎乎的茶叶，终于开了口：

"既然……你这么跟我说，显然你已经做出了选择。"

我立刻肯定地回答："当然。"

"那就没问题了，"莲子点了点头，跟着问，"说吧，你打算……什么时候动手？"

终于，我发现所有问题都已迎刃而解，剩下的不过是一些具体细节，但那都微不足道，比如如何向警察解释莲子和林黛这两个女人是如何一起"失足"落下悬崖的。我可以这样说那一刻，我要么正在北面的树林中摘酸枣，要么正在南边的山坡上采野花——总之，我听到一声尖厉的呼救，立刻奔向悬崖，结果看见莲子或者林黛正趴在悬崖边缘，手中死死攥着已经滑落到下面的林黛或者莲子的手，就在我即将到达之际，悬崖边上的莲子或林黛刚好被吊在空中的林黛或者莲子给拽了下去……

认定所有计划均已天衣无缝，我决定付诸行动。于是，上个星期五，我分别给莲子和林黛打了电话，所说的话一模一样，只是简单的两个字：

"明天！"

当日晚上六点钟，我回到了莲子那儿。进门的时候，莲子和林黛正在厨房里忙乎着我们三位即将举行的最后晚餐。

在黑暗窄小的门厅里，我一个人坐在桌子前，一边心不在焉地磕着一盘早已哈喇的瓜子儿，一边琢磨着如何演好这场戏，要知道，即便我已经背好了台词，那一刻也依旧相当忐忑。终于，那两个愚蠢的女人各自端着两只大盘子,从厨房里鱼贯而出。

席间,我们看了天气预报,电视机告知——第二天是个适合出游的绝好天气,西部山区的空气质量更佳,虽然守着北京最大的重工业企业首钢集团,但却一连八天达到了"优"。

我心里很清楚——即便明天下刀子,这两位也会与我同往,但那一刻我还是要感谢老天爷的大力相助。意识到这是最好的提议时机,我咳嗽一声,清清嗓子说了话,以一种完完全全是灵机一动的口气,提出了一起郊游的建议。

"嗨,我说两位小姐,明天是星期六,天气这么好,为什么我们不出去走走呢?"

我的话刚一说出,立刻就得到她俩的一致响应。

"太好啦!"不约而同,莲子和林黛一齐回答。

"我已经很久没有出去玩儿了!"莲子说。

"可不,你光说你,我又何尝不是呢?"林黛马上附和,看上去,她和莲子近乎得不得了,就像她们是亲姐妹。

到现在我也不知道该如何形容我当时的心情,真不明白这个世界是怎么了,究竟因为什么,让我们这一男二女变成了三个恶魔。我这辈子还从未看见过如此富于戏剧性的场面——不论是莲子还是林黛都知道自己将要做什么,可表面上却都要装出一无所知的样子。最离谱儿的是我——我居然想得出,让莲子和林黛自己参与对自己的谋杀。

当一切已经不可挽回地发生之后，我不禁陷入深深的思索，忍不住回顾我的一生，真不知道从何时起，原本善良的我竟然会残忍到这种地步——尽管知道我就要结束莲子和林黛的生命，可那天晚上，居然还能跟她俩玩了将近半宿扑克。

第二天一早，天刚蒙蒙亮，我们三个就出了门。说实话，临上车的一刻，看见那两个即将被我谋害的女人一人背了一个装满饮料食品的背包，我曾经动了恻隐之心，的的确确想过要就此罢手，但那只是短短的一瞬间，最终我还是咬着牙，轰轰地发动了马达。

我是在一个风雨交加的夜晚被捕的。一阵滚滚惊雷响过不久，我听见了敲门声。开门之后，我看见一男一女两个警察。女的长得既不好看也不难看，一张很俗的脸，属于最让我腻烦那种；男的却相当英俊，简直与总是扮演警察的濮存昕别无二致。

只是来了这两位，而且谁也没掏枪。亮出证件，那女的用相当客气的口气要我跟他们走一趟。我以为大队人马都在外面，可踏出家门时，并没有在楼道里发现想象之中的头戴钢盔，全副武装的警察。

要么是昨天，要么是前天，反正是在中午，那一刻，我的眼前再次浮出我与那个精明透顶的律师谈话的情景。

我们是在看守所的一间小屋见的面。小屋里阴暗寒冷，那种地方，我以前从未光顾，只是在电视里见过。律师坐在我的对面，一只带伞的灯低低地垂在小桌上，那人身处暗影之中，我始终没有看清他的脸，只看见他不断地从一只厚厚的皮包里取出一份份文件放在面前翻阅。

"嗯……"整理了一下雪白衬衣上的灰色领带,律师开了口,"除了材料上的东西,你还有什么要补充的吗?"

"没有。"我说。

"是这样吗?"

"是。"

"……这就好,不过对不起……有句话可能不中听,可我不得不说出来……"

"没关系,想说什么你随便。"我回答,口气无所谓。

"你没有欺骗我吧?"

"当然没有。"

"所讲的……都是事实吗?"

"没错儿,都是事实。"我咬着牙回答。

"真的?"

"真的。"

"嗯……好,"在黑暗中凝视了我片刻,他把那些文件重新放回包里,"说实话,我本人并不相信你的故事……总觉着……"

"总觉着什么?"我反问他,话音透出一股子不屑一顾,那种坦荡,除了我,任何一个谋杀犯也做不出来。

"总觉着这里边有点儿问题!"

"是吗?"我有些恼火,"那你不妨说说看,你到底怀疑什么?"

有好一阵儿,律师没有吱声。于是我又接着说:

"我其实倒是知道你的'问题'是什么,不过想再提高点儿费用,没关系,再重新开个价吧,你打算要多少?"

"噢! 不,不是这个意思……"这位律师连忙摆手,"我只是觉着……算了……好吧……这个案子我接了,你会没事儿的。"

当然,这些只是我的幻觉。事实上,我并没有被捕,自然也就没有什么长得像濮存昕的警察和他那既不好看也不难看的女搭档,更没有什么精明透顶一心只想赚钱的律师,也没有什么看守所的阴暗小屋和那些有鼻子有眼儿的谈话,就是说——一切根本就没发生。

没错儿,我知道是幻觉,而且知道产生幻觉的原因。这里边因素很多,但主要是饥饿所致。如果没记错,打从来到山上的那天早上算起,我已经整整五天没有吃东西了。当然我说过——来的时候,莲子和林黛倒都带了不少食物,一人一大包——头一天晚上,把这件事定下来之后,我们三人就一起去了那间二十四小时营业的超市,买回了不少可口的东西,想起来真让人垂涎三尺——大磨房的面包,正宗的广式香肠,最可气的是还有一大块我最爱吃的驴腱子肉;除此以外,还有一大堆被她俩洗干涮净的新鲜水果——苹果、橘子、香蕉、葡萄、草莓、樱桃等等。可是,所有这些,都被她们离开前,一样样地从我的头顶上抛下了深深的沟壑。我心里很清楚,莲子和林黛绝对是故意这么干的,所以才会让这些东西像天女散花似的从我的周围纷落而下，无非是借此表达她们对我的仇恨。

必须承认，我的反应太慢了，有好几样东西简直就是从我的鼻子前面飞下去的，可我却一样儿没抓着，因而几日来，我只能靠我身边树枝上那些数量不多的野酸枣维持生命。严重的营养不足非但损伤了我的神志，也使我的听觉遭到破坏，正因为如此，我才会什么声音也听不见；就连我的视力也受到了影响，要不然，为什么当我遥望夜空时，月亮会变得越来越模糊呢。

我知道我的形势严峻——从昨天起，生长在峭壁之上的这棵野酸枣树因不堪我的重负，树根正一点点地松动，随时会与我一同掉下去。对此我毫无办法——从这里到崖顶，少说也有八十米，根本不可能爬上去。下面就更深了，至少也有二百五十米，一旦这棵树脱落，我必定粉身碎骨。

说起来，一切还是赖我，如果我一声不吭、不暴露我掉在了树上，就权当自己已经摔死，那么把我推下来之后，莲子和林黛一定会报警，让警察寻找我的尸体，那样一来我就有救了。可我当时没有把握住自己——我实在是太惊慌，刚一掉在树上就拼命喊叫。因为愚蠢，我失去了生还的机会，眼睁睁地望着她俩的身影消失在崖顶上。

现在，我很清楚等待着我的是什么结局——要么跟着这棵树一起坠下悬崖摔死，要么饿死在树杈上。只是，有些问题我一直弄不清——

到底是谁先发现了我的阴谋？是莲子还是林黛？这两个女人把我干掉之后，又如何解决她们之间难以调解的矛盾？算了，现在提起这些事儿毫无意义，可有一点我实在是想知道——究竟是谁在我的身后把我推下的悬崖？是莲子？还是林黛？显然，我无法在活着的时候得到答案，我只能带着这个巨大的问号一个人先去天堂。

不过，我会耐心地在上面等，等到将来莲子和林黛都去了那里，我们三人见了面，再向她两问个明白。

2004 年 6 月 30 日初稿
2015 年 10 月 18 日重新修订

致命游戏

放下电话,他再三考虑,还是决定到那个女人家里去一趟。按照她告诉的地址,他驾车前往中关村,在刚刚修好的一条马路边上顺利地找到那座塔楼。停好车后,他走进单元,乘着电梯上了24层。楼道里光线很暗,但他还是看见那扇贴着张大福字的防盗门。捋了捋头发,整理了一下领带,系上西服上中间一颗纽扣,他上前按了门铃。

门开了,一个二十几岁的女孩儿站在门口,脸上的表情有些古怪。但他没有在意,确认她就是"李小姐",他告诉她自己姓麦,半个小时以前他们通过电话。李小姐连忙口称"麦先生"向他问候。他一边递上名片,一边脱下皮鞋把脚伸进那小女子摆在门口的拖鞋。

刚刚走进客厅,麦先生就意识到自己来得不是时候——客厅里的一张看上去很昂贵的地毯上踩满了沾着黑泥的大脚印,漂亮的布艺沙发上刺眼地坐着四五个警察。一看这阵势,麦先生决定迅速离开这个是非之地。于是他向李小姐告辞,说她这会儿有客人,自己改日再来拜访。

正当麦先生打开房门,把一只脚放回自己的鞋里时,忽然听见有人喊他,回头一看,一个胖子警察追了出来。那人用夹着香烟的手指着客厅,招呼他说,已经来了,干吗要走,为什么不坐下来一起聊聊。

一听这话麦先生无奈,不得不又把脚重新放进拖鞋,关上门,硬着头皮走进客厅,汗涔涔地坐在一群警察当中……

之所以麦先生如此不愿意和警察会面,并非是他对警察有什么看法,也并非像很多人那样毫无由来一见警察就紧张,绝对称得上事出有因——一个月之前,李小姐的未婚夫被人谋杀,而他,恰好就是那个凶手。

六个星期前的一个下午,麦先生正坐在办公室里悠闲地喝着咖啡,却不料新来的女助手扰了他的心境。那个头发比男孩子还短的女孩儿取下一直叼在嘴里的铅笔,敲着电脑对他说她发现了一些问题。她说的"问题"麦先生心里很清楚——两年来,他利用电脑系统存在的漏洞,陆陆续续地从自己供职的银行偷了一百万。

客观地说,麦先生并不想这样,可他没办法,他迷上了赌博,一直利用节假日前往河北某地,一次次光顾一间地下赌场。去时他的手包总是鼓得拉不上拉链,回来时却总是瘪瘪的。也就是说——那一百万巨款他一毛钱没享用上,一分不剩地输了个精光。而在那个头发很短的女助手到来之前,银行里谁都没有察觉他管辖的账上少了一百万。

幸运的是,在他云山雾罩天花乱坠的一番解释之后,年轻而又缺少经验的女助手竟相信了他的话,暂时放下了好奇心,不再研究那一笔笔由他经手的可疑资金流向。

尽管如此,麦先生还是意识到了危险,知道自己已经坐在了火山口上——一旦他的那位喜欢叼着铅笔动脑子的短头发女助手又来了兴致,对那些令她生疑的资金流向重新进行研究,除非在那悲剧性的一刻到来之前,他想出办法弄到一百万堵上这个大窟窿,否则,除了穿上号衣日复一日地在监狱里度过余生,他没有任何另外的可能。

正当麦先生焦头烂额心力交瘁,茶饭不思惶惶不可终日之时,耶稣基督显灵了,让这位李小姐的未婚夫自投罗网把自己送到他的手上。

一天,麦先生正一个人待在办公室,一边用头咚咚咚地撞着办公室硬邦邦的墙,一边绞尽脑汁思考上哪儿去弄那一百万时,忽然听见有人敲门,李小姐的未婚夫推门走了进来。那语速很快的年轻人一番自我介绍,随即便简明扼要地说明来意,他告诉麦先生,自己是一名软件工程师,昨天刚刚注册了自己的公司,因为要拓展业务,打算向银行贷款一百万。

鉴于他这间办公室的门上嵌着一块"信贷科科长"铭牌,一年到头毛遂自荐不请自来的访客络绎不绝。每到那时,麦先生都无一例外地朝一间专门负责接待这些人的屋子挥挥手,然后便坚定却又不失礼貌地轻轻关上门。然而听见那敏感却又令他心焦的数字,麦先生不由得暗暗叹了一口气,然后便鬼使神差地将那踌躇满志的年轻人让到沙发上。

两个人促膝交谈。麦先生问到访者打算采取什么方式贷款。那年轻人回答说打算采取抵押方式。说话间他打开书包,小心地取出一张光盘,告诉麦先生说这是一个游戏,他刚刚完成,如果现在转手卖掉,保守估计，最少也要卖一百万。但他并不准备这么做，而是打算留下游戏，让自己拥有版权……

年轻人仍在兴奋地说着。但自打他说出"最少要卖一百万"这几个字，他的声音便从麦先生的耳朵里消失了，只看见他那不断张合的嘴。而当他的说话声重新在耳边响起后，麦先生为他端来一杯浓浓的咖啡，一边注视着他紧攥着的那张价值百万的光盘，一边对诸多自己感兴趣的问题做进一步了解。年轻人十分配合，有问必答。他指着手中的光盘告诉麦先生，这个游戏倾注了太多的心血，整整花了他三年时间。在此期间，他没有找任何人合作，凭一己之力独力完成。

一听这话麦先生不由得又惊又喜，很快便想起一个至关重要的问题，随即指着年轻人手里的光盘问，有关这个游戏的内容，现在有多少人知道。年轻人摇摇头，回答说现如今商场如战场，在这样一个险恶形势下，为了保密，他没有向任何人透露游戏内容，也没有告诉任何人他做了这个游戏，他手里的这张光盘是游戏的唯一母版，他只做了这一张，麦先生是唯一一个见过它，知道他做了这么一个游戏的人。

此言一出麦先生愈发惊喜，继续就自己所关心的问题提出询问。年轻人一一回答，他告诉麦先生，鉴于公司刚刚成立，尚且没有招纳员工，目前只有他一个光杆儿司令。另外，由于手头儿紧张，他还没有一个正式的办公地址，但这不要紧，他在十三陵附近有一间工作室，这个游戏就是在那里完成的，如果麦先生能不辞辛苦去一趟那里，他愿意当面为他演示自己这个游戏，然后双方就诸多具体问题做进一步商谈。

听他这么说麦先生连连点头——毋庸置疑，眼前这个小天才是他的救星。仅仅思考了三秒钟，一个相当冒险但却值得尝试的计划便在麦先生的脑海里形成。他对年轻人说，他已经听明白了他的所有问题，但对于他提出的要求，自己还需要考虑一下。

忍受了五天的苦苦煎熬之后，麦先生打电话给他这位从天而降的救星，告诉那年轻人说自己决定向他提供贷款，问年轻人哪日方便，他打算去他的工作室看看，顺便对他那价值百万的游戏有个进一步了解。

年轻人当即激动，说此后一周自己哪儿也不去天天都在工作室，问麦先生何时光临，以便他当日去附近一个鱼塘买条活鱼，两个人在没有任何人打扰的情况下好好喝上一杯。麦先生回答说这几日他工作很忙，但他会抽出时间尽快前去拜访。然而刚刚放下电话，他便揣上一根细细的钢丝绳，驾车朝那天才的年轻人位于昌平某地的工作室奔去……

当年轻的女主人端来茶时，麦先生结束了他的回忆。他一边注视着手中的茶杯，一边暗暗评估此刻自己的处境。尽管他认为自己极其谨慎，没有留下半点蛛丝马迹，但他仍不希望自己的面孔在警方视线里出现，尤其这会儿是在被害人的未婚妻家中，这显然对他不利，实在令他始料不及。

不过，麦先生很快就发现，这几位穿制服的不速之客全是些傻蛋。

尤其那个胖子,看上去还是他们的头儿。他说了半天,那人仍弄不明白他与这位李小姐的关系。无奈之中,李小姐把自己刚刚收到的名片递了上去,胖子警察才总算理清头绪,终于明白麦先生是某银行的信贷科长,"死者"也就是李小姐刚刚故去的未婚夫,是他银行的一位客户。

一听这话麦先生连忙点头,随即又纠正——鉴于他尚未决定是否提供贷款,那不幸的年轻人还算不上是他的客户。麦先生声称,那位才华横溢的软件工程师生前只跟他见过一面,地点是他的银行。在那之前,两个人互不相识,私下里没有任何交情,更谈不上什么个人恩怨。至于眼前这位李小姐,今天他们是第一次见面。一个小时前,他接到李小姐的电话,电话里李小姐提起她未婚夫的"未竟事业",希望和他谈谈。于是他便登门拜访……

听他这么说,胖子警察恍悟,点着头说事情全搞清楚了。趁女主人去厨房续茶的工夫,他大咧咧地拍着麦先生的大腿要他不要紧张,说自己明白怎么回事——无论是这位李小姐,还是她那刚刚故去的未婚夫,之所以这两口子与他接触,都不是说自己有一笔钱想存到他的银行,想给他送钱;恰恰相反,这两口子都想通过他向他的银行贷款,都想找他要钱。有鉴于此,他完全有理由相信,麦先生没有任何嫌疑。

然而,对待刚刚失去未婚夫的李小姐,胖子警察的态度就没那么客气了。尽管他在场,可那家伙毫不避讳,当着他的面把那可怜的李小姐认认真真仔仔细细地审了一通儿。在麦先生看来,那家伙实在有些不可思议——他竟然怀疑眼前这位小女子,认为是她杀了自己的未婚夫。从他们的谈话里,麦先生惊奇地得知——那天,他刚走没五分钟,这位李小姐就到了"案发现场"。

尽管年轻的李小姐站在电视机旁边一个劲儿地反问——像她这样一个"瘦瘦小小的小姑娘",怎么可能有力气勒死她的未婚夫,但那胖子警察却不为所动,说什么一切都有可能,所需要的只是丰富的想象力云云。临走前,那家伙面无表情地告诉李小姐——在案子了结之前,她最好别离开本市,否则,很有可能她将作为负案在逃的杀人嫌疑犯被警方通缉……

留下一堆烟头儿和满屋子的烟雾之后,胖子警察带着他的手下收了队。麦先生跪在地上,手里攥着清洁剂与刷子,一边帮李小姐清除地毯上的一只只黑脚印,一边听她骂那胖家伙如何愚蠢。他不时便善解人意地劝慰她一番,还咬着牙说什么真相一定会大白,警方一定会逮住真正的凶手。但内心之中,麦先生却十分赞同这位李小姐的见解——中国的警察,除了"极个别极个别的极少数",剩下的全是饭桶,什么案子也破不了……

当屋里的烟雾基本散尽时,李小姐的气恼似乎也随之而去,她关上窗户和麦先生谈起正题。麦先生没有结过婚,对女人的心态不是很在行,他实在无法理解眼前这个小女子——此时此刻,警方正在怀疑她谋杀了自己未婚夫,可她居然还有心思把他约来,谈什么有关她未婚夫的"未竟事业"……

　　两个人聊了一刻钟的样子，李小姐将麦先生请到书房，打开电脑，把一张游戏光盘塞了进去。看着她演示一阵，麦先生终于相信了一个事实——除了她的未婚夫，她同样拥有一张完全相同的光盘。进一步说——他谋财害命拿走的那张光盘，并不是游戏的唯一的母版。也就是说，之前在他的办公室，那个天才的年轻人的话多少有些水分。

　　李小姐仍在演示游戏，即将进行到第一关关底时，她停下手关闭了游戏。麦先生很明白李小姐的用心——如果把游戏进行到第一关关底，游戏便会暂停，并跳出"请输入密码"的提醒。显而易见，这个小女子不想让他知道密码的存在。麦先生心里很清楚——尽管这小女子并不知道他就是杀害她未婚夫的凶手，但她的防范意识依然很强——她知道凶手抢走了与此完全相同的另一张光盘，而且还残忍地杀害了她的未婚夫。在这样一个时候，他们刚刚见面，作为一名银行高级职员，对于游戏本身，他不能表现出过分的兴趣。

　　每当回想起那天，麦先生总会埋怨这个游戏的制作者，也就是李小姐的已故未婚夫，他没有告诉他自己的游戏有密码。当然，麦先生也承认，他自己也有责任，一看游戏已经打开，就以为万事大吉。其结果是——他如愿拿到游戏，但是却不知道密码，无法将游戏卖掉。而现在，事情变得复杂起来——眼前这位李小姐同样手握光盘，而作为那小天才的未婚妻，她显然知道密码，随时可以先他一步将游戏脱手。所幸这个小女子跟她的未婚夫想法相同，同样不打算卖掉光盘。

对他而言,这无疑是天大的好事,他可以从这位年轻的李小姐嘴里套出密码,然后再如法炮制,用相同的方式送她前去天堂与自己的未婚夫团聚。麦先生很清楚,眼前这个小女子是他最后的机会,这一次他一定要把事情办好,再不能发生任何闪失……

将那张令麦先生垂涎欲滴的光盘锁进保险柜后,李小姐与麦先生继续交谈。那小女子又把她电话里说过的话重复一遍——她要接管自己未婚夫的公司,因此同样需要资金,所以要用光盘抵押向麦先生的银行贷款。

毋庸置疑,这句话正中麦先生下怀。但他城府很深,并没有喜形于色立即表态,相反却提出疑问,说她并非像她未婚夫那样是一个软件工程师,何以能经营他的公司。听他这么说那小女子十分淡定,她告诉麦先生,尽管自己在软件方面不如自己的未婚夫,但她是一个毕业于某知名大学的MBA,且目前是一家合资企业的部门经理,对于经营公司,她实际上比她的未婚夫更有优势。一听这话麦先生点点头,然后便像之前回答她未婚夫那样回答她说——他已经听明白了她的所有问题,但对于她提出的要求,他还需要考虑一下。

虽说此刻麦先生处境险恶,随时可能东窗事发。但他明白——那小女子的未婚夫已经因那张光盘丢了性命,他必须小心谨慎不能操之过急,因此他决定像对待她未婚夫那样,让她等上几日。

却不料,第二天早上,他刚一进办公室,就发现他的那个女助手又一如之前地坐在电脑前,叼着铅笔研究那些曾让她生疑的账目。麦先生不由得心焦,意识到已经火烧眉毛。终于,他熬到下班时分,注视着他的女助手关了电脑拎着小包走出办公室,他立刻抓起电话拨打了李小姐的号码。

晚上七点钟,麦先生准时赶到李小姐家附近的一间餐厅,在窗前的一个座位上找到年轻的李小姐。招呼他落座之后,那小女子扭头朝窗外看了看,脸上露出不屑的表情。经她指点,麦先生看见停车场上停着一辆切诺基,里面影影绰绰坐着两个人。李小姐告诉他,那两个人是胖子警察的手下,几天来,那两个警察一直在跟踪她。

一听这话麦先生不由得暗暗叫苦——眼前这位小女子已经被警方监视,若想继续实施他的计划,其难度可想而知。一个瞬间,麦先生生出念头——这件事到此为止,现在就站起来走人。然而想到他办公室里的那位固执的女助手,麦先生意识到自己已经没有退路,如果不想让余生在监牢里度过,他只能孤注一掷铤而走险……

于是,当一道道菜肴摆在桌布上后,麦先生谈起正题,告诉李小姐说他同意向她提供贷款,但有一点,鉴于她采取抵押方式,她必须将光盘送到银行,由银行方面请相关专家对游戏的市场价值进行评估。在此之前,作为银行的贷款专员,他首先要完完整整地浏览游戏全过程。

一听这话李小姐不由得皱了皱眉,她对麦先生说,虽说她的未婚夫把光盘交给她保管,可是却并未告诉她游戏密码。此言一出麦先生嘴里的食物当即卡在了嗓子眼儿。但李小姐仍十分淡定,她安慰麦先生,说实际上她"差不多知道"。说到这里,李小姐忽然想起什么,没头没脑地问麦先生,他是否愿意拉着她去一趟宣武门天主教堂。

跟李小姐一起上了车,发动了马达后,麦先生朝后视镜望去,随即看见那两个警察的切诺基也亮起大灯⋯⋯

转眼间,两辆车一前一后地停在了教堂门口。回头朝跟踪者看了看,李小姐让麦先生稍等她一下,然后便下车朝教堂奔去。转眼间,她又回来了,上车时,手里多了一本黑色封面的《圣经》。一时麦先生忍不住自己的好奇心,问那小女子到底是怎么回事,李小姐没有回答,说他马上就会明白⋯⋯

半个小时后,两辆车又一前一后地停在了李小姐家那座塔楼楼下。麦先生回头看了看那辆切诺基,跟着李小姐进了大楼乘坐电梯回了她家。趁那小女子走进卫生间方便时,麦先生来到窗前,忧心忡忡地朝楼下望去,随即看见那辆切诺基又一如之前地停在不远处,仪表台上摆着两瓶饮料,那两个警察正手拿汉堡包炸鸡之类的东西吃吃喝喝。

不由得,麦先生叹了一口气,他意识到——此时此刻,即便他弄到游戏的密码,他也无法向对待那天才的软件工程师那样,神不知鬼不觉地将这个小女子送往极乐世界。进一步说,他仍无法卖掉那张光盘,仍无法解决自己的难题⋯⋯

说话间,李小姐打开电脑。插入光盘之后,她取出那本《圣经》交给麦先生。那小女子解释说，她的未婚夫曾告诉过她，游戏的密码就藏在圣经里，具体地说是在马可福音的第十四章，是耶稣的一个名叫"多马"的门徒在逾越节的宴席上说的一句话。

于是，按照她的吩咐，麦先生打开《圣经》一番寻找。很快，他找到相关段落。麦先生告诉李小姐，在被称为"最后的晚餐"上，那位叫"多马"的门徒一共说了三句话，分别是——

"谁会出卖老师？"

"在我们当中？"

"真有这样一个人吗？"

很快，李小姐将游戏进行至第一关底，正如之前麦先生在自家电脑上看到的那样，屏幕上跳出让操作者输入密码的提醒。随即李小姐依次将这三句话分别输了进去。但结果却无不令人失望——屏幕上一直在不停闪烁着：

"密码错误！请重新输入密码！"

在两名警方人员的注视下驾车离开李小姐家后，麦先生没有回家，而是去了三里屯，在一间酒吧的高脚椅上坐了下来。当吧台里的一名侍应生将一杯插着把小雨伞的饮料摆在他的面前时，麦先生开始思考眼下自己亦喜亦忧的处境。尽管他杀了李小姐的未婚夫，是一个杀人凶手，但显然警方并没有怀疑他。但另一个问题接踵而来——如果那小女子提供不了那要命的密码，他无疑将面临绝境……

正当麦先生万般无奈不知如何是好时，他的手机响了。李小姐打来电话，说她明白了是怎么一回事。那小女子告诉麦先生，问题出在《圣经》上。她解释说，她未婚夫用的《圣经》是香港基督教会编写的，相比宣武门天主教堂的版本，有一些细微的差别，以她判断，她未婚夫的那部《圣经》，此刻仍在他位于昌平的工作室里，如果他愿意，自己现在就陪他前往那里。

一听这话麦先生顿时激动，但随即便想起那两个正坐在切诺基里监视她的警察，于是问那小女子打算怎么对付那两个家伙，是否打算带着他们一同过去。李小姐当即否定，说她自有办法……

按照李小姐的吩咐，麦先生将车开到那座影剧院后门。刚刚掉过头，那小女子就从一扇小门里走了出来，脚步匆匆地来到车前拉门上了车。当麦先生小心地驾着车，绕过影剧院来到马路时，不约而同，他和李小姐一起朝影剧院正门望去，随即看见那辆切诺基仍稳稳地停在停车场上……

麦先生驾车一路飞奔，很快便从四环路拐上京昌高速公路。尽管他一再保证，他们已经甩掉了那两个警察，李小姐仍不放心，朝后面看了好一阵，才把脖子扭过来。她向麦先生解释说，鉴于警方怀疑她是杀了自己未婚夫的凶手，肯定不同意她再进入她未婚夫被杀的"案发现场"，因此她不得不这么做。

自然，对于正准备第二次杀人越货的麦先生而言，那小女子的这一番话令他乐不可支。但是想到自己的身份,麦先生又不得不对自己将参与这种显然违法的行为说上几句。对此,李小姐依然显示出她的淡定,那小女子抬起自己纤细的小手拍了拍麦先生宽阔的肩膀,让他不必担心,她并不打算拿走那本《圣经》,那样的话警方肯定会生疑,很有可能会把他牵扯进来。她不会那么做。她要做的,只是用那本《圣经》在她未婚夫的电脑上验证一下游戏密码。

说到这里,那小女子提醒麦先生,待会儿到了那里,除了那台电脑,别的东西最好什么也别碰,以免留下指纹成为他们去过那里的证据。对此麦先生表示同意,随即便想起另一个问题,问她脚印的事怎么办? 一听这话李小姐打开手袋从里面拿出一包东西,然后告诉麦先生,这个问题她已经想到了,为此她特地为他俩带了鞋套……

听她这么说麦先生不由得心花怒放——眼前这位小女子安排得如此周到,考虑得如此缜密,他完全可以放心大胆地故技重演,一旦他拿到游戏密码,他便用相同的办法将那小女子的人生定格在那间屋子里……

驶出高速公路以后,汽车沿着一条乡间小路行驶。鉴于麦先生已经去过李小姐未婚夫的工作室,也就是李小姐提到的“案发现场”,他很快意识到他们走错了路,但他知道自己不能暴露这一点,仍然耐着性子按那小女子的指点朝错误的方向行进。直到一个半小时以后,汽车驶进一个小镇,李小姐才觉出有些不对头,唠叨说当初和自己未婚夫去那里时,好像没有经过这里。招呼麦先生停下车后,她下车向路人打听,回来后告诉麦先生自己领错了路,他们已经到了河北省……

于是,按照李小姐的吩咐,麦先生又将车驶回高速公路出口。好一番周折,那小女子终于将麦先生领到正确的路线。当他们抵达那座刚刚落成不久的别墅小区时,已经是午夜时分……

穿过无人值守的大门,经过一座座尚未入住的别墅,汽车在一座二层小楼门前停了下来。前后左右地辨认了一番,李小姐点着头告诉麦先生,这便是她未婚夫的工作室。她解释说,房子的主人是她未婚夫的一个朋友,那人此刻在国外,权且让她的未婚夫临时使用。

说话间,二人下了车,快步进了院子。刚刚来到别墅门口,他们便在房门上看见警方的封条。一时,李小姐有些意外,但仍然掏出钥匙准备开门。麦先生伸手拦住了她,然后便挽起她的手臂,沿着墙根儿将她领到别墅杂草丛生的后院。

当他们在一扇窗户底下停下脚时,或许因为夜深人静,漆黑的四周一个人没有,李小姐有些心神不宁,唠叨着说算了吧别干了。麦先生明白这是怎么回事——人在将死之时,常会有一种心灵感应。他没有理会李小姐的犹豫,从什么地方找来一把园丁用的小铲,麻利地撬开窗户,托着那小女子将她送进黑洞洞的别墅……

当李小姐摸索着找到开关打开灯后,麦先生朝屋子里望去,一切还保持着那日他逃离这里时的样子。只不过,地上多了个用粉笔画的人形……

很快，麦先生便发现了那另外一部《圣经》。那天才的软件工程师并没有把它藏在什么地方，就明晃晃地摆在电脑桌上。为李小姐拉出椅子，服侍着她在电脑前坐好，看着她打开电脑，取出自己的那张光盘塞进光驱，麦先生拿起那部《圣经》，迅速地翻到了第十四章。当那小女子又一次把游戏进行到了第一关关底时，他已经在相关段落中找到那个叫"多马"的家伙所说的三句话。麦先生发现，两部《圣经》的确有些不同，在这一部里，这位门徒分别说的是——

"这怎么可能？"

"当然不是我！"

"是谁？"

于是，把身体挪到那小女子身后之后，麦先生念了第一句：

"这怎么可能？"

李小姐随即一边喃喃地重复着，一边敲着键盘，把这句话输入电脑。但结果一如之前，很快屏幕上便又一次跳出一行字：

"密码错误！请重新输入密码！"

见此情形，麦先生皱了皱眉头，连忙又念了第二句：

"当然不是我！"

李小姐又一次敲起键盘，但结果还是一样，那行令麦先生心焦的字仍在屏幕上闪烁：

"密码错误！请重新输入密码！"

到了这一刻，麦先生感到有些吃不住了，想到漫长的牢狱生活，不由得两腿发软。尽管如此，他还是硬撑着，哑着嗓子念了第三句：

"是谁？"

不知什么原因，听见这两个要命的字，李小姐并没有马上做出反应。她的两只手一动不动地摆在键盘上，呆呆地看了看电脑屏幕，然后便抬起头来环顾四周。那种感觉，在麦先生看来，好像她知道这两个字对她所意味着什么，好像知道自己将要与这个世界告别。一个瞬间，她不由自主地欠了欠身，看上去想就此罢手，站起来离开这里。

毋庸置疑，这种临阵脱逃的行为麦先生不可能允许。他按住她瘦弱的肩膀，坚持要她完成自己的使命。

终于，李小姐下了决心，她又一次朝四周看了看，深深地叹了口气，然后便毅然决然地敲了那夺命的两个字。

"唰啦"一下，电脑屏幕闪出一股白光，随即变为碧蓝的天空，一个漂亮的小姑娘坐在一朵洁白的云彩上，迷人地眨了眨眼睛就消失了。跟着，在画面中央，由小到大滚出一行放着光的斜体字来：

"欢迎您进入一个崭新的天地！"

一时，麦先生忽然觉得，这句话说得太对了！无论是对他，还是对那可怜的小女子……

于是，口气真诚地说了声抱歉，麦先生随即便伸出他那一双有力的大手,狠狠地掐住那小女子细细的脖子……

当麦先生离开那所房子时,原本晴朗的天空忽然乌云密布,转眼间便下起大雨。他这辈子没有听过那么响的雷,以至于连他脚下的大地都被震得发颤。那一刻狂风大作,倾盆的大雨如瀑布般地倾斜到他的身上。麦先生不由得担忧——回去的路上会不会遇上山洪暴发。

由于双手被一副手铐牢牢地反剪着,在钻进切诺基的后备厢之前,麦先生一不留神滑了一跤,正好摔进一个泥坑。见他实在狼狈,在后座上和他几个属下挤在一起的胖子警察艰难地转过身,从裤兜里掏出一团皱巴巴的手纸,伸手为他擦去挡在他眼眶上的一块污泥。

此刻麦先生浑身湿透,很不舒服地蹲在一只脏兮兮的备胎旁边。李小姐正坐在司机旁的座位上埋怨——他们的动作实在太慢,差点儿她就没命了。

然而对于这一点,麦先生并不十分认同,在他看来,之所以那小女子还活着,很大的程度是因为他的关系——那一瞬间,倘若不是他犹豫了一下,他们恐怕只能抬着她出来……

有一个问题一直困扰着麦先生——这一切是怎么发生的,这些警察明明被他……不,确切地说是明明被那小女子给甩掉了,怎么会突然从天而降跑到昌平来,再者,听那小女子的意思,他们之间并不像他认为的那么敌对,好像还挺亲密……

胖子警察似乎猜到麦先生的心思。他逍遥地点了根烟,随即为麦先生答疑解惑。在此之中，每当提起自己，胖子警察总是以"警方"自称。他对麦先生说——从一开始，警方就认为他有重大嫌疑——警方发现，凶手在杀了李小姐的未婚夫后，拿走了那张光盘，也就是他刚刚完成的游戏母版，而根据李小姐的证词，她的未婚夫生前曾拿着光盘去他的银行贷款，并且把游戏的价值告诉了他，除了他以外，没有任何人知道他未婚夫制作了这样一个游戏，也就是说，他是唯一的嫌疑人。

为了获取他的确凿犯罪证据，年纪轻轻的李小姐挺身而出，甘愿拿自己当诱饵。于是警方精心策划了一切，从那天李小姐给他打电话，让他去她家看他们故意踩在地毯上的那些黑脚印，到今晚让李小姐以验证那她原本便以知晓的密码为名，故意兜了一个大圈子带他来到这里，让他回到案发现场暴露自己的真实面孔，所有这些都是警方事先的安排。除此以外，还包括……

当切诺基闪着警灯拐上一条沿河而筑的公路时，雨下得愈发大了，闪电、霹雳此起彼伏地交替着，河水汹涌湍急，大有漫上公路之势。那位以"警方"自称的胖子警察有些不放心，一个劲儿地嘱咐着他那正在谨慎驾车的属下慢点儿，慢点儿……

2001 年 6 月 3 日初稿
2015 年 10 月 11 日重新修订

我的第一次

夜幕降临之后，我看了看手中缀着一颗颗闪闪发光的塑料宝石的小手袋，深深地运了一口气，闪身进了正在旋转的玻璃大门，踩着两只一个小时前刚刚买来的高跟鞋，咯噔咯噔地走入豪华的酒店大堂。我心里很清楚，就我的脸蛋儿而论，我并非传统意义上的美女。但我身高一米七五，有两条漂亮的长腿和出色的三围，加上紧紧裹在身上的这件丝绸旗袍，不用看我也知道，直到我进入电梯之前的最后一秒钟，所有男人都扭着脖子直勾勾地盯着我。

"叮"的一声儿，电梯在十九层停了下来。对着镜子补了补妆，拽了拽一直开到大腿根的旗袍开气，我抬脚迈出电梯。

走廊里灯光幽暗，地上铺着厚厚的地毯，若是平时，走在上面一定非常惬意。但我脚上这双高跟鞋的鞋跟高度足有十厘米，而且尖得就像两只锥子，走在上面很不舒服，并且使我的步态十分奇怪，像模特儿又不像模特儿。来到一个拐角时，我和一个酒店服务员撞在一起，险些扭了脚脖子。在她的注视下，我歪歪扭扭地拐过拐角，在1907房间的门口停下脚。我抬手按下门铃。那柔和的声音还未散尽，门就开了，里面露出一张典型的日本女人的面孔。日本女人十分有礼貌，一看见我便深深地鞠了一个躬，用很多中国人都听得懂的一句日语向我问候。

"枯泥青蛙！"

"枯泥青蛙!"

我连忙回了一句,同样也鞠了一躬,然后便头也不回地朝一旁走去。听到日本女人的关门声,我一个急刹车停在1908门前,正要按下门铃,不远处的一扇房门忽然开了,一个服务生推着一辆摆满餐具的推车走了出来。看着他关了房门走过走廊拐角,我再次按铃。一个八十几岁,样子很像肯德基爷爷的白人老先生打开房门,身后站着一个七十几岁的金发老太太。

"May I ask what advice?"白人老先生用他的两只蓝眼睛看了看我,用英语问道。

我的英语水平不高,自从刚上初一那年在西单遇上两个老外,假模假式地说过一句"How do you do",再没跟谁用英语说过一句话。憋了半天才想起抱歉应该怎么说。

"Sorry,sorry……"

涨红着脸离开肯德基夫妇后,我来到1909门前。重重地吐出一口气,我再次按下门铃。等了好一阵儿门才打开,开门的是一个身穿圆领衫,头发湿漉漉的高个子男人。这家伙个子很高,看上去起码一米九,有一张电影明星般英俊的脸。

越过他的肩头,我朝房间里望去。

"请问……你是一个人吗?"

"你有什么事?"他不置可否,上下朝我打量。

确定房间里只有他自己，我扭头朝走廊两侧看了看，直截了当说明来意，问他是否需要某种特殊服务。

"不需要。"他回答说，伸手打算关门。

"等等……"情急之中，我把一条腿伸进屋里，"考虑一下，这是我的第一次。"

一听这话他十分惊奇，从头到脚重新看了我一遍，这才打房开门。

我知道自己的大腿十分迷人，一直等着他吹干头发走出卫生间，这才撩着旗袍下摆，坐在了床上。

从冰箱里给拿出一瓶饮料摆在我的面前后，他在我对面的沙发上坐了下来。说实话，在这方面我一点经验都没有，不知道此时此刻我究竟应该说些什么。忽然间，我想起朱莉娅·罗伯茨演过的一个妓女，于是我把手中的小手袋放到床上，模仿着她的口气说：

"我们应该……先谈好价钱！"

说完，我恰到好处地撩了撩旗袍，把左腿搭到右腿上，等待他说些什么。我足足等了一分钟，这家伙一声没吭，一直在那儿托着下巴眼睛一下不眨地注视着我。就在我觉着我这"第一次"可能要告吹，犹豫要不要站起来走人时，他忽然开了口。

"你刚才……说什么？"

"我说，我们应该……"

"不不，不是这句，我是指……你站在门口说的那句。"

　　我明白他的意思——或者是想折磨一下我,或者仅仅是想再听一次我那撩人的介绍。

　　"我说……这是我的第一次。"

　　没办法,我只好按他的要求把他想听的话又重复了一遍。又撩着旗袍放下右腿,把左腿搭在右腿上。

　　"如果我不能肯定地证实这一点,我们怎么办?"他盯着我看了看,开口问道。

　　我愣了一下,没想到这家伙居然会提出这么一个问题。

　　"如果真是那样,你可以不掏分文……"我回答说,犹犹豫豫地反问道,"你该不会说,还要我……倒赔你的损失吧?"

　　"这倒不至于,"他淡淡地笑了一下,"我想听听,你打算要多少钱呢?"

　　我早已想好了那个数目,马上说道:

　　"八千!而且,没有还价的余地。"

　　听我这一说,他认认真真地点了点头。

　　"嗯,要价不低,可仔细想想,倒也还算公道。"盯着我再次打量一番,他又开了口,"这样吧,我考虑了一下,你看这样好不好……"

　　他的话还没有说完,有人在门外按了门铃,一个男人的声音传来,声称是警察。

　　一听这话,我急忙冲他摆手。可这家伙没有理会,起身去了门口。

我先是听见他打开房门,然后听到声称是警察的人说道:

"先生您好,打扰您了! 有人举报——有个可疑的女人随便敲客房的门。我们怀疑,这会儿她正在您这儿!"

"对不起,"他站在那儿回答,"你们搞错了,除了我,房间里没有其他人。"

"是吗?"门口的警察并不相让,"如果这样儿,请允许我们进去核实一下!"

"等一等,"他显然生了气,高声质问,"你们想干什么? 搜查我的房间吗?"

"恐怕是这样儿!"

说话间,一个脸黑得跟包公似的警察闯进屋子,两个穿制服的保安跟在后面。

"怎么回事儿表哥?"不等那黑脸警察发问,我先开了腔。

我这么一说我的那位"表哥"不禁一愣。

"表哥?"黑脸警察看了看他,转过脸冷笑着对我说,"你还真有两下子! 说说……怎么个'表哥'法儿?"

"当然是我表哥啦……"我现想现编,"我的二舅妈是他四姨的堂妹……"

"行啦,别表演啦!"看起来黑脸警察很熟悉这种谎言,他厌恶地挥着手说,"还想蒙我,我一秒钟都不用,就看出你是干什么的! 把身份证拿出来!"

没办法,我只好从小手袋里掏出身份证。

"哼,才十九岁……就学会干这种事儿了,算你不走运,你得跟我们走一趟!"说着,他拽着我就往外拖。我拼命挣扎着,一个劲儿往地上出溜儿,两个保安见状也一齐上阵帮忙。那情形,与其说是警察正在嫖客房间里抓捕一个卖淫女子,更像是屠夫正在羊圈里拉出一只即将被宰杀的小羊。危急关头,我那位"表哥"终于挺身而出!他大声地命令道:

"住手,你们放开她!"

一时间,他们几个愣住了,不由自主地收了手。但那黑警察很快反应过来,从地上捡起帽子,掸了掸后对他说:

"先生,我们正在执行公务!请你自重些,没追究你的问题就不错了……"

"追究我?"我"表哥"正容质询,"追究我什么?"

"哼!追究你什么?别的不提……你是她'表哥'吗?"

我满心以为,他一定会立即承认我这个"表妹",可没想到,看了我一眼之后,他却摇了摇头:

"不是。"

"这不完了嘛,把人带走!"黑脸警察一声令下,两个保安立刻又像屠夫帮凶似的抓住我往外拖。

"等一下!"他从摆在床头柜上的皮包里掏出一份封面上印着警徽的

证件,抬手递给了黑警察。

"怎么……"一看他的证件,黑脸警察立刻改变了态度,转身对两个保安说,"没什么事儿了,你们先出去吧。"

看着两个保安关了门,黑脸警察一屁股坐在了沙发上。

"海南省公安厅国际犯罪侦察处……"他捧着证件一字一句地念着,然后说道,"……还是个办大案子的,我说白处长……您身为一个公安人员,难道不知道……"

"别这儿给我上课了!"黑脸警察的话没说完,就被亮明身份的他打断,"这么说吧,她不是我的表妹,但也绝非是你想象的那种人!"

"噢?"黑脸警察眼珠一转,"刚刚认识了这么一会儿,您就知道她是哪种人啦? 您该不会告诉我……你们早就认识吧?"

"不,时间不长,可我这会儿不打算向你汇报我的私生活,如果你一定要了解,市局陈副局长和我很熟,你可以给他打个电话,你要我把陈局的电话告诉你吗?"

一听这话黑脸警察一时犹豫,看了看我,拉着他出了门。两个人在门外说了些什么,很快他又返回房间。

"看来我得谢谢你……真没想到,你原来是个警察?"当屋里又只剩下我们两个时,我惊魂未定地对他说。

他不以为意地摆摆手,拿起我的身份证边看边问:"你多大了? 我是说,你的实际年龄。"

　　"我十九岁呀，"我熟练地回答，"那上面不是写着呢吗……一九八一年四月二十七号出生……"

　　他摇摇头："你蒙得了他可蒙不了我，这根本就不是你的身份证，他也不仔细看看，这照片上的女孩儿是你吗？"

　　西洋镜被拆穿，我不禁一阵耳热。不等我说什么，他又开了口：

　　"由此看来，有关那'第一次'的说法，也得大打折扣了……"

　　望着他那种带着讥讽的轻蔑神情，我的脸一下子红到脖子根儿。

　　"你怎么能这么说呢！这完全是两回事……"

　　"不不，不必解释，我对此并不十分在意。"

　　"不在意？可这直接牵扯到价钱……"

　　"不要再讲了，老实说，对你说的那件事，我并不怎么感兴趣。"

　　我顿时恼火："那……你刚才为什么还……你什么意思？开玩笑是吗？"

　　"不，我绝没那样想！事实上，我对你印象不错，如果我们谈妥了，我愿意付你那些钱。"说着，他朝我走来，在靠近我的另一只沙发上坐了下来。"不过，我想知道，你是做什么的？"他盯着我问道。

　　"还是免了吧，"我回答说，"我不想谈论这些无关的事，完事之后，我们各走各的，你何必要知道那么多，有这必要吗？"

　　"我认为有，既然你说……这是你的第一次，这对你而言，应该说是一件大事，我想做得有人情味儿一点儿，在做那件事情之前，我们应该相互了解一下。你不这么认为吗?"他注视着我一脸真诚地说。

"好吧……"我叹了口气,"既然你有这个兴趣,我只好从命。我在一家公司上班,已经拿到去加拿大的签证。问题在于,我想尽了办法,可直到现在,连机票钱都还没有着落。我需要钱,起码需要五千美元。我想尽了办法,可这些钱还是没有着落。没办法,我只好……算了,我只想说这些,希望这能满足你的好奇心。至于你,你什么也别告诉我,我不想知道你的任何事。方便的话,我想看看你的现金,然后我们就……"

"等一下,"他忽然没头没脑地问我,"昨晚你在哪儿?"

"昨晚?……我看不出这跟我们现在要做的事有什么联系……"

"不不,这很重要,你告诉我,昨晚……具体地说,是九点至十点,这个时间,你正干什么?"

"我真搞不懂……九点至十点?……八点钟时,我从一个朋友那儿两手空空地出来,然后便在街上闲逛,你说的这段时间,我应该在马路上。"

"马路上?"他又问我,"你的那个朋友住在什么地方?"

"她住在……"我回答他,"她住得那儿有点儿背,离望京不远……你究竟想要干什么?"

"那么,"他没有理会我的话,继续问,"有人能证明你这段时间的行踪吗?"

"……不能,"我摇着头,困惑地说,"可是我实在不明白……"

"你很快就会明白的,可我必须再问你一次,你能肯定……没人证明这一点吗? 我是说,谁都不知道你那时在哪儿吗?"

"当然了,溜了一晚上,没碰上一个认识的人。"

"嗯……这很好,"他满意地点着头,"另外……刚才你说,你还差五千美元?"

"对。"我答道。

"那样的话……"他若有所思地说,"你不是要很辛苦才能挣到这些钱? 除了今夜,你无法再跟人家要八千块了吧?"

"当然,"他的话使我有些懊丧,但我接着说,"不过我依然可以要一千五!"

"这我相信,"再次看了看我,他说,"我可以一次付给你。"

"你说什么?"我大声地反问,"你想把我包了? 可……你打算包我多长时间? 是一个星期,还是……"

"不不……"他拦住了我,"你误会了,尽管……我觉得你很漂亮,可我并不打算享用你太多时间。如果同意的话,今晚你在这儿陪我一夜,明天上午,跟我去一趟市局,然后你就可以拿着钱回家了!"

"有这么好的事儿?"我惊奇地问,跟着又想起了什么,"等一下,你刚才说陪你到市局是什么意思?"

"很简单,跟我进去说明点儿情况。"

他的话刚一出口,我就站了起来:

"不！我不干。"

"八千美元！"他坐在那儿又说了一句。

"什么?"我吃了一惊。

"我说"他重复着，"给你八千美元！"

"一万也不行！"我断然拒绝，拎起我的小手袋朝门口走去。"我不知道你葫芦里卖的是什么药，可我明白，绝没什么好事儿等着我！"

"站住！"他厉声喝道，然后压低声音说，"别以为刚才警察已经走了你就没事了，我同样可以把你抓起来！"

一时间，我僵在了那里，眼泪在眼里打转。

他起身走了过来，把我扶回了房间。待我重新坐在床上之后，他温柔地对我说：

"对不起，原谅我的态度，你仔细听着，明天上午，我带你去市局，去见一个人……就是刚才我对那个黑子说的那位副局长。记住，无论我说什么，你只需回答'是'，或者'对……没错儿'等等，别的事情一概由我解决。明白吗?"

"如果……你跟他说我是个妓女呢?"我擦着眼泪问他。

"那不可能！"此时他已经露出自己的烦恼和急躁，可还是被我的天真逗乐了，他抿着两片性感的厚嘴唇说，"……好吧，反正你总会知道，我告诉你，我遇到了点儿麻烦，想请你帮忙！"

"麻烦?"我不禁一愣，"什么麻烦?"

"你打听那么多干什么？你刚才还说，你什么都不想知道……"

"你说得太对了！那是'刚才'，"我大声地反驳道，"刚才我还不知道要去公安局那种鬼地方！"

"这……倒也是，"他微微叹了口气，接着说道，"不过……你只是帮我证明一下，昨天晚上九点至十点，我和你在一起。当然了，那时我们刚刚认识……"

"可实际上并不是那么回事呀！"我反驳道，不过，马上我就知道自己说了傻话，然后低下了头。忽然，我似乎明白了一切，"……你是想让我做假证？"

"也可以……这么说吧。否则，我干吗给你那么多的钱？"

"是的是的……"我绞着手指问他，"可你不是……警察吗？"对我的问题，他显得有些无奈，于是叹了口气说道：

"警察也有遇到困难的时候。"

"那……实际上你跟谁在一起呢？"

"这个……不是你应该问的问题！"他不耐烦地摆了摆手。

"我当然要问……"我态度坚决，"我想知道自己的风险！"

"风险？你有什么风险？你不是马上就要去加拿大吗？只管走你的，什么风险你也没有！"

"说得也是……"我咬了咬牙，站起身说道，"一万！"

"什么？"

"……我说，"我重复着自己的要求，"我要一万美元！"

有好一会儿，他没有说话，这一瞬间，我曾担心自己提价太高而使我的努力前功尽弃。幸好，他还是点头同意了。

"好吧。"他说。

"明天下午再去！"我又提出了一个要求。

"为什么?"他有些困惑。

"明天上午，你得陪我去趟银行，把钱存进去之后我才能……"

他一下明白了我的意思：

"完全可以理解，那就这么说定了！好吧……你先去洗个澡，等我们……完了之后，我再告诉你具体的问题……"说着，他开始为我解开衬衣的纽扣……

我按住他的双手，然后把嘴贴近他漂亮的鼻子轻声地问他：

"你能不能简单地告诉我，那个跟你过不去的局长，究竟怀疑你什么呢?"

"这个……其实我实在不应该告诉你，可也许你知道了实情，反而会表现得好一些。我认识一个香港人，那家伙是一个毒贩子，本来就该死，况且他竟敢敲诈我！所以我……不不……所以昨天晚上九点半，他被人杀了……你一定要使那个局长相信，昨晚九点至十点，我们正在一起！待会我会告诉你，具体我们在一起的时间和过程。宝贝儿，现在，我什么都告诉了你，你清楚了吗?"

"完全清楚了！"我认真地点着头，然后对他说，"其实你应该早告诉我,那会免去很多麻烦,那么,现在请你闭上眼,我想给你一个惊喜!"说着,我把手伸向裙子的拉锁……

"好了,白处长!"当他睁开双眼、伸出胳膊正准备拥抱我时,忽然像个傻子似的呆在了那里。他的嘴张到最大,眼珠一动不动地盯着我的手。因为,此时我正用一只微型手枪指着他迷人的脸蛋。我尽力控制着呼吸,不使自己过于激动:

"你被捕了!罪名是涉嫌谋杀以及走私贩毒……噢,我得告诉你,在陈局长派我来之前,我一直坐在办公室里整理着各种各样的文件。这是我第一次作为刑警执行任务,也是我第一次用枪指着罪犯,可这丝毫不影响我用它打碎你的脑袋!"

正说着,门开了,我那脸膛黑黑的临时搭档冲了进来。他从腰里掏出一副手铐,把嫌犯紧紧地铐了起来。

2001 年 6 月 18 日初稿
2015 年 9 月 28 日重新修订

墙上怪影

　　　　　　　　一阵嘈杂的脚步声和说
　　　　　　话声打破了走廊的寂静。片
　　　　　　刻,有人敲门。听见那咔咔的
响动,我知道是林登接人回来了。大凡到了这会儿,他总会动作夸张地
用中指关节叩击我门上的不锈钢牌子,以提醒他屁股后头的来客我这里
是院长办公室。

　　"进来。"我说,然后从桌面下拉出键盘,噼噼啪啪地敲起电脑。我并
非真忙到这种程度,只是想让人感觉我很忙,别在我这儿待得过久。

　　门开了,果然是林登。不用看,我也知道他此刻的样子——

　　一只手拽着门把手,另一只手的手掌向上,五指可笑的并拢在一
起——每次向人介绍我,他总是这种姿态。

　　"这位就是我们院长宋博士,专门在未知科学领域里耕耘的科学家。"

　　等他说完了这两句我已经背下来的台词,我把视线从仍在显示
"正在启动"的电脑屏幕移向门口,随即看见门外站着一群人——除
了林登和他那新来的两个助手,还有一男一女。那两位显然是两口子,
女的很漂亮,绝对属于那种一看就让人想入非非的女人,她约莫四十
岁,穿着合体的套裙,拎了个黑色的小包儿;男的是一个小个子,不到
五十的样子,手提一只看上去分量不轻的箱子,消瘦的脸上布满疑云。

　　"他? 是博士?"小个子男人站在门外,一边探着脑袋张望着我的办
公室一边嘟哝着。他的头发精心梳理过,衣着打扮有些过时,西服是十

年前颇为流行的手工纤边儿的那种,衬衣虽不是全新的,可却烫得极其平整,衣领袖口全都无可挑剔,皮鞋锃亮,领带的颜色也挺有品位。看得出,他是个对生活细节非常在意的人。

"怎么,不像吗?"看见他那种不相信的神情,我摘下眼镜,尽可能和颜悦色地说。

"可以讲实话吗?"他上下打量着我。

"当然。"我笑了笑,努力地克制自己不去看那个漂亮女人。

"不像!"他断然否定,"一点儿也不像,黑不溜秋的……怎么跟个老农似的?"

对他说话的口气,漂亮女人立刻向我递过歉意的目光。林登也显得有些不悦:"嗨,先生,请注意你的态度,你怎么能对宋博士有怀疑呢?宋博士可是个大权威,在全国都是数一数二的。去年刚从宾夕法尼亚回来,连英国的《UFO》杂志都发表过他的文章,他还是世界人体自燃研究会的研究员,尼斯湖湖怪学会唯一的亚裔会员,不仅如此,宋博士还是斯坦福大学的客座教授,他还是……"

林登还没有介绍完,小个子的脸上就开始显出崇敬的神态,他连连向我道歉,接着解释,因为发生了许许多多意想不到的事,他现在变得对谁都不信任了。说到这儿,他费力地提着箱子不请自进,隔着书桌坐进一把扶手椅。

"宋博士,"他急切地说,"这件事实在是有点儿怪,无论如何我也解释不了,所以才来北京找你们这些科学家。事情的来龙去脉是这样的……"

"先生先生,"林登打断了他的话,"你坐了一夜的火车,光是从北京站到这儿又至少花了两个半钟头,长途跋涉翻山越岭,你这会儿肯定累了,为什么不先回你的房间休息一下? 别忘了,这件事得花不少时间。"

"是啊,"一听这话,漂亮女人连忙走过来劝他,"咱们先住下,再说宋博士这会儿可能还有别的事情要做。何必那么着急呢?"

"不要紧,我没事儿。"

"可宋博士有事呀……"

"你真的有那么忙吗?"他厌恶地拿掉妻子搭在他肩头的手望着我问,脸上的崇敬之态一时殆尽。

"倒也不是。"我说,抬起一只胳膊用拇指指了指桌上的电脑。"不过白俄罗斯科学院正等着我……"

"可我只需要半个小时……不不,二十五分钟就够了。"

"我说先生……"林登张口想说些什么。

"没关系林教授,"见他这么固执,我只好制止了林登,动作很大地看了看腕上的手表,"还好,我还有一会儿工夫,只不过……噢,你说吧。"

"谢谢了。我尽量简短些,事情的来龙去脉是这样的……对不起,我渴了,能不能先给我点儿水?"

"当然。哦……"我正要起身，林登跑了进来。

"你看你！我来吧。"漂亮女人接了林登手里的纸杯子，来到我身边的饮水机，顿时我便闻到一阵令人愉快的香水味儿。"实在是太打扰了，"她一边接水一边说，"您知道，我丈夫……"

"不要紧。"我连忙转过脸，合情合理地望着她说，"我完全可以理解，做这种工作，经常会遇到……"

"嗯！美兰！你还别说——北京的水的确不错！真的是比大同强多了！"咕咚咚地喝下了半杯水，他对妻子说。"噢，忘了告诉你，我住在大同……大同你知道吗宋博士？"

"知道，"我回答，"在山西。"

"山西的什么地方？"

"应该在……"自前而后地将了将头发，我把手放在了两边的脸颊，"山西的北部吧。"我说，同时飞快地瞟了一眼那个美人儿，我一时懊悔自己今天没有刮胡子。我每天都刮，可偏偏今天……

"确切地说，是在雁门关的北面，所以也称'雁北'，最早叫平城……公元四三九年，太武帝拓跋焘攻克凉州……"

"哎哎，你能不能……"漂亮女人又把自己的手放在丈夫肩头。

"我知道我知道，你不用老提醒我美兰……"再一次把妻子的手拿了下去，"好吧——我暂且放下历史不谈，先说说一些具体的问题吧——你知道大同最出名的东西是什么吗？宋博士？"

　　见他打开了话匣子，林登不由得失去了耐心，掏出香烟和两个助手跑到了外面。

　　"最出名的东西？应该说……是煤……对不对？"我说，跟着殷勤地招呼他妻子，"您也请坐吧。"

　　林登他们出去了，我没了顾忌，乘机放肆地端详着她好看的身段。

　　"煤当然很出名，"他继续冲着我的腮帮子说道，"这里边主要是指无烟煤，是中国最好的，一根火柴就能点着。可我说的不是这个——我说的是古迹，是古迹！你知道大同有个云冈石窟吧？……喂，我在问你哪！……宋博士？"

　　"……啊？"我慌忙扭过脸，"你说什么？"

　　"你看，我就知道你没认真听。云冈石窟你知道不知道？"

　　"云冈石窟？噢……听说过。"

　　"知道是哪个朝的吗？"

　　"你不是说不谈历史吗？"漂亮女人气恼地质问他，随即扭着她的细腰，把自己鼓鼓的胸部的正面交给了我，"实在太抱歉了，我恐怕得告诉您，如果我丈夫谈起这个话题，一定会……"

　　"您过于忧虑了夫人，"我真诚地望着她说，"当然了，我的确很忙，而且……可这会儿真的是没关系，我倒是挺愿意和你们聊聊天儿……"不知不觉，我就把那个"们"字加上了重音。

　　"可你还没有回答我的问题呢宋博士！"她的丈夫毫不放松地追问着。

"我正要告诉你……"不情愿地转过脸,我略略想了片刻,托着下巴回答,"好像是隋唐吧……"

"错!"他坚决地挥了挥手,"差了三百年!我一猜你就不知道,是北魏!北魏你知道吧宋博士?公元四三九年,太武帝拓跋焘攻克凉州……尽徙凉州百姓僧侣及工匠于首都平城……算了,你肯定不了解这些,我早就注意过,凡是死乞白赖往国外跑的人,都不懂中国历史……噢!噢,对不起……我说话是不是太直了?"

"这倒没关系,况且你说得没错儿,上学时我的历史的确很差……"望了望他那令人着迷的妻子,我接着说,"可我看不出……到底这和我们要研究的问题有什么关系……"

"当然有关系,"他肯定地说,"看样子,你对云冈石窟一无所知,这不能不说是天大的遗憾!知道吗——每当我走到那里,站在第三窟……不不,我说得不对,应该是第五窟……没错儿,每当我走到第五窟,站在那高达十七米的大佛坐像底下,都会感到她的伟大,感到那种历史的沧桑,而我们自己,却是那样地渺小,而生命,又是那样的短暂……它真是太让人震撼了,以至于……噢,对不起,我其实要说的,并不是云冈石窟,我要说的是地处大同市中心的华严寺。华严寺……不用问了,华严寺你肯定更不了解,是吧?宋博士?"

"华严寺?"我再次瞟了一眼那女人,诚实地回答说,"的确……不了解。"

　　"你看！我说什么来的美兰！"他冲妻子点点头，又扭过来脸。"告诉你吧，华严寺虽然没有云冈石窟那么出名，可也同样是一处伟大的古迹。它系辽代兴建，分'上华严寺'和'下华严寺'，里边的塑像、壁画、壁藏、平棋、藻井每一样都保存完好。上寺的大雄宝殿是中国现存最大的单体佛教殿宇，殿内塑有金碧辉煌的东、南、西、北、中五方佛；殿壁上绘满了一幅幅令人惊叹的巨幅壁画，这才是上寺；下寺呢？噢！天哪，下寺！一旦你走到下寺大殿前，就会看到写着'薄伽教藏'的门额……哦，这四个字的意思你懂吗？宋博士？"

　　"不懂。"我无奈地摇着头。不必扭过脸，我也能感到他那令人嫉妒的美丽妻子正用同情的目光注视着我。

　　"这个一点都不奇怪，我早就料到了，"他肯定地说，跟着就准确地重复着林登赞誉我时所引用的那些华丽的辞藻，"你是一个'在未知科学领域里耕耘的科学家'，怎么可能知道这些已经存在了一千五百年的东西呢？告诉你吧宋博士，其实这四个字的意思很简单，不光是我，连美兰都知道，只不过告诉你那里是存放佛经的书库。噢！实在是太漂亮了！殿坛中央有三尊大佛，周围有二十八尊塑像，个个衣饰飘带流畅自然，个个神态优美容貌丰满，无不表情生动。是辽代塑像中罕见的精品，甚至可以说是精品中的精品。不光这些——华严寺里边最值得一提的是那尊'合掌露齿菩萨'，那是中国……不不，是全世界发现的唯一一座露着牙的佛像，你真应该去看看宋博士，要知道——她的那种婀娜的身态，不知道倾倒了多少名家！对了,说到名家,宋博士,你总该……知道郭沫若吧?"

"郭沫若?"我机械地重复着,努力跟上他的思路。

"对,郭沫若！宋博士,该不会说,你连郭沫若也不知道吧? 据我所知,那可是你们的老前辈,曾经当过中国科学院的院长!"

"是的是的,应该是在……"我低下头回想。

"一九四九年!"他坚定地说,"一九四九年到一九七八年,郭老是第一任,跟着是方毅,方毅当到八一年;后来是卢嘉锡,哎? 他好像当到八七年吧? 再后来……算了,他们的事就不提了,还是说说郭沫若吧! 咳,其实我要说得也很简单,只是要告诉你,早在二十世纪的五十年代,郭沫若就到过华严寺。除了他,还有一位名家就是周恩来……噢! 这么说不对,周恩来是伟人,不能以名家称呼,那是在……一九七一年,嗯? 是七一年吗? 美兰? 啊? 噢! 没错儿,是七一年,当时的总理周恩来曾陪着当时的法国总统蓬皮杜来大同……哦,你知道他为什么来大同吗?"

"可能是因为周总理……"

"不,不是因为周总理!"

"你没明白我的意思！我其实知道不是因为周总理,"我终于忍不住要反驳他,"我的意思是……是不是周总理认为……"

"不对不对,这跟周总理没关系,这都是因为他父亲!"

"他父亲？你是说周总理的父亲？"

"错啦错啦!"他有些急躁,"我是说蓬皮杜的父亲! 多年以前,蓬皮杜的父亲曾在大同当过传教士……知道吗,我那会儿还在上小学呢……"

"什么?"我又一次拦住了他的话。我一时有点儿把她漂亮的妻子给忘了。"可我看不出你有那么大的岁数呀?"

"这个毫不奇怪,"他得意地说,"不光是你,好多人都看不出,美兰的几个同事都说我还像三十岁的小伙子,实际上,我是属鸡的——到了八月十八号,我就整整四十七啦! 这毫不奇怪……啊? 什么? 噢……噢! 咳,咳! 你理解错了,我不是说蓬皮杜的爸爸那会儿,我是说周恩来陪蓬皮杜来大同的时候,知道吗,那一天,我还去了车站欢迎呢,我亲眼看见了周总理他老人家! 我记得很清楚,那天呀……"

"哎,"漂亮女人终于听不下去了,"简短一些,别离题太远。"她说,同时再一次歉意地朝我看过来。噢! 她的眼睛真是勾人! 我简直就觉得喘不过气来。

"怎么是离题呢? 这明明都是有关系的嘛! 好好儿听着,别老插嘴美兰,你别老站着,去,到沙发上坐一会儿……"他扭着脖子训斥妻子,看着她在沙发上坐了下来,这才转过身,"好吧,还是谈谈华严寺吧……这个华严寺呀,不光有露着牙的菩萨,更重要的是……你看! 美兰一插嘴,我都忘了要说什么了,我是要说……不,噢! 其实,我也不是要跟你说华严寺，我是想跟你说我的家。我的家与华严寺只有一墙之隔——说起来，那也是一座有相当年代的古宅。别误会，我的意思可不是说那座古宅都是我们家的。这是不可能的，我的家可没有那么大的背景……你知道那里边一共住着多少人家吗——光是我住的里院，就有十七户！我考证过，七八年还去大同档案馆查过县志，你绝对想不到，院子同样也有来头，原本也是一座庙，始建于辽会同九年，也就是公元九四六年。只不过，建成还不到一百年就被一场大火烧了个干净。后来虽然几次重建，但却屡建屡毁，除了我在西墙根儿刨出几块残破的瓦块，你几乎看不到任何辽代的东西。后来，一直到……一七八一年，也就是乾隆四十六年——这一年，出了一件大事，乾隆巡幸五台山，在回京的路上驻跸保定，已告老还乡的大臣尹嘉铨为父请谥……"

"我说，"漂亮女人从沙发站了起来，"你难道就不能只说实质问题，不再讲历史？"

"我知道我知道，"他唠叨地说着，"对不起，美兰是个急脾气，一点儿耐心也没有……好吧，好吧，我尽可能简明扼要长话短说——总而言之——即便从乾隆年间算起，我家的房子算不算老房子？你说，宋博士？"

"应该……算。"我说。

"什么叫应该呀？"对我的回答他很不满意，"肯定算！绝对称得上是名副其实！要不然，墙上怎么会屡屡出现怪影呢？"

"怪影？"一听这话，我不由得吃了一惊。

"是啊,怪影!"

"什么怪影?"

"嘿！我说宋博士——怪影就是怪影！什么'什么怪影'！我跑了这么远来找你,可你却说'什么怪影'? 喂,我说……"他四下环顾着我的屋子,"我没找错地方吧?"他这么一说,他的妻子再次站了起来,扭着纤细的腰身走到我和他中间,张嘴想对我说点儿什么。

"当然没有找错,"我冲那漂亮女人摆了摆手,"怎么,没人告诉你我们是什么单位吗?"

"告诉啦,美兰说……你们是中科院的一个分院。"

"完全正确,我们所做的工作就是要研究那些被统称为'怪事'的各种现象。"说话间,我尽力集中精神,不去关注站在眼前的"美兰"那过于丰满的胸部。

"这我相信……喂,美兰,回去坐着,你站在那儿我看不见宋博士！噢,宋博士……我有一事不明——为什么刚才我们来的时候,大门口没有挂牌子呢?"

"牌子? ……哦,是这样……"我解释道,"那种东西在市区有用,在我们这儿没意义,这儿四周都是大山,谁看呀?"

"倒也是,"他若有所思地点了点头,不过仍然有些困惑,"可不知为什么,我一直有种感觉……"

"什么?"

"从我们进了门,你就心不在焉,始终没有认真听我说话。"

"怎么会呢?"我双手一摊,随后又点点头,"……好吧,说实话,我一会儿要去实验室,如果你能简短些……"

"没问题,"他缩在椅子里继续说道,"我尽量简明扼要……是这样,尽管我喜欢历史,可那不是我的专业,我上大学读的是化学,毕业以后,我分到……算了,不说这些了,宋博士,我真是搞不懂,怎么说我也上过大学,是一个有知识的人,怎么会遇到这种既像伪科学又像迷信的事呢?"

"这件事确实有些蹊跷,"我回答说,"或许你身上存在着某种被我们称之为是特异功能的东西,林登教授在这方面是专家,所以他才请你来我们这儿小住,你应该配合他……"

"特异功能?"我的话没说完,他就站了起来,"完全不是那么回事!我到这儿来,可不是让你们研究我,刚才不跟你说了嘛,我是化学系毕业的,所以我……天哪!看起来,你根本不明白!"

"坦率地讲……"

"不不,"拦住我的话头,他又坐了下来,"既然你这么忙,我还是抓紧时间跟你说说具体问题……你知道,一开始,那些怪影很模糊,只是一些人形,看不出是哪朝哪代,每到夜里两三点钟时就会朦朦胧胧地浮现在墙上。每次时间很短,也就几秒钟;加上美兰睡觉死,不等把她叫起来,一个个就消失了,不过后来……"

"对不起我问一下，"我盯着他妻子认真地问，"他常常半夜把您叫起来，是吗？"

"是的，"她回答，"差不多有四个月了，几乎天天，直到……"

"不要老是打断我好不好美兰！"他又一次不满地朝妻子挥了挥手，"我最烦我说话时别人插嘴！我接着说——你知道'几奴尼'吧？宋博士？"

"啊？"对他奇怪的问题，我只好摇头，"不知道。"

"不知道？那……你总该知道'米吐尔'吧？"

"米吐尔？"

"唉！"他叹了口气，"看来也不知道！我说宋博士，你这位专门研究未知科学的科学家，多少也应该了解一些已知科学……怎么跟你说呢宋博士……都是晶体，几奴尼是白色或者浅灰色的，米吐尔一般无色，偶尔也会呈灰色，无论是几奴尼还是米吐尔，都是显影剂的主要药剂。自从在墙上发现了怪影，我就去照相馆买回来这些东西，再加上无水亚硫酸钠和硼砂，我的配方就基本上与'D76'相同了。"

"'D76'？"

"对！D76。"

"你是说……"

"对对对……看来你明白我的意思了！是的，我开始自己配显影剂，不过剂量却大得多，我拿它们刷墙。宋博士，你一定猜到了——显影剂起了作用。知道吗，做这件事可不容易，相当辛苦！不知道是怎么回事,现在商店里根本买不到黑布,我只好买了一大包名叫'直接煮青'的染料,把美兰结婚前的两条裙子给染了,从上个星期三开始,我天天夜里刷墙。你猜怎么着宋博士,真是让人难以置信——和冲洗底片的时间差不多,哦,看样子宋博士没有亲自冲洗过底片,冲洗过吗?没有吧?十五分钟!准极了!每次刷了墙,十五分钟之后那些身着清朝服饰的女人们便会在那面墙上一一浮现,她们个个儿戴着黑地红花的冠,脚底下穿着高底儿的鞋,那些女人你从来没见过宋博士,不是那种由现代女人装扮成的古代女人,是真正的古代女人,她们和现代女人完全不一样,鼻子、眼、嘴,哪儿哪儿都不一样!知道吗宋博士,不光我,美兰也看见了,是不是美兰?"说着,他扭过头,让他的妻子为自己证实。

"他说得没错儿,我的确看见了,不但有清朝的,还有明朝的呢。"他的妻子站起身冲我说道。

"你看,我说什么来着!"

"先生,"林登推门进来,"宋博士的确很忙,实在不能继续接待你了,等住下来之后……"

"不,"他执拗地说,"我正和宋博士说在兴头上,我现在必须听听他对这件事的基本看法……"

"好吧,"我说,"首先我得声明,虽然我是个博士,可你说的这种现象,我只在一本小说里看过,讲的是故宫里发生的一些事,书名好像叫……"

　　"'墙上怪影',"他替我回答,"你说的那本书我也看过,说的就是我碰见的这种事。"

　　"对对,也是说的这个,"我说,"就是……那家伙挺能编的,名字有点儿怪,让人记不住……"

　　"'木每聿'! 多容易记住的名字呀! 可我估计这是他的笔名,至于这位作家的真实姓名我一直都没有考证出来,不过根据小说的故事背景,我认为作家描写的是上一世纪三十年代……你等等,宋博士——我绝不同意你的说法,怎么能说是编呢? 绝对确有其事,否则他根本写不出来! 我看了很多遍,主要的篇章差不多都快背下来了,尤其是那一段儿,写得太精彩了:'当花园里的那些小树上的片片枯叶被一阵秋风纷纷吹落的时候……'噢、噢,对不起,我把你给打断了,你接着说宋博士。"

　　"谢谢,我要说的是——我们现在要讨论的,不是小说而是现实。你刚才说你不愿意让我们研究你……"

　　"根本不是我的问题——我爱人也看见了,你没听见吗宋博士——她甚至还看见了明朝的……"

　　"我当然听见了。如果……这么考虑,可以基本排除你自身的因素。那么只剩下房子的问题了。照说,我应该去大同到你家实地考察,可想必你知道,我们的人员、经费都很有限,很难……"

　　"我知道我知道,这我完全理解,所以我才同意来的,并且给你们带来了这个……"说话间,他低头打开脚边的箱子,从一块包袱皮里吃力地拿出一块潮湿的大砖头。

"看见了吧。"他扬起脸说。

"这是什么?"站在一旁的林登吃了一惊。

"你看呢?"他问林登。

"砖呀!"林登说。

"我当然知道是砖,还有呢?"

"还有?"林登看了看我,"说不上来……真想听听你的高见。"

"哼,你太不善于观察了,宋博士肯定知道,宋博士你说说吧……"

"这个……"我一时有些踌躇。

"宋博士,你一定看见这些跟碱面儿似的东西了吧?"

"看见了,可是……"

"好吧宋博士,要我猜,你应该能看出这不是碱面儿……"

"嗯……我想不是。"

"这就对了,事实上,这是卤化银,是感光剂的主要成分……唉!没办法,女人就是女人,我从墙上刨这块砖时,美兰别提多不愿意了,非说我会把房子弄塌了……宋博士,我的基本猜想是——这块砖,进一步说是这块砖周围的整面墙,含有很高的卤化银,再加上屋子本身光线很暗,使得它数百年来一直像一只巨大的老式相机的后背,只不过不靠镜头,而是以一种我们还不知道的方式记录着一些曾经在这间房子里发生过的情景……"

"我完全同意你精辟的分析,"听了他的发言,愣了一下我才接着说道,"这样吧,你先回房休息,砖我留下,我会尽快把它送到实验室分析……林教授,带先生和太太去客房。"

尽管他还想和我继续讨论,可总算做了让步,最后一次看了看我,终于跟着林登走了。随着他们的离去,走廊里又恢复了先前的寂静。

"卤化银?"我凝视着桌上的砖头咕哝着。

砖的体积很大,十分沉重。我不免有些担心,它会不会把我那用中密度板做的桌子压趴下……

大约过了半个小时,林登回来了,带着那漂亮女人。看见她,我立刻又一阵心跳。

"让您费心了。"她盯着我说。

"哪儿的话,"我有些慌乱,连忙低下了头,"这是我们应该做的。"

"我想问您一件事。"

"噢? 请讲。"

"嗯……算了。"忽然,她的情绪低落了下来,可在我看来,却愈发显得楚楚动人。

"什么事?"我目不转睛地望着她说。

"您不会那样做吧?"

"您……指什么?"我知道她的意思,可还是问了一句。

"给他穿紧身衣?"

　　"这个……"我不想欺骗她，可又想不出如何回答。

　　"对不起夫人，"林登接过话茬儿，"实话说，以你丈夫的现状，完全有可能的……作为病人的家属，您可能并不觉得情况有多严重，实际上他病得相当厉害——幻听幻视的症状全有……不过请您放心，我们是全国一流的私立精神病医院，从来都把病人当作上帝来看待，况且宋院长是个虔诚的基督徒，您完全可以……"

　　林登的话还没有说完，她忽然落下眼泪，捂着脸哭了一阵，哽咽着说："我真是……我真是不知道……我到底……该不该把他送来……"

2004 年 5 月 8 日初稿
2015 年 10 月 12 日重新修订

贾先生的发迹史

星期一早上，我受命采访一位姓贾的个体企业家。据说这位贾先生的创业历程十分传奇，十年前还一文不名，现在名下资产已高达数千万。沿着京顺路行驶了半个小时，我抵达一座高档别墅小区。

当我在大门岗亭前停下车落下车窗时，一名制服花哨得如同意大利元帅的高个子保安走上前来，"咔"地磕了一下两只过膝的高筒靴鞋跟，躬身向我敬礼。得知我是报社记者，要采访贾先生，元帅放下手里的登记簿，说贾先生的秘书昨天已经通知了他们。按下按钮启动了电动大门后，元帅详尽细致地告诉我行车路线，又补充说，贾先生的别墅很好找，不仅样式特殊，在小区独一无二，而且是小区唯一一座带院子的别墅。

驾车在小区马路上走了一阵，我顺利抵达贾先生的豪宅。停好车后，经过两扇巴洛克风格的华丽栅栏门，我来到一扇敞开着的旁门。走进院子后，我在别墅前的草坪上看见一把很大的遮阳伞，之下有一张小桌和几把休闲椅，一个男人坐在一把椅子上，正在阅读一份报纸。

男人五十出头的样子，身材瘦高，头发梳得整整齐齐，身着一件质地考究的白色西装，裤子皮鞋同样都是白色的，一样白色的衬衣上扎着条金黄色的领带，衣领之上是一张富人特有的高傲脸孔。

只看了一眼，我便意识到这位就是贾先生，于是一边掏出名片一边朝他走了过去。

"您好！您是贾先生吧?"

"是啊！你是哪位?"他高高在上地问。

"哦……"我恭恭敬敬地递上名片。

"记者?"看着名片,他疑惑地问,"记者来这儿干什么?"

我一愣,显而易见——他的秘书还没有把采访的事向他汇报。于是我大致把事情说了说,然后指着他放在小桌上的名片问:

"贾先生,我们的报纸,您一定看过吧?"

"嗯。"扫了一眼名片,他点了点头。

"有个版面,就是二十一版,叫'传奇人物',每周一期,您看过吧?"

"偶尔看看。"

"印象怎么样?"

"不怎么样,尤其上礼拜那期,讲了一个穷小子怎么就成了富人。写得很烂,车轱辘话来回说,还老藏着掖着,老是说什么……'这件事我们待会儿再说,我们先说说另外一件事',故弄玄虚,看着费劲,让人很不耐烦。"

"这样啊……"我笑了笑,"谢谢您直率的评价,我们一定设法改进。贾先生,有一点您说得很对,这个栏目主要介绍一些有代表性的个体企业家,让读者了解他们从一个平凡人到一个成功人士的心路历程。我们已经听说了您的极不寻常的创业经历,想让您成为这一栏目下一期主人公,所以……"

"你不用说了,"贾先生挥手打断了我,"说了半天,你就是想了解一下我是如何发迹的,让我给你讲讲我的发迹史,是不是?"

"您这么说也对,"我有些无奈,"可我还是觉得换个说法儿比较好,譬如……"

"算了吧,"贾先生再次打断我,"我对这事儿不感兴趣,你还是……"

"贾先生,"没等他下逐客令,我伸手拦住了他,"我开了两个多小时的车来见您,您不会连坐一下儿都不允许吧?"

"好吧……"他缓下口气,看了看腕上的劳力士手表,"那你就坐一会儿,别太长啊,最多给你一刻钟。"

他限定了时间,但我并没有慌乱。沉稳地拉出一把椅子,我在桌边坐了下来,目光停在他的房子上。

"真漂亮,纯粹的北欧风格。"

"噢? 你去过北欧?"

我点点头,告诉他我去过丹麦、瑞典、挪威等几个北欧国家。一听这话他立刻对我刮目相看,一直板着的脸色也晴朗起来。

"知道吗? 你进来之前,我正坐在这儿欣赏它呢!"贾先生指着房子说,"你说得很对,确实是北欧风格,当初……噢,你恐怕不知道,这座房子,不是开发商设计的,是我的杰作!"

"您的杰作?"我一时惊奇。

"对,从样式到结构,从室外到室内,从房间布局到水路电路,看得到的看不到的,所有一切都是我设计的。"

"这么说,您是……建筑师?"

"嗯,我是一级注册建筑师。"

说到这里,贾先生十分自豪。他告诉我,当年他以总分第二的成绩考上建工大学,毕业后分配到建筑设计院,下海之前,设计过不少大楼,不仅北京,上海、广州、深圳,简而言之全国各地,很多地方都有他的作品。

我想起这位贾先生的相关介绍,上面说,此人文化程度不高,连小学都没念完,现在看来,显然这是一个谬误。

"怎么,你不相信?"见我低头不语,贾先生不满地问。

"不不,我完全相信!"我连忙说,"只是有点儿没想到。"我取出照相机,选着角度为他拍照。"贾先生,我手头儿资料不全,只知道您是个成功的企业家,不知道您还是个高级知识分子!我真是太佩服您了……"

很快,我拍照完毕,又把录音机拿了出来。

"噢!"我假惺惺地说,"我忘了!您说您只给我一刻钟,如果这会儿不方便……"

"没什么不方便,只不过我一会儿得走。"说话间,贾先生弯下腰,从小桌下拽出一只很大的旅行袋。"你看,东西都收拾好了。"

意识到今日的采访要告吹，我有些失落。

"怎么？您这是……要出门？"

"嗯，出趟远门儿。没事儿，倒也不急，反正那小子还没回来。"

"您说谁？"我有些不解，随即便反应过来，"知道了，您是说，您的司机？"

"对，就是那小子，看样子，一时半会儿他还到不了，不管他，我们接着聊。"

"是吗？那真是太感谢您啦！"我又坐了下来，暗自吐出一口气。

"说吧，想知道些什么，你尽管问，"贾先生打开旅行袋，从里面掏出一盒香烟，撕开包装，"抽烟吗？"

"不，谢谢您，"我摆手谢绝，"贾先生，来之前我考虑了，我不打算以问答方式采访您，您随便谈，说什么都行，权当给我讲故事。"说完，我把手伸向录音机，按下录音键。

"好吧，既然这样，那我就给你讲讲我的故事，说说我的发迹史。年轻人，你知道，我是如何发迹的吗？其实很简单，就两个字：'股票'。"

拿出打火机点燃了香烟，贾先生开始了他的讲述：

"事情得从一九八三年讲起，那年我在深圳，设计院派我过去支援特区建设，为正在筹建的一家制鞋厂设计厂房。一天晚上，下班以后我没回宿舍，一个人跑到老街大排档消磨时间。

"当时已经是九月中旬,可深圳还是热得要死,湿乎乎的热气像蒸桑拿一样让人喘不过气来。正当我抱着瓶啤酒回忆北京这会儿已经有多凉快时,忽然有人在我的后背上重重地拍了一巴掌,回头一看,竟然是我的一个高中同学。那家伙已经在深圳干了三年,特区一成立就跑了过去,他乡遇故人,兴奋得不行,天南海北一直跟我聊到夜里两点。

"我困得不行,老想跟他说再见老找不着机会。终于我逮着个空挡儿,站起来跟他告别。那家伙一把按住了我,'别走,正经事儿还没聊呢,'他问我,'你把老婆孩子扔在家里不管,大老远的一个人跑到这儿来,甲方给你多少钱?'

"'一分不给,但管吃管喝。'我说。'现在有个机会,能挣大钱,你有没有兴趣?'他说。'什么机会?'我问他。'有个朋友,'他说,'布吉人,上个月买了十万股原始股股票,现在想出手卖了。'我一听,立刻来了精神。'老板娘!再来两瓶啤酒!多少钱一股?''一块。'那家伙说。'他打算多少钱卖?'我问,心里怦怦跳着。我正琢磨着上哪儿买点儿股票,哪怕加点儿钱也行。'原价,还是一块。'那家伙说。'不是开玩笑吧?'我看了看他,有点儿不相信。'没有,'那家伙说,'他媳妇儿说他疯了,天天跟他打架,逼着他卖了。''行,'我激动得不行,努力克制着,'跟他说,这十万股我要了。'

"不知道你知不知道,深交所是九零年十二月才挂牌开张。应该说,从那时起,中国人才正式开始炒股。可你注意,我刚说了,我俩聊这事儿那会儿,是八三年九月。仅仅两个月前,也就是八三年七月,中国刚刚发行了第一支股票,就是后来的'深宝安'。

"现在说股票谁都知道。可在当时,没多少人明白是怎么回事儿。我就是那'没多少人'里的其中一员。从中国有了股票的那天起,我没事儿就研究那东西。那会儿不像现在,什么事儿不明白上网一查就知道了,那会儿还没有互联网。关于股票的书也很少,一次探家,我在王府井外文书店买了一本英文书,翻着字典看了五遍。不能说全看懂了,只是明白了什么叫'原始股',什么叫'认购',什么叫'上市'等等概念性问题。

"最关键一点——我懂了这玩意儿跟存款到底有什么不同——如果你把一块钱存进银行,按死期算,一年下来你最多变成一块零三分钱;如果这一块钱你买了股票,一年下来,甚至用不了一年,也许就是几个月,或者仅仅几个星期的工夫儿,你这一块有可能变成三块甚至更多……

"于是,跟那家伙敲定之后,第二天我就编了个故事,跟甲方请了假跑回北京。当天晚上,跟老婆共享了'久别'的欢乐之后,心跳还没有完全恢复正常,我就迫不及待地说了股票的事。说到这儿,我得介绍一下我那口子——尽管当时她每个月的工资只有七十六,可她藏在鞋盒子里的存折上却有三万八。在那会儿,这绝对是天文数字。当然了,尽管她节省得恨不得让我和儿子不吃不喝,可这钱仍不是她攒下来的。

"说来话长,我那不曾谋面的已故老岳父成分很高,是个大房产主。东四二条路北的房子有一半儿都是他名下的产业,跟地主同一级别,为这个,'文化大革命'时被抓去游街,让一个女红卫兵一脚从卡车上踹下去跌死了。可那老爷子的独生女,也就是我老婆,却没像他那么惨。

"别看那会儿年纪不大,可我老婆很有政治头脑,早早儿地在胡同里贴出大字报,不但揭发了她爹许许多多鲜为人知的反动思想,还郑重声明:她完全站在革命人民一边,跟她反动老子彻底划清了界限,跟他一刀两断,断绝了父女关系。

"喂,别以为那只是说说,她真是说到做到,甚至烧老爷子的时候都没露脸,到现在,都不知道她爹的骨灰扔哪儿了。尽管如此,这并不影响她继承她爹的遗产。等到文化大革命结束了,政府给她爹落实政策,她还是领了这一大笔房钱……

"第二天早上,我刚一睁眼,就看见她呆坐在椅子上。显然她一宿没睡,两只眼睛肿得像一对儿大核桃,一夜之间就老了好几岁。我抬眼望去,桌上摆着我爱吃的豆浆油条,碗里有两个剥了皮儿的鸡蛋,旁边放着她那张心肝儿般的存折儿。

"'拿去吧。'我老婆哑着嗓子对我说。犹豫了一会儿,她又踩着凳子,把手伸向大立柜顶上……说实话,那一刻真是让人感动——为了支持我,她不但同意我拿走那三万八,连自己辛辛苦苦攒的两千块私房钱也一块儿给了我。

"'我就这些了，'我老婆说，'这是咱俩的全部家当，你就全买了吧。'她并不知道我的野心——尽管手上只有四万块，可我却想把那十万股全吃下来。鉴于还有六万块钱的缺口，我瞒着老婆四处奔走。

"那会儿，人们对钱看得还不像现在那么重，再加上我人缘儿不错，我一张嘴，人家还真都借我了。问题是那会儿谁也没有多少钱，多了借你两千，少了借你几百。我要一说，你可能都不信，我一共跑了二十七家，这才凑齐了那六万……

"回到深圳以后，我一分钟都没休息，拉着我那老同学直奔布吉。却不料那人说他又改了主意。我当时汗就下来了。好在一场虚惊，那人说他不想全卖了，打算自己留下一点儿。跟他媳妇儿商量了好半天，最终他媳妇儿同意他留下一万五千股，把余下的八万五千股按一块钱一股的原价卖给了我……

"说起来，那时有不少人买了原始股。可真正挣了钱的人很少很少，大部分人是，一块钱买了，两块钱就卖了，顶多扛到三四块，就再也坚持不住了。

"就像集邮，想当初，不少人都曾以八分的发行价买了猴票，然后一毛六卖了。我有个邻居，跟我对门儿，曾经整整买了二十版！尽管现在的邮市衰败了，大不如从前，可如果他能留在手里，每版最少也能卖十八万。可他呢，搁在手里没几天就出了手，每版挣了五块钱。到现在，一提此事，我那邻居都恨不得抹脖子……

"实话说，我当时也不知道股市后来能疯狂到那种程度，不过是正好儿撞上一百年都不见得能撞上一回的机遇，再加上我那钢丝绳般的意志和比花岗岩还硬的决心——你知道，我那一块钱一股买的八万五千股股票，我一直绷到什么时候吗……四十七块五！是历史最高峰！也就是人们所说的跳楼价。知道吗，'跳楼'两个字可不是危言耸听，绝对是真事儿，真有人为这个伤心的数字不带降落伞就从国贸顶上飞下来……

"当然，我也不容易，从当初借钱买股票到最后卖了股票挣了钱，那些年我一直举债度日。那些因为信任我而借钱给我的人，无不认为我是一个骗子。但最终，我用实际行动给自己平了反——挣了钱之后，我一分钟也没耽误，按照当初借钱的顺序一个挨一个地去见我那二十七位债主。我不但还了本金，还付给他们比银行牌价高十倍的利息。我的那些仗义朋友们终于舒展开紧锁多年的眉头，他们的夫人们也一个个破涕为笑。最高兴的还是我老婆——在那之后我越来越顺，短短两年，我账上的资金就高达八位数……

"多年以后，每当想起那段让人疯狂的日子，我都会钦佩自己——当所有的人都认为股价会继续上涨，有一分钱都恨不得要花在股市里时，我却冷静地估计了形势，在股市崩盘的前半个月卖掉手上所有的股票，从设在深圳体育馆的'特区证券'大户室里撤了出来，带着大把的钞票飞回了北京……

"就这样，我有钱了，成了富人，于是开始思考如何花钱。首当其冲，我想到了房子。我那时住的是一套单位分的两居室,五十一点三平米。临去深圳时,刚刚装修了一遍,还托关系买了一套罗马尼亚生产的组合柜。可到家以后,我站在屋里四下一看,我那家简直就是贫民窟,你知道我当时对我老婆说什么吗?'走吧,跟我上饭店住几天去!'

"结果,我老婆把我好一顿臭骂,问我是不是有了几个钱就不知道姓什么了。当然,我也并非真的那么想,只是觉得我有那么多的钱,不应该住在那儿,而应该住在一套好房子里。

"其实,那会儿已经有现成的商品房了,价钱也不像现在这么贵,方庄才三千七一平米。可我嫌那些房子小,最重要的一点——从打学了建筑设计,我就有一个梦想——什么时候能住在自己设计的房子里。

"于是,我开始行动。我当时知道,市区周边有一些正在兴建的别墅小区。我一个个跑去考察,经过认真研究,最终选择了这里。我认为这个地方好,主要一点,这里上风上水,是一块福地。

"那时,这个小区刚刚圈了地,还没有开始施工。鉴于我是设计师,开发商最终同意了我要求——房子由我设计,由他们负责施工。那时候,这地方还没有现在这么繁华,还是乡下,小区周围全是庄稼地,颇有一番田园风光。

"提到这房子,可是真不容易。当初画图的时候,我正好得了带状疱疹,就是老百姓说的串腰龙,疼得我死去活来。整整三个月,我每天趴在桌子上画,我老婆在后面给我揉,最后,图我画出来了,可我老婆两只手腕全得了腱鞘炎，一边一个大疙瘩。

"搬到这儿来以后，我和我老婆着实体验了一把富人过的好日子。每天早上，天刚蒙蒙亮，我俩就起了床，两个人穿着舒服的运动鞋，踩着露水在田间小路上漫步。时至今日，每当想起那时，我都认为那是我这辈子度过的一段最美妙的幸福时光……

"然而，好景不长，没过多久，我儿子就出事了……唉，提起儿子，心里真是难受。钱这玩意儿，既是幸福的源泉，又是灾难的祸根。我常常想，要是自己一分钱都没有，该有多好……

"那年，他才十七岁，正在一所不错的寄宿中学读高二。一个星期天，刚刚吃完晚饭，他就急着要回学校复习功课。我让我的司机送他回学校。他正要上车的时候，我追了过去。'说吧儿子，'我问他，'爸爸有钱了，你想要什么？'他先是说什么都不要，后来又犹犹豫豫地说他特别喜欢摩托，但他估计他妈妈不让他骑。

"我拍了拍他的肩膀，告诉他没问题，这个家我说了算，这件事我做主，问他想要辆什么样的。他一下激动起来，说想要辆日本的，本田、铃木、雅马哈都行。'有什么具体要求没有？'我又问。'如果可能的话，'我儿子说，'排量最好大一点儿。'我问他大到什么程度。他说他的梦想是一辆125。我说，'没问题，就这几天，爸爸给你买辆125回来！'

"第二天一早，我没让我的司机送我，自己开车去了西直门外的一家车行。接待我的是一个二十多岁的年轻店员。听说我儿子刚刚上高二，他建议我给儿子买一辆嘉陵 70,说那车经济实惠,车又不大,我儿子骑着安全。

"我摇摇头,告诉他我儿子虽然只有十七岁,可身高一米八,他想要一辆125。说话时,我看中一辆125排量的本田,漂亮极了,而且是电启动,我儿子一定喜欢。没想到那年轻人说,'那车太贵,你还是看看别的吧。'他这么一说我一下儿有点儿拱火儿。'行,这车我不看了,我想看看你们最贵的!'

"说起来这事儿也赖我,那天我没把我的'美洲虎'停在店门口,再加上我老婆坚决反对这件事,一再嘱咐我不许给儿子买,临走我没敢换衣服,只穿了一身已经有点儿旧了的运动衣就出了门。结果,那小子看我不像个有钱人,一点儿没把我放在眼里。'最贵的?'他皱起眉头问我,'最贵的你买得起吗?'

"知道吗,大凡人有钱了以后,最怕别人不知道他有钱了,最恨别人说他没钱。一听这话,我的火儿一下拱到脑瓜顶,猛地一拍桌子,冲那小子大吼:'你说什么? 谁买不起?'顿时,屋里一片寂静,所有人的目光都集中在我身上。

"'不是……'那小子咕哝着,'你知道最贵的多少钱吗?''我用不着知道!'我又一次大吼,'多少钱我都买! 开票吧!'那小子搞不清我说的是真是假,看了看我,跑到里面把经理叫了来。

"经理一路打量着我来到我的跟前,看那样子,他同样没觉出我有多强的经济实力。他指着那辆本田 125 低声对我说,他明白我想给儿子买辆好车,但那辆 125 已经足够好,对于一个高二学生来说,已经到了奢侈的程度。如果我'真有钱',可以买一辆雅马哈 250,那车确实高级,可价钱实在太贵,连购置费加上牌照总共约要四万。那家伙一边说一边冲我挤眉弄眼儿,意思是让我见好就收,免得当众出丑。

"这下儿,我的火气更大了,当即像要打架似的扯着嗓门儿冲他说:'那破玩意儿谁要啊! 我说……你这小铺儿是不是没什么好车呀?'一听这话经理一下儿把脸拉了下来,'您别这么说,好车我们真有,昨天刚到一辆哈雷·戴维森,不算购置费就是二十八万八! 您买吗?'

"说实在的,我这辈子有不少风光的时候,可如果你问我什么时候最风光,那就是那会儿——他的话音儿刚一落地,我立刻当着满屋子的人高声答复了他:'买! 开票!'

"于是,为了赌这一口气,那辆总计高达三十四万的摩托我连看也没看,掏出支票就把那辆车买了下来。直到第二天,那个经理开着大卡车亲自把车送到我家,我才看见那辆车。我当时就倒吸了一口冷气,意识到我犯了个错误——对我儿子来说,这辆车实在太大了。

"经理介绍说,它的重量为二百四十公斤,比我儿子的体重重了四倍,排量是 1250,比 125 大了十倍。送车的人走了以后,没过多一会儿,我老婆提着一兜子菜从早市回来了。一见那车,她一下儿蹦了起来,跳着脚冲我一通吼叫,问我是不是想害死儿子……那天晚上,我老婆整整跟我打了一宿，逼着我让我把车退回去。我说这不可能，我一个男子汉大丈夫，那种丢人的事儿不可能干，就算杀了我这车我也不退……

"没办法，我老婆只好同意把那辆车留下来。但她提了个要求——在儿子十八岁之前，先不告诉儿子给他买了这辆车，把车藏起来，连看都不让他看。我本来就担心这车太大，怕儿子驾驭不了，就答应了她。第二天一早，我俩就把车推进车库，然后从楼上搬下一组书柜挡了个严严实实……

"就这样，我们把那辆车藏了起来，一直藏了三个月。说起来，我儿子真是一个好孩子——尽管我曾答应他给买车，而且还说几天之内就给他买，可他并没有就此追问我，连提都没提一句。一看儿子这么懂事，我心里很不是滋味儿，我老婆也如是。一天，她主动提起这事儿，她对我说，算了，告诉孩子吧，他那么喜欢，就让他看看，先不让他骑就是了……

"周末，把儿子从学校接回来以后，我和我老婆把他领到了车库。我无法形容我儿子见到那车后的兴奋程度！这么说吧，从星期五下午进了家门，到星期一早晨他走，他茶饭不思夜不能寐，不管白天晚上，只要有机会，他就跑去看那车。星期日夜里，我起来上厕所，忽然看见车库亮着灯，到那儿一看，我儿子坐在车边上，抱着膝盖睡着了……

"见儿子这么喜欢，我一边分享儿子的快乐，一边嘱咐他：'儿子，车爸爸给你买了，可你暂时还不能骑，对你来说，这车实在太大了，而且速度太快，闹不好会弄伤你的！怎么着也要等你到了十八岁，到时候爸爸送你去驾驶学校学习一下,等你学会了,有了驾驶证,那会儿你再骑。'我知道我知道,'我儿子一个劲儿地点着头儿,'爸爸,你放心,不到十八岁,我绝不动这车。'

"在接下来的一段日子里,只要到了周末,一从学校回来,我儿子连屋都不进,直接就去了车库。尽管那车一直用苦布苦着,一点儿土都没有,可他还是拿着块小毛巾细细地擦着……看你的岁数,我估计你还没有孩子。我想提醒你,将来,你千万别太相信自己的孩子。

"我曾深信——我儿子是天底下最听话的孩子,无论事情大小,只要我发了话,他绝对照办,绝不会说半个不字,绝对完完全全一丝不苟按我说的去做。比如,我叫他七点至八点写语文作业,八点至九点写数学作业,他绝不会颠倒这个顺序。所以,我对他一百个放心。就因为这一点,我没把车钥匙锁起来。偶尔,还让他发动一下车,让他拧一拧油门儿,听听那种像机关炮似的美妙声响……

"唉!人们总是说什么'人的命,天注定'。可在我儿子这件事上,我却不这样认为,我觉得,我儿子的事儿,全赖我老婆。如果不是她,什么事都出不了……

"那天是星期六,大约下午两点多左右,看完聂卫平和马晓春的一盘棋以后,我躺在沙发上睡着了。被她弄醒时,我正在做梦,我梦见自己又回到上小学那会儿,正跟一个漂亮的女同学在我奶奶家的后院儿幽会……

"关键时刻，让我老婆给打断了。她拿着张报纸、扒拉着我说，'起来起来，燕莎今天大减价，很多东西只有一折！咱俩去看看吧！'

"我跟你说，我最讨厌的事儿就是逛商场，尤其是跟她，买件东西，且磨呢！我问我老婆又打算买什么。她说她想买一条'在家里穿的裙子'。就因为这么一条'在家里穿的裙子'，她把我儿子给害死了！我本来打算带儿子一起去，那也就没事了。可当时他正在写作业，他扬着充满稚气的小脸儿对我俩说：'你们去吧，我还要复习英语呢！'

"知道吗，我刚才说的'别太相信自己的孩子'，就是指这会儿。你想想，一辆三十多万的摩托车放在车库里，他怎么可能有心思复习英语。我们前脚走，我儿子后脚就去了车库。保姆刘嫂事后说，那车非常重，以至于他一个人都放不下车支，还把她喊过去帮忙……

"医院打来电话时，我和我老婆刚进商场。该死的是，我把手机忘在了车上，不然还能跟儿子见上一面。也赖我那司机，就是一会儿要回来的那小子，那小子跟我同宗，也姓贾，那几天他一直缠着我，想认我做干爹。

"可我不喜欢跟谁建立这样一种关系，没答应他。最后他自作主张认我做了他的三叔。至于为什么是'三'叔，我没细问，可能他父亲已经有一个弟弟了吧。总而言之，我那新侄子一接到电话，立刻飞似的冲进商场，一路跑着找我俩，楼上楼下的飞奔了三圈儿才想起来广播，结果把时间耽误了。

"我们赶到医院时,我儿子已经断了气,护士正把他从急救室里推出来。一看他的脸让护士用一条白床单给蒙上了,我老婆一下儿就死了过去。我倒是没晕,就是两条腿没了知觉,怎么也动换不了。我本来一滴眼泪没掉,还一个劲儿地骂他不听话,直到医生把他的临终遗言告诉了我,我才真正意识到儿子死了,撕心裂肺地喊了一声'不',然后便站在那儿号啕大哭……

"据大夫说,自始至终,我儿子的脑子都很清醒。开始他还不知道自己有生命危险,只是担心那车究竟损坏到什么程度,还能不能修好。后来他意识到自己不行了。他对大夫说:'您告诉我爸,我从心里感谢他。不管怎样,那车我骑了,别为我难过,我很幸福……'"

我听得受不了了,眼泪一个劲儿在眼眶里打转,连忙低头跟贾先生要了支烟。为我点上之后,贾先生继续讲述。

"我后来去了我儿子出事儿的地方,那儿离小区大门只有几百米。也就是说,如果我儿子真的曾经'幸福'过,满打满算,他也就幸福了两分钟。那些日子,我白天不吃夜里不睡,终日面壁不言不语。一个多月的工夫儿,我的体重少了三十斤,瘦的只剩一副骨头架子。

"实际上,我那会儿已经精神失常,一天到晚不想别的,满脑子都是那天下午我老婆叫我起来,非让我去商场的情形。我无法排解,一门心思认为我儿子是她给害死了。我老婆也后悔这件事,一遍遍地唠叨要是那天她没看见那张报纸就好了,一次次对我说都赖她。尽管如此,她还是比我现实。

"有一天,她揪着我的手哭着说:'求你了,别这样,他走了,可咱俩还要活下去……'知道我是怎么答复她的吗? 有时候想起来,连自己都不明白,我为什么那么残忍! 我挣脱了她的手,对她吼着:'房子我要,钱你随便拿!'她惊呆了,抽泣着问我:'你……想干什么?'我噌的一下站了起来,走到桌边拉开抽屉,把事先写好的离婚协议书拍在桌上:'我想让你在这上面签字!'"

说到这里,贾先生拿起香烟抽出一支。

"那,您太太呢?"我忍不住插嘴,"她后来……签了吗?"

"签了!"贾先生回答,"整整哭了一个星期,她最终同意和我离婚。车她没要,说我今后做生意还用得着,可算钱的时候她没有丝毫的含糊,说她得要我一半财产,在计算器上仔仔细细算了一通,拿着我的几张存折去了银行……"

"你们……就这么离啦?"我有些不相信地问。

"离了。"

"那……您后来见过她吗?"我一时感慨,又问。

"见过,"点燃了香烟,贾先生说,"一年半以后,我又见了她一次。"

"在哪儿?"

"在哪儿?"贾先生苦笑了一下儿,你绝猜不到——还是在燕莎。当时我就要结婚了,正在那儿给比我小二十岁的未婚妻买婚纱。我老婆……不,应该说我前妻,她当时在通道对面,两个摊位正对着,她离我也就五六米的距离。本来我没看见她,我那会儿正背对着通道,站在那儿等我的新娘子在更衣间里换衣服。就这当儿,一句让我铭心刻骨的话传到我的耳朵里:'我想买一条在家穿的裙子!'我回头一看,她站在那儿,正跟卖衣服的小姑娘说话……"

"那她呢?她看见您了吗?"我关切地问。

"看见了。其实她和我一样,本来她也没有看见我,可就在那会儿,我的新娘子正好从更衣间里走了出来,想让我看看效果,喊了我一声'老贾'。她愣了一下,然后一回头,不但看见我,连我那年轻的新娘子也全看见了。"

"她跟您说话了吗?"

"没有,跟个傻子似的朝我俩看了看,流下一串眼泪就跑了。"

我想象着当时情景,忍不住叹了口气。

"唉!实在是……"我把"悲剧"两个字咽了下去,"那她呢?我是说您那年轻的新娘子,她看见您前妻了吗?"

"看见了。"贾先生淡淡地回答。

"她有什么反应,没跟您说些什么吗?"

"说了,她问我,'那老太太是谁?'"

一听这话,我连连摇头。

"那,后来呢?"我又问,"我是说您有了第二次婚姻以后,您后来过得怎么样?"

"怎么跟你说呢……这么跟你说吧,我这一辈子,就像一部灾难片。电影演到一半的时候,主人公遇到很大的灾难。比方说,地震了,他的房子塌了,曾经十分美好的家园变成一座废墟。他以为这是他一辈子所经历的最大灾难,殊不知,还有更大的灾难等着他。比方说……算了,我就不比方了。总之,我当时就是这样。

"说起我这位第二任妻子,其实我跟她很早就认识。第一次见到她时,她刚刚十八岁,还是个小丫头。我那时还没跟我老婆离婚,我儿子也还活着,一家人过得好好的。

"一天,一个跟我一起在深圳大户室做股票的朋友来了北京,从位于东三环的一家五星饭店给我打了个电话。我过去跟那人喝了杯咖啡。她是咖啡厅服务员。趁我那朋友去一旁接电话的工夫儿,她走了过来,腼腼腆腆地向我问了个好,然后告诉我今天她第一天上班,希望我能支持她一下,办一张贵宾卡。说话时,她一脸忐忑,眼睛里满是期盼。

"于是,我动了恻隐之心,看了看她,掏出我的维萨卡……喂喂,别这么看我好不好?我可不是那种见色起意的人。当然,我承认,她长得不错,个子不是很高,但身条儿很好,该凹进去的就凹进去,该凸出来的就凸出来;模样儿没得挑,标准的鹅蛋脸儿脸型,皮肤特别好,真正的白里透红,鼻子嘴无懈可击,两只眼又黑又大……

"一句话——她很漂亮,称得上是美女。但你别误会,我可不是因为她跟我老婆分的手。尽管我花了五万大洋办了张贵宾卡，可此后三年，我一次没有光顾那家饭店。再次见到她时，我跟我老婆已经离了两年。

"之所以后来我能把这个小女子娶回家，同样是因为我那位曾一起做股票的朋友。那人又一次从深圳来了北京。于是我又一次去那家五星饭店跟他喝咖啡。她那时已经不是咖啡厅的一个小服务员，而是饭店的大堂经理。当时她站在大堂门口，正在为一位VIP客人安排车位。我正好开着我的美洲虎来到她的面前，这才有了跟她的第二次见面……

"尽管对她而言，我并不年轻，可按照她的说法，在她心目中，我仍是一位白马王子。同样，在我心里，她毫无疑问是一个灰姑娘。于是，我们好上了。六个月后，我跟这位灰姑娘在海淀的一座教堂举行了婚礼。

"当我被她挽着手臂踏上红地毯时，我想起我曾结过一次婚，想起我曾有过一个比她小不了几岁的儿子。我无法形容那一刻我的感受，不知道是快乐还是悲伤，只是觉着这一切有些不真实，就好像是在做梦……

"然而，没过多久，确切地说蜜月旅行还没有结束，我便从梦中醒来。我发现我的这位灰姑娘并非像我想象的那么单纯可爱。她其实是一个现实得不能再现实的女人。一天傍晚，我正在三亚一家度假酒店的房间阳台上，一边望着暮色中的大海，一边悠闲地抽着雪茄，忽然她提起

钱的问题,问我到底有多少钱。我据实回答了她,告诉她我手上总共有
六百万。她一下就愣在那里,说结婚前她曾问过我,而我的回答是我有
一千五百万。

"我想了半天也没想起我什么时候这么说过。她提醒我说某次我请
她吃饭时在饭桌上说的。我摇了摇头,说自己当时可能喝多了,然后又
解释,说我确实曾经有这么多,但离婚时被我老婆拿走了将近九百万。
她听了满脸通红,问我为什么给我老婆这么多。我说没办法,我老婆要
我一半财产,算上房子,我应该给她这么多。

"听我这么说她好半天没有吭声,然后便站起来回了屋里。正当我
犹豫要不要跟她解释些什么时,忽然一声怒吼从我身后传来,她站在房
间里跳着脚痛骂我:'骗子!你是个骗子!'她一边骂我一边后悔地对我
说——如果我早告诉她我只有这么一点儿钱,她绝不会嫁给我,早跟一
个叫华莱士的洋鬼子去了苏格兰。

"我要一说你可能不信,我当时一点儿没生气,相反还觉着很对不
起她——她说的是真事儿,那个英国佬我见过,她跟我好上以后,那洋
鬼子还请我吃过一顿饭,他有多少钱我不知道,可我知道他是个伯爵,
自己有一座城堡。如果不是我的出现,她可能已经当上伯爵夫人了。

"我为自己申辩——我并非存心骗她,更何况六百万也不是一个小
数,完全可以保证她一辈子吃穿不愁。但我的话还没说完,就被她打断
了,她又一次朝我吼叫……

"知道吗,我过去一直嫌我老婆……唉,我老是改不过来……我过去一直嫌我前妻嗓门儿大,可跟她相比,那绝对小巫见大巫,根本不算什么。这么跟你说吧,直到今天,她仍是我这辈子见过的嗓门儿最大的女人……

"在那之后,差不多将近半年的时间,她一直不肯原谅我。但最终,她还是接受了现实。说起来,虽然年纪不大,可我的这位灰姑娘绝对称得上胸有大志。认识我之前,无论刮风下雨,她每天都要骑着自行车往返三十公里上班,但她竟然有魄力让我退掉我为她花了四十万定的一辆丰田小跑车。

"在她看来,尽管我手握六百万,但她仍觉得花四十万给她买车实在是太多了,更何况她已经不去饭店上班,还不如拿这些钱做些投资。为此,她介绍我认识了那个曾经在她供职的饭店里包房的香港人。但她不知道,那个香港人是个国际大骗子。

"说起这件事,其实还是赖我——我跟那小子见了面,没有觉出任何问题。我总觉得,一个戴着价值四十万的钻石手表、住在两千块钱一晚上的套间里的人,怎么可能是骗子呢?结果,一下子被骗去了一大笔钱,别说买一辆丰田小跑车,买一辆奔驰600都富富有余……

"吃了这次亏,我有一种感觉——香港人、台湾人差不多都是骗子。在我看来,与这些人相比,还是内地人比较牢靠。不久以后,我去了趟延安,希望在那个贫困地区做些投资。可没想到,那里的人对我并不信任,听说我要给他们投钱,总觉得我居心叵测,一定有什么不可告人的目的,一个个把我拒之门外……

"我很失望,可还是理解他们的心理。显然我在他们心目中,跟那些香港人、台湾人在我心目中的形象差不多。生意没谈成,我南下去了西安,想看看那被称之为世界第八大奇迹的兵马俑。一方面是想放松一下,另一方面也可以认真思考一下自己的下一步。令我想不到的是,当我踏上开往西安的火车时,我人生的下一幕悲剧即将开始上演……

"我常常费尽心思去想,究竟什么叫'命运'?我百思不得其解。我怎么也想不通,为什么就那么巧——我偏偏上了那趟车,偏偏和一个厄运之神坐在一起。

"和我一样,我的这位煞星也是在富县上的车,我刚找到座位,他就过来了,脸对脸地坐在我的对面,他看上去六十岁的光景,可后来一聊,才知道他刚刚五十。他个子很高,差不多有一米八五,有些驼背,很瘦很瘦,满头灰发,一张典型陕西人的脸。我当时正在看一本有关兵马俑的画册,他的脸酷似里面一个半跪的武士。一瞬间我竟觉得,我已经不必去看兵马俑,只看他就行了。

"当时,他穿着一件旧衬衣,领口已经破了,胸前还有洗不掉的污渍,口袋里放着当地产的便宜香烟,感觉上就像一个农村小学教师,从头到脚哪儿也看不出是一个领导着八百多工人的国营地板厂厂长。

"上车前我在一个小摊上吃了一碗凉皮,火车刚一开我就不行了,胃疼得我直冒汗。问清了原因，这位厂长递给我两个黑乎乎的药丸子。吃了以后，我顿时轻松了许多。说实话，那时的我心里对他只有感谢，一点儿也没意识到那两个药丸子会给我带来什么样的灾难。

"我们相互做了介绍。谈到自己，我没有多说，只是告诉他我是一个提前退休的工程师。得知这位厂长姓刘，我便称他刘厂长。

"刘厂长告诉我，他刚刚去延安开了个会，现在正返回西安。刘厂长历史知识渊博，看见我手里的兵马俑手册，先是和我聊起秦始皇，然后又追溯整个中国历史，从夏商周到春秋战国，从先秦两汉到三国两晋，从南北朝到五代十国……

"火车即将抵达咸阳时，刘厂长正在讲隋朝。我已经听的脑袋发胀。一个当口，列车员提着只白铁壶赶来，他这才停下来拿出自己的罐头瓶续水。趁此机会，我连忙岔开话题，结果引火烧身。到现在我都还在后悔，还不如不吭声，听他继续说下去，让他把唐宋元明清完整讲完……

"鉴于他是一位厂长，我随口问起他的工厂。刘厂长立刻兴奋，他告诉我，他的工厂是个有着五十年光辉历史的老厂，曾经把所制造的地板铺到北京钓鱼台国宾馆。现在，他正准备扩大生产规模。

"听他这么说我提起市场，问他对市场需求是否做过调查。刘厂长立刻肯定，说他已经认真考察，按他得到的数据，相比三年前，目前实木地板的需求量至少增加了十三点五倍。于是他打算建造烘干车间，那样的话，产值最少要翻上三番……

　　"说到这里,刘厂长叹了口气,说他现在万事俱备,只欠东风。他说的'东风'就是资金。刘厂长解释说——原本他已经跟银行谈好,他甚至都答应给那个信贷员百分之三的回扣。可没想到国务院'紧缩银根'的精神下来了,他一分贷款没拿到,还白白损失了几千块饭钱……

　　"一听这话,我不由得动了心思。火车开进西安火车站时,我跟他要了张名片,说如果时间允许,我想去他的工厂参观一下。说这话时,我以为遇上一个难得的机遇,绝没有想到自己将要上贼船……

　　"第二天,我没去看兵马俑,直接让出租车司机把我送到了他那离市区七公里的工厂。当时,那位刘厂长正在给各车间主任们开会。大约过了半个小时,他打发掉属下,陪我在工厂里转悠起来……

　　"我们四下走着,所到之处,无不干干净净、整整齐齐。院子里开满了鲜花,还有假山、小桥、流水……我这个人啊,极其爱从事物的表面判断其内部的实质。比如……就说你吧——你刚才刚一过来,我就注意到你脚上雪白的袜子,从这一点我就可以断定——你有一个贤惠的妻子,她很爱你,对你照顾得无微不至……你看,我说对了吧!

　　"实践证明——我的这种判断方式大多是正确的。但这一次,我却实实在在上了个大当——尽管那些鲜花枝繁叶茂,院子里一派欣欣向荣的景象,可实际上,这个企业已然是病入膏肓——设备陈旧、产品老化、没有一个得力的销售班子、退休人员太多、企业包袱过重以及历史上遗留下来的种种问题……

"总之，这些问题那位刘厂长一点儿也没告诉我，只是说他的工厂守着秦岭，有着丰富的木材资源，加之当前的大好市场，如果有人投资，前景一片光明。

"于是，我就这样上了钩儿。我对他说——我愿意给他投资，和他一起完成他的远大抱负。足足有一刻钟，刘厂长都认为我在跟他开玩笑。听了我的具体想法，明白我是认真的以后，他好一阵没说话，一言不发地坐在台阶上……

"唉！如果我再聪明一些的话，就应该看出——他那时正在考虑，是否要把我拖下泥坑！但事后他向我解释，之所以接受了我的建议是出于两点：一、他当时觉得，也许我充足的资金注入，可以像强心剂一样激活他垂死的工厂；二、他从我刚毅的脸上得到了信心，认定我是一个能力极强的人，说不定能让他的企业起死回生。于是，他站起身，伸出干枯的手臂，使劲地和我握了握手！

"如果你以为，仅凭一个上午的了解，我就匆忙做了决定，那我也未免太轻率了。在那之后，我做了很多工作。首先，我接见了全体领导班子，聆听了他们对企业现状及未来的看法。然后，我又几次会晤总会计师，仔细询问了工厂当前的财务状况。

"这当中，我调阅了工厂两年来的工资总额、税务报表、年度损益表等等，我还去了相关部门核实了工厂的固定资产评估，诸如此类的工作我做了很多很多，可以说，该做的都做了，该了解的都了解了。从抵达西安那天算起,在之后的三个星期里,我哪儿也没去,认认真真地对工厂做了全面的考察。

"确信没有任何疑问之后,我怀揣一颗激动的心回了北京。我走进家门时保姆正把午饭端上饭桌,我一边吃一边把投资这家地板厂的事告诉我的那位灰姑娘,毕竟她现在是我的妻子,而且是我唯一的家人,我必须征求她的意见。

"鉴于上一次犯了重大错误,致使我蒙受重大损失,她不敢贸然表达自己的观点,生怕再一次把我引向歧途。当时她十分纠结,一方面认为这是一个机会,另一方面又觉得有风险。围绕是否做这次投资,我俩一直坐在餐厅讨论,从午饭到晚饭,然后又吃夜宵……

"最后,她犹犹豫豫地说:'……起码,他们是国营企业,总不会骗咱们吧?'就因为她这一句话,我彻底打消了顾虑,仅仅两周以后,我便在西安一家四星级酒店和刘厂长签了投资协议。他的工厂更名为'西北木业有限公司',他的职称由厂长升为总经理,而我则出任该公司董事长。

"唉!说起来,其实我知道,正如我那位灰姑娘所说,这件事可能不会那么顺利,很有可能会出现什么意想不到的问题。为此我做了充分思想准备,但之后发生的事仍让我始料不及。我走马上任还不到半年,我那个由厂长改任总经理的旅伴忽然病倒了,一查是肺癌,仅仅二十八天就死在了医院里。

"临终前,他用自己干柴似的手拉着我说,他这辈子对得起任何人,唯独对不起我。这一点,他重复了无数次,弥留之际依然在那儿喃喃自语。那一刻,我泪流满面,陷入深深的悲痛之中。然而,他死了没多久,我便明白了他为什么说他对不起我,明白了这句话的深刻含义……

"先是,新来的总会计师告诉我,以前的账目有很大的问题,很多数字都不真实;接着,尽管我按已故总经理的意愿,投资一百八十万建了烘干车间,可销售科长还是苦着脸走进我的办公室,说我们的地板质量仍然有问题,绝大部分销售商都退了货……

"再后来,鉴于我开了两个上班时间睡大觉的小子,全厂的工人都起来罢工。那天,要不是我跑得快,非让那几个打了不可。最可气的是——有个小子砸着我的汽车玻璃骂道,'我爸爸说了,你他妈的×的比解放前的资本家还狠!他当年也在班上睡过觉,人家资本家只扣了半个月的工资,可你他妈的×的为这点儿事儿砸了我们的饭碗……'

"唉!什么都让我赶上了,当时正值一个旅游节,西安所有的星级饭店都客满。没办法,我只好躲进小雁塔附近一家脏兮兮的小旅馆。我住的那间屋子连个门锁都没有,为了防身,我跑到隔壁卖旅游纪念品的小铺买了一把不大的蒙古刀。

"当天晚上,我在马路对面的小摊儿上喝了整整一瓶白酒,然后便搂着一个胖胖的妓女回了房间。那一夜,我什么都不知道,只隐约记得,那个胖女人一个劲儿地翻我的钱包……

"第二天一早,我被人粗鲁地捅醒了。说起来,我实在是有点儿哭笑不得——尽管我被铁锹和棒子包围之时,我一个公安人员都没见着,可这会儿,我却发现屋里来了四五个警察。其中,一个年轻的小伙子正用一支手枪指着我的鼻子,我很快看见,那个妓女赤身躺在地上,胸口上插着我那把蒙古刀……

"于是,作为一个涉嫌杀人的嫌疑犯,我进了大牢。我的那位灰姑娘闻讯前来西安探监。隔着一扇坚固的铁栅栏,我俩见了面。她那时已经有了八个月的身孕,一手抱着肚子,一手拿着块手绢不停地擦着眼泪,脸上全是蝴蝶斑,花得没一块干净地儿。我告诉她,虽然还没判,但我已经没希望了。她哭着说,她已经做了 B 超,是个男孩儿,我就要有儿子了。

"一听这话,我一下儿不行了,也跟着她哭了起来,一边哭一边对她说,将来儿子长大了,千万别给他买摩托车……

"她在西安的那几天,我办了两件事,一是跟她离了婚,二是写了一份书面声明,把这座房子和我名下的全部财产,包括我那辆'美洲虎',通通过户到她名下。

"当时,我那司机也在场,就是刚才提到的非认我当他三叔的那小子,为了照顾他三婶儿,那小子也去了西安。他当时站在一旁,也在那儿一个劲儿地掉眼泪。那一刻,我真恨不得他是我的亲侄子!我对他说,'先别急着搞对象,照顾两年你三婶儿再说……'

"三年后……也就是今年四月,警方抓住了真正的凶手,我终于得以昭雪。我当时恨不得飞着回家,可出狱之后,我还是耐着性子,先去了我的企业。没想到,映入眼帘的,是满院子的荒草,一把生了锈的大锁挂在大门上。看门人告诉我,在我入狱一年之后,工厂就倒闭了……

"怀着沉重的心情,我回到北京。由于早已对自己失去信心,从那次分别之后,我再没给我那位灰姑娘写过信。再加上我后来转了监狱,她也不知道我的下落,我们一直没有联系。为了给她一个惊喜,我耐着性子没给她打电话。在北京站的一个小亭子里,我给我那没见过面儿的儿子买了只毛茸茸的小狗熊。然后打了个车,兴冲冲地回了家……"

我正听得入神,贾先生忽然收住了话头,重新点燃了早已熄灭的香烟以后,把目光投向我。

"怎么样年轻人?"贾先生问道,"讲了这么半天了,我的故事还算精彩吧?"

"啊? 哦……"我不知该如何回答,"当然! 可您还没有讲完,我很期待,很想知道后来又发生了什么。"

"没问题,可我想先问你一件事……"说话时,贾先生的表情有些古怪。

"您说。"

"你觉得……我是个缺德的人吗?"

"您这话从哪儿说起?"我一时不知所以。

"不不,"贾先生固执地说,"你一定要回答我,最近我老想这事,可一直没有答案。"

"当然不是,"我立刻否定。"说实话……您的故事已经把我搞晕了,和我之前掌握的情况有很大不同,我简直……这样吧贾先生,我的感受待会儿再说,我现在很急切,很想听您把后面的事讲完……"

"当然,到了这会儿,你不听都不行了……"

狠命地吸了一口香烟,贾先生指了指别墅大门继续讲述:

"……那天,我回来的那会儿,跟你刚才进来的时间差不多,不过那天的太阳特别温暖,我的那位灰姑娘正坐在这儿沐浴着春天的阳光。

"一见我,她噌的就跳了起来,仿佛见了鬼一般。当时刘嫂也在场,正拿着水管子给草坪浇水。她一样很吃惊,一下儿就捂住了嘴。这我完全能理解——按常理,我早就给枪毙了。这样一个人,谁看见都会大吃一惊。

"我知道自己很脏,冲我的灰姑娘笑了笑,没过去拥抱她。但我告诉她,我平反了,出来了,而不是一个越狱的逃犯。为了说明这一点,我远远地掏出我的《释放证明》。可她似乎不相信,不相信这是真的,就那么站在那儿,一动不动,像个傻子似的看着我……

"就在这时,我看见自己手中的小狗熊,急忙问她:'儿子在哪儿?'一听这话,刘嫂一下扔了水管子,撒腿就往屋里跑。我那灰姑娘好一阵没有吭声,就好像不明白我在说什么。我正想再问她一句,忽然她反过闷儿来,抱着脸放声大哭。

"一边哭,她一边告诉我,尽管我那儿子生下来有八斤七两,但她不得不放弃那个大胖小子。听她哽哽咽咽说了半天,我终于明白了是怎么回事。就像人们骂的那样……唉!我还是要跟你说说有关'缺德'的事儿,你知道以前人们是怎么骂一个人缺德的吗?看来,我还得提醒提醒你……那时总是那样骂,说什么'你这个缺德的,将来生个孩子也没……'我实在说不出口!你明白了吗?……不明白?看来是你太年轻的过!那好,我告诉你,老话儿说,人不能太缺德,否则,生个孩子也没屁眼儿!懂了吗?"

贾先生还没说完,忽然把话停了下来,两眼朝大门望去。我回头一看,一辆黑色的奔驰轿车正朝院子大门驶来。

车到了门口,一个二十几岁的司机在车上按了一下遥控器,两扇铁栅栏便自动缓缓而开,奔驰径直地停在了我们的身旁。之后,从车上下来一个四十多岁、弯背弓腰的瘦子。

"您是报社的记者吧?"瘦子摘下墨镜,向我伸出双手,"抱歉抱歉,不好意思不好意思……我是贾先生的秘书,让您久等了!"说着,他扭过身,不高兴地看着贾先生——

"你怎么……还在这儿?"

说话时那瘦子一副鄙夷之态,全然倒置了主仆关系。我一时困惑,不知是怎么回事。

"噢,是这样,"我接过话茬儿说,"我已经跟贾先生谈了半天了……"

"什么?"瘦子一脸奇怪的表情,四下望了一下儿,忽然,他似明白了什么。

"咳!您弄错啦!"他指着贾先生大声说,"这个人确实姓贾,可他并不是贾先生。贾先生这会儿在燕莎呢。今儿那儿内衣全场大甩卖,贾先生正陪着贾太太在那儿逛呢,等不了多一会儿就回来。"

说话间,瘦子转过身,皱着眉头嗔怪贾先生,"喂!我说,你不是说今天早上就走吗?怎么还待在这儿?"

"哦……"贾先生正想解释,瘦子的手机响了。

"不好意思……"瘦子冲我扬了扬手机,转身走去一旁听电话。"喂?……噢!贾先生……对,记者已经来了……"

"怎么样年轻人?你现在明白了吗?"见我一头雾水,贾先生问我,俯身从脚边提起那只旅行袋。

"不,"我连连摇头,到了这会儿,我已经完全糊涂了。"一点儿不明白!"

"好吧,我来给你解释一下……"将旅行袋左肩右斜地背在身上后,贾先生对我说,"是这样……我的妻子……不,不对,应该说是前妻……不行,这么说也不对,应该说是我的第二位前妻,也就是我一直跟你说的那位灰姑娘,她后来嫁给了我的司机,就是那位想认我当他干爹没认成,于是退而求其次,认我当了他三叔的那小子。换句话说——就是那位跟我同姓贾的干侄子，那小子后来娶了他三婶儿。所以，现如今他是贾先生，你明白了吗？”

2001 年 6 月 15 日初稿
2015 年 11 月 3 日重新修订

生日

按妈妈的说法,今年的春天比往年来得早,起码早了四十天。才刚三月,楼下那棵叫不上名字的树就开花了。这样的事我以前根本不在意,对我来说,那棵树什么时候开花我都无所谓,早几天开晚几天没什么区别。可今天不一样,今天是我的生日,我十三岁的生日。这一下就不同寻常了。更不寻常的是,今晚爸爸要回来。

这件事我本来不会知道。平常我都是在自己的房间睡,可昨晚没有,昨晚我睡在妈妈的房间里。夜里爸爸突然打来电话。妈妈以为我睡着了。其实没有,我全听见了,听得清清楚楚。爸爸在电话里说,他一直记着今天是我的生日,还说他已经四年没见我了,无论如何要回来,亲自祝我生日快乐。当时一听,我真是激动,都快激动死了。

妈妈跟爸爸聊了好半天,还告诉他那树早早开了花。爸爸说,这是好兆,说明一切都会平安无事。我当然也希望如此。唯独,我不知道那是棵什么树,其实那树的名字对门罗爷爷告诉过我,可我没记住。今天看见那棵树开花了,我又跑去问,可敲了半天也没人开门。刚想回房里,六层古奶奶正好上来,她告诉我,罗爷爷不在家,犯了心脏病,住院了。听古奶奶这么说,我真的是很难过。

"是吗,那他不要紧的吧古奶奶?"

"咳,罗爷爷都八十多了,怎么会不要紧呢?"说着,古奶奶扶着楼梯一边喘一边问我，"你妈呢?"

"她今天加班，去快餐店了。"我回答。

"唉，这大星期天的，又把你一个人扔在家里……"她唠叨着继续爬楼。我转身刚拉开门，古奶奶忽然又问，"你爸爸……一直没消息?"

"啊?"因为要说瞎话，我的脸一下子红了，"没有……一点儿也没有。"

"是吗?"古奶奶看着我又叹息道，"唉，多好的闺女啊! 你爸也真是……"

看着古奶奶一步步上了楼，我开门进了屋。刚关上门，我就坐在椅子上哭了起来。为什么呢，为了我、我妈妈，还有我爸爸。说起来，我们家真够倒霉的，事情就发生在我过十岁生日的那一天。和今天一样，那天也是星期日。我记得很清楚，那天早上，已经快九点了，我们都还没起床，三个人躺在床上折腾，我躺在爸爸妈妈中间跟他俩闹着。

爸爸的脾气特别好。我特爱揪他耳朵，揪得他特疼，我还爱掐他，不是轻轻掐，是使劲儿掐，把他胳膊掐得青一块紫一块的。还有一次，我一下拔了他好几根头发，给他疼的，抱着脑袋哎哟了好半天。即便那样，他也不跟我发火。除了那天。

其实，那天也不是因为我，是因为那个电话。那个电话是我先接的，是一个陌生阿姨打来的，她口气很急，也不告诉我她是谁。

接了那个电话，爸爸就慌了，可我不知道，还抱着他的腿死死不放，非要他再跟我玩儿一会儿。爸爸急了,一脚把我踹到地上。妈妈也傻了,站在一旁一动不动,呆呆地看着爸爸急急忙忙地收拾东西。

爸爸没走多一会儿,楼下就传来了警车的声音。来了好多警察,他们没有抓到爸爸,可是却把我们家翻了个底儿朝天,连我的房间也没放过。后来妈妈告诉我,警察认为爸爸是贪污犯,拿了公司一大笔钱。

这件事传得很快,第二天同学就全知道了。早上我去上学,刚刚走到教室门口,就听见他们在里面议论爸爸。看见我,他们立刻就停了下来,谁也不说话,一个个瞪着眼睛盯着我看。那种眼神,就像看一个怪物,好像我是火星人。

好长一段时间,同学们都躲着我。连跟我同桌的周茵也不跟我说话了,谁也不理我,要不是海老师把他们狠狠批评一顿,我肯定被孤立死了。我最困难的时候,只有王珏一个人还跟我好,别看她小小的个子,看着就像个还没上学的小娃娃。可她心眼儿特别好,只要我一难过,她就会用她的两只胖乎乎的小手摸着我的脸,瞪着一双大眼睛对我说:

"甭理他们,你爸爸一定是被冤枉的!"

开始,妈妈也是这么认为,妈妈有她的依据。

"那些钱他肯定没拿,他要拿了,总得藏在哪儿吧,可警察把家里都翻遍了,什么也没找到。"妈妈这么跟姥姥说。

"那他要搁他办公室了呢?"姥姥反问妈妈。

"办公室也翻了,警察跟我说了,还拐弯抹角问我,是不是我帮他把钱藏在什么地方。"妈妈说。

"那他为什么要跑呢？临走他怎么跟你说的？怎么跟你解释的?"姥姥又问。

"情况紧急他来不及解释，只是说他是冤枉的，不跑就得去坐牢。"妈妈说。

"那后来呢，你俩不是通过电话吗，他后来跟你解释没有?"姥姥又问。

"也没有，他说事情有点儿复杂，电话里说不清，什么时候他回来了，他当面跟我解释。"妈妈又说。

那会儿妈妈特别相信爸爸，可后来就不相信了。后来妈妈也怀疑起了爸爸。这主要是因为妈妈知道了一件事——爸爸有一个女朋友。

要说起来，这件事还得怪小姨，是小姨把那个阿姨介绍给了爸爸。可小姨跟妈妈说，她那么做只是为了给爸爸找一个客户，没想到爸爸让那个阿姨给迷上了。有一天小姨来了，坐在客厅和妈妈说到半夜。她们一直很小声，但有一次小姨的声音很大，她说：

"他肯定是拿了！要不然，王丽华哪儿来的钱买本田呀?"

这是我第一次听见这个名字，就是因为这个叫王丽华的阿姨，爸爸和妈妈的关系糟透了，以前爸爸一来电话，妈妈就难过得不成，每次都要哭半天，总是说她不知道该怎么办。

"去自首吧！既然你是冤枉的，事实终究会搞清楚的。"妈妈这样劝爸爸。

"不行啊！很多事我说不清,要是自首,我肯定得坐牢,可是我害怕,真的很害怕,一天牢我也坐不了!"爸爸这样说。

爸爸这么一说妈妈又哭了起来。她跟爸爸说:"既然这样那你再躲一段时间吧,你身体不好,真要判了刑,你肯定就死在里头了!"

可是,自从知道了王丽华阿姨的事以后,妈妈一下变了。后来爸爸再来电话,她再也不哭了,每次都很冷淡,简直冷淡极了,只是在那儿说:

"噢,噢,嗯,嗯。"

要不就是:"是吗。是吗。"

老是这样,她再也不问爸爸现在在哪儿了,也不关心他身体怎么样,胃病是不是好了些,有没有按时吃药,天这么冷感冒了没,带走的那些钱够不够花,等等这种让人感到很温暖的话。

我非常想念爸爸,常常在梦里见到他。有一次我梦见他住在天上,就像我在《天空之城》里看见的那样,爸爸身后有一座座连接在一起的城堡,还有一片片绿绿的草地,全都漂浮在一朵朵白色的云彩上。只不过爸爸非常寂寞,除了一个不会说话的大机器人,那上面再也没有其他人。就像茜达一样,我跟着巴兹一起乘坐海盗们的那种奇怪飞行器去看望他。我看见他的时候,他正和那个大机器人一起在城堡底下修剪一棵果树。我当时又激动又难过,我扑到他的怀里哭着说:

"回来吧,爸爸!"

可爸爸却没有什么反应，好像没听见我的话，盯着我看了看，然后说：

"多可爱的小姑娘，你是谁呀？"

"啊？你不认得我啦？"噢！我真的是急死了。

"怎么，我认识你吗？哦……听见你的声音我倒是好像想起了什么，你刚才管我叫爸爸？为什么？"

就在我正要向爸爸解释时，那座城堡忽然就倒塌了，然后爸爸就不见了踪影……

第二天醒来以后，我把我的梦告诉了妈妈。她听了半天没说话。没过几天，爸爸又打来电话，妈妈跟爸爸讲了我的梦。从那以后，妈妈对爸爸的态度好了很多，看见他们关系好转，我的心情也快乐起来。

不过这只是很短的一段时间，后来妈妈态度又变回去了，对爸爸还是那么冷淡。今天她明知道爸爸要回来，可还是上班去了。她解释说，找到这份工作不容易，不能为见爸爸一面冒丢掉饭碗的风险。

妈妈说得很认真，可我并不相信。我心里很明白——妈妈不愿意再见爸爸。这都怪那个老是往身上喷香水的网球教练，一想起那家伙我就恨得要死，鬼才知道妈妈是怎么和他认识的。从去年五一开始，那人有事没事就往我家跑，屁股还特沉，一坐就是一晚上。妈妈也不轰他，还老让我先睡觉。我真的怀疑，有几次他是不是在妈妈房间里过的夜。

我听见有人敲门。我高兴极了，以为一定是爸爸，没想到看见一个从没见过的阿姨。

"嗨,你好!"

这个阿姨隔着防盗门栅栏对我说。她个子很高,瘦瘦的,穿了一条紫色的连衣裙,外面套着一件漂亮的红格子长大衣,手拿一只精致的女式手提包。

"您找谁?"我很失望,强打精神问她。

"你爸爸。"她小声说。

她这么一说我一愣——爸爸已经走了四年了,他的事谁都知道,怎么还有人找他。我心里很奇怪,但也没多想。

"我爸爸不在家,去外地了。"我对她说,伸手打算关门。

她拦住了我,又说:

"这我知道,可今天晚上他要回来,对吧?"

"啊?"我吃了一惊,不知道她是怎么知道的,"哦……对,可……您是谁呀?"

"怎么跟你说呢……"她有些犹豫,看了看我,然后说,"就算是……他的……朋友吧。"

一听见"朋友"两个字,我立刻就知道她是谁了。不用说,一定就是那个"王丽华"。要不,怎么爸爸刚说回来,她就到了呢?

说实话,这个阿姨的出现真让我气得不行——都是因为爸爸有她这样一个"朋友",我们家才会变成这样!我本来不打算给她开门,可转念一想，又有点儿原谅她——这个叫王丽华的阿姨其实也是个好人，要不是她给爸爸打了电话，爸爸早就让警察给抓起来了。为这个，我还是应该感激她。

虽然这么想，我并没有太冒失，决定给妈妈打个电话。

"……那个，您等一下。"我礼貌地对她说。

刚刚走进我的房间，电话就响了起来，正好是妈妈打来的。我赶紧告诉她这件事。

"妈妈！"我压低了嗓子，贴着电话对妈妈说，"来了个阿姨，我知道她是谁，肯定就是那个王丽华！"

"王丽华？"显然我的话让妈妈感到意外。愣了一下她又说，"这件事……你是怎么知道的呀？"

"我听小姨跟你说过，小姨说过她叫王丽华！"我对妈妈解释，"她现在就站在门外，我该怎么办？"

"我已经知道了。这个阿姨……"犹豫了一下，妈妈平静地说，"这个阿姨给我打过电话。没关系，就让她进来吧。"

"可爸爸都走了四年了，好容易回来一趟，她来咱家干吗？尤其她是爸爸的……这多不好啊！你为什么让她……"

"我现在没法儿跟你解释，"妈妈没让我把话说完，"给她开门，等回去再跟你说。"

"可你倒是赶紧回来呀！"我催促妈妈。

"行,我知道了,下班了我就回去。"妈妈回答说,口气很认真,可我觉得她是敷衍我。

"你就不能早点儿回来吗?你请一会儿假吧!行吗妈妈?"我又说,可妈妈已经挂了电话。

我实在是不明白,这个时候妈妈为什么让这个王丽华阿姨进我们家,更不明白妈妈为什么不赶紧回来,难道她真不想见爸爸?唉!真不知道妈妈是怎么想的。可不管怎样,我听得出妈妈这会儿心里也不好受。再怎么说,爸爸总是爸爸,我们是一家人,妈妈肯定也想见爸爸,用不了一会儿,她就回来了。

"我可以进去吗?"

爸爸的女朋友又在门外问。没办法,我只好按妈妈的吩咐,走过去开门。

"得到妈妈的允许啦?"

我开门的时候她说,脸上露出一丝微笑,虽然挺亲切,我却很恼火。我决定回敬一下她。

"您倒是非常及时呀王丽华阿姨!"她刚把一只脚放进门厅,我就对她说。我把"王丽华"三个字说得重重的。

"嗯?"听我这么说她一愣,"你怎么知道……怎么知道……我?"她结结巴巴地说。很明显,她没想到我知道她,而且还知道她的名字。

"我当然知道!我什么都知道!"我回答说。哼!别以为我是小姑娘,你的事我清清楚楚！

"是吗?"她有些惊奇,"这我可没想到,听你妈妈说,你并不知道⋯⋯"她没有把话说完,看了看我,跟着我进了客厅。

在沙发上坐下后,爸爸的女朋友从手提包里掏出一只口红在嘴上涂抹。我趁机仔细看了看她。很明显,她比妈妈年轻,跟我小姨差不多大,尽管不情愿,我还是承认她比妈妈漂亮,可以说非常漂亮,很像一个我叫不上名字的电影演员。

"怪不得爸爸让她给迷住了呢！"

就在她把口红重新放回手提包时,我心里想。

"噢,这房子⋯⋯蛮不错的嘛。"爸爸的女朋友说,然后攥着手提包从沙发上站了起来,东瞧瞧西望望地把家里的客厅、卧室、爸爸的书房一一参观了一遍。连卫生间厨房都看了。她还去了阳台,站在那儿探头朝下面看。那神情,就好像她从来没有上过楼,不知道从那儿到楼下有多高似的。

"嗯⋯⋯真的是蛮不错。"她又这么说了一遍,然后回到客厅,重新坐在沙发上。就在这个时候,她才看见妈妈摆在茶几上的蛋糕。那一瞬间,她的脸上显出一种让我说不出来的神情,不知道她在想什么,但我觉得她有点儿心不在焉,好像忽然想起别的事儿。

"你看看我这个人⋯⋯"她像犯了什么错误那样叨唠着,同时转过脸,背着我打开手提包在里面翻着,"唉！其实我知道,我知道今天是你的生日，可是……"

我心里明白——她希望能找出什么能当作礼物的东西，可却什么也没有找到。她很失望，"啪"的一声扣上手提包，她又回过身来。朝着我凝望了一会儿，从头上取下一只小小的发卡。

"生日快乐！"她对我说，然后走过来，就好像我是她的女儿似的把我搂到自己胸前，细心地把发卡别在我的头上。

"十几啦？十五了吧？"她问我。

"没有。十三。"我回答。

忽然间，我觉着她这人挺好的，可跟着就觉着不应该这样想——毕竟她勾引了爸爸，（噢！我还从来没说过这种话）要不然，爸爸绝不会落到这个地步。

"十三？"她惊奇地重复着，"十三就长这么高，以后长大了，说不定可以做模特儿啊！"

"是吗？我们海老师也这么说过。"

我真是个傻女孩儿。她一夸我，我马上就高兴了起来。"海老师也说我能长个大高个儿。'只要爸爸高，孩子就能高……'海老师就是这么说的……哦，我小的时候，她见过我爸爸。"我又对她解释。

提起爸爸，我忽然有些不自在。不过这会儿，我主要因为她不自在。其实大人的事儿，我并不是很明白，可还是知道她这样的阿姨不怎么光彩。

"她是一个小偷儿！"有一次妈妈这么对我说。那是妈妈唯一一次直接跟我说起这位王丽华阿姨。"她偷走你爸爸的一颗心，你爸爸从此就糊涂了，忘了自己应该怎么做你的爸爸……"

听了妈妈的话，我不知道怎么回答，她的话好像挺有道理，又好像不对，谁知道，可能等我长大了，到时候就会明白吧。

"她是一个小偷儿！"

后来我和王丽华阿姨坐在沙发上说话时，我时不时就想起妈妈的这句话。这让我对她产生一阵阵厌恶。尽管这样，我并没有失礼，每当她问我什么，我都礼貌地回答。这位王丽华阿姨倒也知趣，很少提起爸爸，只是问了些我的事儿，比如打算考哪一所中学，将来长大了准备干些什么，是不是已经有了什么理想，都是那种别的大人经常问我的问题，让我觉得她和别的阿姨也没有什么两样。

爸爸的这个女朋友特别爱说话，她不停地说，说完了我又说她自己，就好像怕我闷得慌似的。她谈起她的"少女时期"，说她上中学的时候，是一个"非常非常活泼的女孩子"，有"很多很多"的爱好：打篮球、游泳、下围棋、写小说、拉大提琴，等等等等。只不过，关于她的现在，尤其是我最关心的问题，她和爸爸到底是什么关系，她到底是不是爸爸的"女朋友"，她怎么知道爸爸今天要回来，是不是爸爸告诉她的，她今天为什么要来见爸爸，她知不知道爸爸是怎么回事，到底是不是贪污犯。这些事她一个字没说，连她是做什么工作的都没告诉我。

　　我们一直这么坐着，坐到很晚。她还在不停地说着，可我已经听不见她在说什么了。时间一秒一秒地过去了，我越来越想爸爸，希望早一点听见他的敲门声；可我知道他不会过早地回来，否则便会有危险。她显然也明白这一点，要不怎么能坐得那么稳当呢。不过到了十一点左右，她也有些着急了，不停地看着表。我猜想，她可能也有点儿紧张，爸爸现在是一个逃犯，她明白和一个逃犯见面是有风险的。但我不在乎，对我来说，没有什么比见上爸爸一面更重要的了。我的肚子咕咕地叫着，不停地咽着口水，可还是坚持着不去碰眼前那个涂满巧克力的蛋糕。

　　就在这会儿，妈妈又一次打来电话。我告诉她爸爸还没回来。妈妈说她知道。不知道她是怎么知道的。

　　"你是和……那个王阿姨在一起吗？"妈妈问我。

　　"是。到现在也没走。"我看了看她说，到了这会儿，我也顾不得礼貌不礼貌的了。

　　"吃过蛋糕了吗？"妈妈问我。

　　"没有。还没吃呢。"

　　"怎么还不吃，都几点啦！"

　　"我想等爸爸回来。"

　　"你呀你……"妈妈有点儿急了，"不是跟你说过了嘛，你爸爸可能回来得很晚，你别等他，自己先……"妈妈的话没有说完，有个男人在她身边插话，说什么我没听清，妈妈连忙制止那个男人，然后捂住了话筒。忽然,我在电话机的"来电显示"上发现——妈妈用的不是快餐店里的电话。

我一下明白了——妈妈骗了我,她今晚根本没去加班。不用说,她找那个网球教练去了! 一想到这儿,我眼泪一下就下来了——爸爸很清楚自己的处境,很清楚自己回来有风险,可因为今天是我的生日,他甘愿冒着风险回来跟我见一面,亲自祝我生日快乐,爸爸多好啊! 可是妈妈,她不但不在家里等爸爸,却跑去……

"妈妈!"我忍不住大叫了一声,但妈妈没有回答,电话里也没有声音,估计她还在那边捂着电话跟那个网球教练说话。我气死了,正要发火儿,妈妈忽然说了话:

"行了,我知道了,我这就回去!"

放下电话,我真想大哭一场,可因为有这个王丽华阿姨在场,我好歹忍住了自己。我不想在她的面前暴露我的伤心,更重要的是,我不能让她知道妈妈和那个网球教练的事儿。

"没什么。是我妈妈,她今晚上夜班,正忙着呢,现在还回不来,让我自己先吃。"放下电话,我对那个王丽华阿姨说。我努力控制着自己,口气尽可能平静。

"我知道……"她看着我说,表情有些奇怪,好像她也知道妈妈没跟我说实话,知道妈妈并没有去加班,这会儿没在快餐店。

"擦擦眼泪吧……"从纸巾盒里抽出两张纸巾递给了我,她接着又说,"你妈妈说得对,你先吃吧。"

"我不饿。"我摇摇头,执拗地说。

"别硬挺着了,都这么晚了,你肯定饿了,赶紧吃吧!哦……"说着,她伸手从摆在一旁的蛋糕盒盒盖里拿出生日蜡烛,一根根地插在蛋糕上,然后拿起打火机。"来,我们把蜡烛点上,爸爸妈妈不在家,我陪你……"

她的话还没说完,我已经忍无可忍。

"我不需要!您走吧!我不需要您陪我!"我冲她大叫,"王丽华阿姨,我想问问您,您为什么要来我家?我爸爸不是已经给您买了汽车了吗?您为什么还要见他?就因为您,我爸爸到处流浪有家不能回,我已经四年没有见到他了,您还想怎么样?到底要干什么?"

听了我的话,王丽华阿姨一下愣住了,低着头一句话说不出。过了好半天,才为难地开了口:

"我真的不知道该怎么跟你讲……对你这样一个十三岁的女孩子来说,我的回答实在是……"

她还没有说完,我就哭了起来。先是小声哭,然后大声哭。她一直看着我,等我哭声又小了以后,她站起身坐到我的身边,把我的脸捧起来,放到她的膝盖上。我其实不想让她这样做,可不知为什么又没有拒绝她,还哽咽着对她说:"对不起,我不该跟您那么说……"

"不不,你没有错,倒是我该向你道歉才是,只不过我……"

她喃喃地说着,边说边摸着我的脸,就好像我真的是她的女儿。不知怎么回事，我忽然困了。我知道这个时候我不能困，可就是不行，没一会儿就睡着了。可又睡得不踏实，我不敢睡得太死，我怕一会儿爸爸回来，一看我睡着了就不叫醒我，看看我就走。

就这样，我半睡半醒地趴在那个王丽华阿姨腿上睡着。有好长时间，她一动不动，后来她把我放在了沙发上，她还帮我脱了鞋，还脱下身上那件红格子大衣盖在我的身上。朦朦胧胧的，我听见她用手机给什么人打了个电话，后来就彻底睡着了。

不知道什么时候，我被一阵挺大的声音吵醒了，好像家里来了很多人，还听见一阵阵说话声，虽然声音很低，但却很严厉，似乎在吵架。跟着，我听见扑通一声，像是谁给摔在了地上。一个陌生的男人小声说：

"嘿！轻点儿！别吵醒了孩子！"

我一下子醒了过来。屋子里特别亮，客厅屋顶有盏大吊灯，平时不开，这会儿开着，晃得我睁不开眼。一骨碌爬起来以后，我看见满屋子都是警察，他们正打算把一个穿着黑大衣的人推到门外。我一眼看见王丽华阿姨，让我惊奇的是，她的手里居然拿着一只手枪。发现我醒了，她连忙把手枪塞进她的手提包。

"等一下！"这个有手枪的阿姨大声说。

那些警察在门口停住了脚。朝我看了看，她朝那些警察摆了摆手，警察们一个个闪到两边，把中间那个穿黑大衣的人露了出来——那是一个跟我爸爸差不多高的人，只是驼背驼得厉害，一头花白的头发。当他转过身来的时候，我看见他脸上足有两寸长的胡子。

"怎么了？"他看着我，抬了抬被戴上了手铐的双臂，像老爷爷一样露出胡子里的牙齿说，"真的不认识爸爸啦？"

"爸爸！"我大喊一声，光着两只脚就扑了过去，抱着爸爸的双手号啕大哭，"你怎么……变成……这样啦……"

"怎么样，可以走了吧周队？"一个警察看了看我，转身问王丽华阿姨。

到了这会儿，我才知道我上当了——这个阿姨根本不是那个王丽华，而是警察，而且还是警察的队长。我看过很多电视剧，里边的队长都叫什么"队"。

明白了这一切，我又生气又难过，又一次大哭起来。

"爸爸！爸爸别走……别走爸爸……"我一边哭一边说，搂着爸爸紧紧不放。

见我这么伤心，爸爸气得不行，他扭着脖子质问那个"周队"，也就是那个假王丽华阿姨："要抓就抓，非要当着孩子的面儿干吗？刚才在外面怎么不动手？"

假王丽华阿姨刚要张口，那个警察又说了话："在外面？怎么着？你还想像上次那样跑掉吗？"

"不要说了！当着孩子说这些干什么？"假王丽华阿姨狠狠地训斥那个警察，然后她走了过来，把我从爸爸身边拉了开，握着我的手对我说，

"对不起孩子,真的对不起,我实在不愿意这么做,可是没办法。你知道,你爸爸犯了罪,我必须抓他。春节的时候,我知道了他要回家看你来,就在楼底下等着他,可你爸爸发现了我们,最后……我这么说你明白了吧?"

"嗯……我明白了……"我一边哭一边点头,然后问她,"可……可我不明白,您……您为什么说您是王丽华阿姨……您为什么要骗我呀!"

"真的是对不起你……"王丽华阿姨……不,那个警察队长阿姨说,"可我必须纠正你,孩子,我从来没说过我就是王丽华,我甚至不知道这个人是谁,不过我现在有点儿明白了……哦,还有一点我得跟你解释,我之所以先来了你家,也是为了你的安全,这件事我和你妈妈商量过,你不知道,人在走投无路的时候,什么都干得出来,甚至可能拿刀架在自己亲生女儿脖子上。对不起,你是个好孩子,我不该跟你说这些,原谅我……"

说完,她松开我的手,转身招呼那些警察,让他们把爸爸带走。

"请您等一下!"我大喊着,我抓着她的连衣裙,一边哭一边说,"阿姨……我知道……我爸爸可能犯了罪,可我妈妈就要回来了,您虽然不是王丽华阿姨,可您和我已经成了朋友,您难道不能让他们见一面吗!"

听了我的话,警察队长阿姨叹了口气,她对我说,"是啊,你妈妈……"不知为什么,说到这儿她就不说了,还把目光转向爸爸。

"别费心思了孩子,"爸爸喃喃地说,难过地低下了头,"你妈妈根本就不想……也不会回来见我的……"

"不可能爸爸……"我大声喊着,"不可能!爸爸你糊涂啦……"

"孩子,爸爸一点儿也没糊涂,"爸爸也哭了,"你怎么不想想呀,她要是想见我,怎么会向警察报告呢?"

"不可能!"我又朝爸爸大喊,"昨天你们不还通电话来着呢吗?妈妈跟你说了那么半天,她对你态度多好啊,不可能那么做,我不相信,绝不相信!"

"我也不相信,"爸爸说,"知道吗,要不是你妈妈,今年春节咱们就能一起过了。别埋怨妈妈,她也为难,知情不报也是犯罪,也得坐牢!唉,孩子,你都不知道我有多难受,那天晚上,我都看见咱家的灯了,可……"

"别说了爸爸!"我觉着我马上就要死了,"你怎么肯定是妈妈报告的呀?说不定是别人,也许还有人知道你要回来,然后报告给了警察,真要那样,你不是冤枉妈妈了嘛!"

"没有!我没冤枉你妈妈……"爸爸大声对我说,"知道吗孩子,除了你妈妈,谁也不知道我要回来——不管是春节那回还是今晚,我谁也没告诉,只跟你妈妈一个人说了,只告诉了她,你明白了吗?"

2004 年 5 月 27 日初稿
2016 年 8 月 9 日重新修订

当代小说之海的岸边品味

——为悬念小说集《勾魂拐》序

桂青山

实在说，当初并不想看宋毓建的小说——素昧平生，突然接到他的电话，心想就是一般初学写作的青年吧。当前，不少文学青年难免"急于成名"的浮躁，似乎觉得当作家、成明星，是一种文化程途的终南捷径。对此，自己往往敬谢不敏。

近年来，各式各样名目的小说可谓是层出不穷，纷至沓来：新体验小说、新感觉小说、新试验小说、新小说、纯小说、私小说，乃至非小说、反小说……令人目不暇接。这当然应视为好事，起码说明我们的创作绝非死水、还溢激情，也佐证了当前的文坛尚没有"我花开罢百花杀"的冷峻。实事求是地讲，近年的小说，尽管大多草莽杂芜或矫情晦涩，也确有不少反映时代、表现人心的拔萃之篇，甚或传世之作。但是，对大多数写手而言，"各式各样"就一定是小说么？小说真只是随心所欲地"码字儿游戏"么？另外，你可以写散文、记随笔，何必定要冠以"小说"之名？你可以填格子、码字符来消遣时光，记写隐私，但又何必标榜成"文学创作"？……因之，当前小说的创作状态，常常使我敬避三舍。

然而，就是在这种情形之下，宋毓建的悬念小说自制集寄来了，且装订制作得还不坏：自然清雅，赏心悦目。于是我便作为消遣读起来……却不觉间渐渐感到有些兴味，终于不能释手而一气读完。

于是乎，便有刮目之讶、郑重之思了——

谈谈三点感受。

其一，纵观全书，其二十五篇作品所涉及的生活面十分宽阔，人物包容广泛，题材新颖，故事别致，能给人很强的"阅读快感"。

这种特色，只从集中篇目的名称，便可窥知一二：如"我们见过吗""聚会""采访""致命游戏""警察的故事""银行劫案""暗恋""我的第一次""伦巴的印象""高速路""古城游记""坠楼者""贾先生的发迹史""女骗子""勾魂拐""你到底要什么""翠树""春日里的星期天""听黎巴嫩人诠释人生""去越南"……可以说，这些作品从多种角度表现了当代社会生活的相当多的视域与层面。其中，既有人生途中的沧桑感叹，又有私人情境的波澜展示；既有引人兴致的警案故事，又有发人深省的个人传奇；既有探古寻幽般的迷踪，又有域外惊险的意外；既有处身都市的心潮狂涌，又有平居里巷的神经颤动……

只这一点，便实为难能可贵。

从当前的个人小说集来看，尽管其中不乏才华横溢、笔触精明的展示，但大多作者囿于生活经历而明显出内容窄狭、情境重复、信息轻薄的弱症。这与处于信息时代而又窘束其身的一般读者对小说这一文体的"阅读期待"，就有一定的距离了。小说就其文体特质而言，绝不同于专业论文。后者只针对特定领域的"专家"，而完全不必考虑"大众"；小说则不同，尽管有人提出"小说不必、也不可能使所有读者都感兴趣，只要有一定社会阶层的相对读者群便可"的理论，但毋庸置疑：无论"大众"

还是"小众",都不能没有"众"的欣赏,而只有"家"的青睐。

在这方面,宋毓建集子的宽广涵容,的确可使人耳目一新、扩展视域而兴味盎然,因此当有众多读者,值得肯定。

其二,本集小说,体现出作者对"小说"这种文学文体叙事艺术的专心追求,并已形成较鲜明的一己特色。

本小说集以"悬念"总冠其名,所以大都以"警案"或"传奇"的模式进行表述。但其结构的匠心安排、情节的精心设计以及人物内心世界的充分展示,都体现出作者超乎常人之处:扑朔迷离,又真实自然;出人意料而在情理之中;层层悬念,自然展开,环环相扣;人物的行动与内心均得到很到位的表现,很少程式化痕迹;尤其在小说结尾处每每出现的情节陡转或异变,不仅使前面的悬念获得巧妙的情节性释放,更因而生出人文意蕴层面的情境升华。

如《坠楼者》,一开始便将恶性结局展示出:丈夫从十八层楼的窗台上掉下来,因而"摔成了一摊烂泥"。妻子被传到派出所接受询问。随着问话的进程,读者渐渐被引入案情——尽管有丈夫似乎因擦玻璃而失足的"合理现场",但她的疑点还是不能掩盖:在丈夫出事那天,从外地出差回来的她先不回家,而是匆匆赶到一同事(后在追问中承认与其已有两年的同居关系)处;这个同事则刚刚在上周与自己的妻子离婚了;她丈夫从美国回来已经两个多月,但俩人竟然没有一次夫妻生活;她丈夫有严重的恐高症,绝对不可能无缘无故自己登到十八层楼的窗台上,去擦玻璃,妻子回家刚仅仅过了五分钟,便"自己失足"从窗台掉了下来;再有,其丈夫落地点距楼房达三米,又分明超过正常坠落的距离;她丈夫坠楼时间就在她刚刚回家的五分钟之后……所有这一切,已经毋庸置疑地她犯罪嫌疑人的身份。在这种状况下,她不得不说出家庭内部的隐私:因为丈夫对自己的冷淡,她决定与之摊牌。但没有想到的是,一进门便看见丈夫已经浑身颤抖地蹲在了阳台上!

读者读至此,无不为她的明显撒谎而气恨,但情节意外一转:原来她丈夫因早已被查出患有艾滋病,自己痛不欲生,才做出此举,并有其丈夫留下的遗言为证——竟然如此!

小说到此结束,已经不坏。不料身心痛苦的她刚被放回家,却看到两个陌生男人站在防盗门前,怀着歉意告诉她一个"令人高兴的诊断错误":她丈夫得的不是艾滋病!

一波三折而且自然流畅,意外频生又不失真实。时空截取十分精致,整体叙事极具张力——节节相衔、环环相扣,结尾处陡然一转,实在令读者瞠目结舌、感慨不已。

这种精致的叙事,比比皆是。

如在《高速路》中,果然呈现了现代人生的"高速路"——人生飘忽,变动急剧。复杂的性格,悖反的际遇;老练的预谋,令人哭笑不得的结果! ……一个不甚善良男子的报复行为被一个清纯的姑娘善良地"报复"而欲死欲生……

《镜子》的叙述,更迥异人间、别含意韵:

安静的花园房间内,精美的拐杖边,一个女人对镜梳妆。她欣赏着镜中自己美丽的面容,同时回忆着往事:丈夫刚结婚便住进医院,一住便是六年。其间,自己与一年轻医生邂逅而生真情,在"魔鬼"与"天使"的两难间,饱受痛苦煎熬。终于,她在恍惚中用枕头捂死了自己苟延残喘的丈夫。事情败露后,那个医生为了避免自己与她的劣迹败露而将其杀人的罪证掩盖下来。而正当她为此而狂喜时,他却在那个风雨交加的夜晚离开了她,然后便杳无音信、至今未归。但她却痴心不改,时时刻刻等待他的归来……

此时,镜子中突然出现一个黑衣警察!

女人大惊失色,然后便晕倒在地!而她那身为警察的侄孙对养老院护士的一番"真实"的叙述却实在令读者难以苟同!因为,面对一个早有婚外情的女杀人凶手,他竟然说什么"姑奶奶一生坎坷,没儿没女,二十几岁时便守了寡,而她却始终没有再嫁,因此受到全家几十口人的尊敬……"跟着,作者又借护士的口介绍,她近来身体很不好,各种病症(包括精神分裂症)缠绕,时时处于幻觉与下意识独语中……读者至此才终于明白:婚外恋情也好……完全是一生坎坷、情感苦痛而又枯寂自闭的老人的臆想与幻觉。而这臆想幻觉的病态产生,又从反面体现了老人一生的情感枯寂与精神痛苦。

这些叙述，真可谓是精妙之极。尤其在一些"技术性叙述"的深处，更涵盖着复杂、艰深的人文内容，就愈发显得难能可贵。

其他篇章，像《警察的故事》对警察的正常人性世界的曲折展示，《银行劫案》中对叙事视点的精致选择，《暗恋》中对畸形情感的意外表述，《我的第一次》中奇异的角色设置，《我们见过吗》中宿命般的偶然，《采访》中极具震撼力的强烈反差……均能见得作者对小说叙事艺术的极致追求与驾驭情节有着的不俗功力，甚得美国短篇小说大师欧·亨利以及好莱坞悬念大师阿尔弗雷德·希区柯克的审美神韵。

本集小说虽非篇篇精美绝伦，但我认为，以作者对小说艺术的倾心追求、真诚而严肃的创作态度以及所达到的水准，实应受到当代小说创作界的正视与重视！尤其在当前不少写者以种种时髦的动机或理由，在冠以各种各样的小说名目下，不再讲求小说之为小说的最基本的艺术规则与人文要旨，完全随心所欲、游戏把玩、任情涂抹，使"垃圾小说"空前泛滥的时候，推出这种认真创作、独具风格、讲究叙述艺术的小说集，应有一定提示作用。

当然，这里主要想强调他的艺术追求与创作精神。至于小说的风格类型，自然可以，也应该"多种多样""不拘一格"。

其三，本集小说整体所体现的时代文化征候大有深意在，因而值得静心体味、深思。

　　之所以特意强调这本集子,除前述两方面之外,更在于在它表面的不涉时事、疏离时代、似乎止于对人间故事作消闲式叙说与游戏式把玩的底层,潜蕴着特定的有心人可能意会到的时代征候、历史印记与人文审思,而不仅仅是"白头宫女在,闲话说玄宗"式的为传奇而传奇、因无聊而漫语。

　　须知:故事可讲,却要有"新编之义";传奇要听,必须含"时代之音"。尽管是"满村说道蔡中郎"的漫说,也还是有着"身后是非谁管得"时代评判在。

　　遍读本集小说,就会发现:其人物与情节大都处于一种无可是非、复杂错乱、难能裁判、悖反意外、价值消解、好坏不分、徒唤奈何的状态;而叙述者又极力隐藏自我,避免明显的主观介入。

　　如《寒冷的早上》:先写小夫妻恩爱有加,然后遇到车站边的一个既老又病、饥寒交迫的乞丐。小夫妻顿生怜悯之心。"我"(丈夫)奉命急急赶回家找出棉大衣及食物,匆匆送来。此时却了一个开红色小跑车、衣着华贵的俗艳女子,对"我"之举措大加指斥。在"我"心生厌恨乃至愤怒之际,女子则道:"他可怜?但凡可怜之人,必有可恨之处!"此时,"我"亦有些明白了——这个老乞丐定有恶性与人间。尤其,当听到那身裹裘皮的女人指责他"也许,他对他的家人做了什么伤天害理的事情"时,"我"先前的是非善恶已经动摇了。不料,此时的老乞丐突然扔掉身上的烂棉套,向一辆疾驶而来的面包车扑去!"我"还没反应过来,那俗艳女子却已经不顾一切地狂奔上前,声嘶力竭地大喊:"爸……!"

在与小夫妻强烈的反差中,后面的故事一波三折,又突然在意外中结束,而所有这些,最终也没有十分确切地向读者和盘托出,于是,读者在惊诧莫名、心悸神颤间,无不感觉到这个"早上"彻骨的寒冷与世事的无情。

又如《春日里的星期天》,这原本是个多好的名字! 开始的内容也果然不坏:两对从小一起长大的夫妻聚会,极其亲切欢快,充满人间亲爱之情。其间,那对工人夫妻对作为主人的外企高级职员与主任医师的夫妻充满了羡慕。而两家的物质状况以及夫妻间的情感表现,也相隔甚远——那工人丈夫还有过低俗的外遇。这使得那位富有且美丽,深爱着丈夫并被丈夫所爱的女主人公充满幸福之感——尽管近些日子以来总觉得有点,怀疑脑子里长了什么东西。但后面的情节陡然一变:当那对工人夫妻与她及孩子们都到庭院里照相之际,她的丈夫却乘机给情人打电话:"我更想你……别太着急,她已经开始头疼了……药必须一点一点地放,否则,将来验尸会查出来的!"读到此,怎能不使人倒吸一口寒气?!

《翠树》则向我们讲述:在特定家境中,一个十五岁的男孩儿不堪忍受狂暴淫乱的继父、最终将其割杀致死。读者在不无同情中,对少年犯罪人因种种偶然而终能安然无恙正要长舒一口气之际,一个更为偶然、简直是宿命般的结局突然出现,实在令人扼腕无言、无可如何!

类似篇章,比比皆是,如《警察的故事》对警察的正常人性世界的曲折展示,《银行劫案》中对叙事视点的精致选择,《暗恋》中对畸形情感的意外表述,《我的第一次》中奇异的角色设置,《我们见过吗》中宿命般的偶然,《采访》中极具震撼力的强烈反差……还有在《你到底要什么》中,在幻境与现实、已死与尚活的恍惚境域间,表述着主人公无是无非的人生轨迹与不做裁判的情感际遇;在《听黎巴嫩人诠释人生》中,更借一被绑架者与绑架者的长时间、多方位的对话,表述了当代人对人生与生命的幸福、价值、意义、是非……终极思考的含混恍惚、悖乱逆反、莫衷一是乃至难能是非;其他如《高速路》的意外,《镜子》的玄虚……总之,意外、悖反、非常、偶然、无意向与无意义、莫衷一是、无可把握、迷惘困顿、价值消解、客观叙述间的冷酷、平静之极的阴森与恐怖……构成了其总体的生活氛围或人文意境。

有人可能会怀疑:作者不过因饱得生腻或无聊透顶,仅仅借涂抹文字来消遣时光或发泄自己内心的晦涩与阴暗吧?

这,倒不妨仔细研究一番。

在宋毓建自己写的后记中,有以下值得注意的文字:

"不知不觉,'青年'那一站便悄悄从自己人生的旅途中瞬间掠过。在这之中,其实我并没有忘记自己的志向。……尽管颇有些早熟的我心中有不少动人的故事和一阵阵创作的冲动,但每每兴致勃勃地铺开稿纸并一夜夜苦思冥想,却依然不知该如何下笔。

　　"随着年龄的一天天长大、变老,耳濡目染,总算比那时要沧桑世故。更何况,我亦时时点灯熬油、煞有介事地捧着一些充满学问的书籍似懂非懂地苦读着。因而,日积月累,比起那会儿,终究还是强了一些。

　　"经过漫长的等待……像大多数人一样,匆匆被时代卷进'商品经济'社会的我,又不得不在懵懂之中面对无数个新的问题……一日醒来,再次想起自己年轻的'雄才大略',心中不禁生出一种类似未赶上火车的焦虑和懊恼。因而,又急急地提起笔来。"

　　君细推:此心当有人知了——所有上述篇章,都是在作者早期"一夜夜苦思冥想,却依然不知该如何下笔"的郑重之后,又在有所经历、体味到"沧桑世故"并在此基础上"捧着一些充满学问的书籍似懂非懂地苦读"之后,尤其更在其"匆匆被卷入时代大潮、不得不在懵懂之中面对无数个新问题"而"一日醒来"之后!

　　好一个"一日醒来":面壁十年,豁然开朗;醍醐灌顶,悟觉升华!

　　在这样的基础与感悟背景上,所写的小说,当然便不仅仅是"街谈巷议、道听途说,丛残小语、致远恐泥"、类似盆景的唯供消闲把玩之作了。

　　对此,宋毓建道:"我总是想,倘若自己动笔,起码应有点儿新意。而严格地讲,那便是别人没有写过的东西。否则,一切便没有意义!"

　　——他在特意地强调"意义"。

　　而这里所说"意义",究竟为何物?

　　粗读本集一两篇作品,往往难能把握、不知就里。倘若将其全部作品的这种有意为之的总体格调细心审视，便会发现：这其中大有深意！

这深意便是：对处于历史性转折时期的我国当前社会状况与民众心态的潜在而深沉的艺术展示。

通过既定的社会氛围与人生景象，明显存在着当代社会潜在的"后现代文化"意味。而这种特定方式的对这"后现代文化"的含蓄呈示，以及通过适当的艺术表现对其所做的潜在评判，便是作者通过本集小说所要阐述与强调的"意义"了！

以上述篇章为例，深入剖析进去——说它们是"后现代文化体现"也好，是世纪交替过程间的"人文彷徨"也好，是大变革时期必然或难免的"文化失语"也好……总之，这种表层面的"集体无意识"或曰"大众意识朦胧"，正是当代中国特定阶段"精神新寻求"与"价值再定位"之前（或之中）的真实再现与艺术表现。

在这样认知基础上，便可见得宋毓建这部小说的文化品格了。

而这，也就是我特别看重并愿意为之"说项"的缘故。

作者也唯恐读者混沌，而做了进一步暗示："这样一来，似乎产生了一个非不辨的问题。不过，我并不为此担心。因为我说过了，那只是读者一时的反应。一旦他细细品味，其中良莠自然会有公断。

"在很多时候，我甚至连'是'与'非'本身也不作评判，尽量使自己处于一个百分之百的客观角度去描述。不但如此，我还每每故意淡化、模糊这个从某种意义上最重要的问题。"

看,他又一次地提醒其作品中所存在的"意义"！

……

总之,宋毓建的这部悬念小说集,大众读者可从中获得故事层面的生活信息与阅读快感；喜爱并钻研小说创作的读者,可体会其艺术叙事的审美追求并对当前小说写作的过于"自由"有所节制；而对有较深社会与时代认知并有一定艺术悟觉的人,则当有如前述第三方面的感受。

……

再说一点题外话——

本序言开头处,曾说本集作者大概是浮躁的文学青年之类语。

其实不然。

宋毓建现年四十有四,不很年轻了。如以其十三岁当兵算起,其"入世"已超过三十年,且人生坎坷、历经沧桑。现在的境遇则已不坏,起码可以"优哉游哉"地"过日子"了。但在这样的人生背景下,在当前社会的喧嚣中,他却偏偏寒窗孤影、深夜不眠地敲电脑、爬格子、写起小说来！

这是否咄咄怪事——在当前世俗生活的享受中,在现在众文化的氛围里?

也不尽然:

　　司马迁不甘作吏,曹雪芹不趋侯门,蒲松龄笑陪路人,鲁迅弃医转向,均不随波逐流而审时度势。也正因其甘于寂寞而忠于理想,才有真正的文章出、纯真的作品见。

　　当代文学创作与评论界,太少这类人物。

　　宋毓建究竟将为何许人?"路漫漫其修远兮,吾将上下而求索。"若能保持上述的创作态势与不懈的艺术追求,孰能料得若假以时日,不会有"大家"出来?!

　　愿拭目以待。

2001 年 12 月 16 日于北师大

　　(本书为宋毓建悬疑小说精选集,成书时作者进行了修订,故附录中提到的一些篇目没有收录其中。)